Muero por ti

© 2025 Isabel Acevedo
Editorial: BoD · Books on Demand,
Calle de Manzanares, 4, 28005 Madrid,
bod@bod.com.es
Impresión: Libri Plureos GmbH,
Friedensallee 273, 22763 Hamburg (Alemania)
ISBN: 978-84-1092-097-2

Evelyn Smith

El sol de California acariciaba suavemente las colinas doradas mientras la joven Evelyn Smith se preparaba para su rutina matutina. Su cabello cobrizo, brillante bajo la luz del amanecer, caía en suaves ondas sobre sus hombros, y sus ojos verdes, tan profundos como los bosques de pinos que rodeaban el pequeño pueblo donde vivía, reflejaban una mezcla de determinación y melancolía.

Evelyn había crecido en una casa de dos plantas, en un rincón apartado de la ciudad, junto a su madre, Nadia Smith, y su hermana pequeña, Hanna. La relación entre las tres mujeres siempre había sido complicada, marcada por el carácter fuerte de Nadia y la rebeldía adolescente de Hanna. A pesar de las tensiones cotidianas, existía un lazo de afecto profundo que mantenía unida a la familia, aunque a menudo quedara oculto bajo la superficie.

A sus 22 años, Evelyn cursaba la mitad de su carrera en neurobiología en la universidad. Era una estudiante brillante, apasionada por los misterios del cerebro humano y con grandes sueños para el futuro. Fue en la universidad donde conoció a Daniel Rodríguez, un atractivo estudiante de intercambio de España. Daniel, con su cabello negro azabache y sus ojos verdes que parecían hablar por sí solos, se había convertido en el centro de atención de todas las chicas del campus. Conducía un Ford Mustang Fastback de 1965, un coche que hacía que más de una cabeza se volviera a su paso. Pero fue Evelyn quien conquistó su corazón, y lo que comenzó como un romance apasionado se convirtió rápidamente en un amor de película.

Sin embargo, el destino tenía otros planes. Un año después de empezar su relación, Evelyn descubrió que estaba embarazada. La noticia cayó como un balde de agua fría, una mezcla de terror y emoción. Daniel, quien hasta entonces había sido su apoyo incondicional, desapareció tan pronto como se enteró de la noticia. Sin una explicación, sin despedidas, simplemente se esfumó de su vida, dejando a Evelyn sola para enfrentar la realidad.

Cuando Evelyn se armó de valor para contarle a su madre y a su hermana sobre su embarazo, las cosas no mejoraron. Nadia, aunque dolida y decepcionada, finalmente decidió apoyarla, aunque no sin antes expresar su frustración. Hanna, por otro lado, apenas comprendía la magnitud de la situación, pero su actitud distante no hizo más que aumentar la tensión en el hogar.

Con el paso de los meses, Evelyn se vio obligada a equilibrar su embarazo con sus estudios. La carga era pesada, tanto física como emocionalmente, pero con la ayuda de Nadia, logró continuar adelante. Cuando finalmente dio a luz a su hija, Alice, algo dentro de Evelyn se rompió. El rechazo hacia la pequeña era palpable, una barrera invisible que impedía que madre e hija formaran un vínculo.

Durante los primeros tres años de vida de Alice, fue Nadia quien asumió el rol de madre. La abuela cuidó a la niña con devoción, intentando llenar el vacío que

Evelyn había dejado. La pequeña Alice creció rodeada de cariño, pero siempre consciente de la distancia emocional que la separaba de su madre.

A medida que Alice se acercaba a su tercer cumpleaños, Evelyn tomó una decisión drástica. Sabía que no podía seguir dependiendo de su madre y que necesitaba encontrar su propio camino, por el bien de ambas. Con el poco dinero que había ahorrado, se mudó a Pasadena con Alice. El piso al que se trasladaron era pequeño y en mal estado, un lugar que reflejaba tanto el inicio de una nueva vida como las cicatrices del pasado.

Así comenzó una nueva etapa en la vida de Evelyn y Alice, llena de desafíos, pero también de la posibilidad de redescubrirse a sí mismas. Mientras el sol de California seguía su curso, madre e hija enfrentaban el incierto camino que tenían por delante, buscando, quizás sin saberlo, la forma de sanar las heridas del pasado y construir un futuro juntas.

1

Me llamo Alice Rodríguez, aunque a veces me pregunto por qué mamá decidió darme el apellido de un hombre que nunca conocí.

Desde muy pequeña, sabía que mi familia era diferente. Mamá siempre estaba ocupada con sus estudios de neurobiología, así que pasábamos poco tiempo juntas. Vivíamos en un piso viejo y destartalado en Pasadena, un lugar que jamás podría llamar hogar.

Teníamos una habitación para las dos, pero la mayoría de las noches, mamá dormía en el sofá. Yo dormía sola en la cama, rodeada de una inmensa sensación de soledad que, con el tiempo, se volvió una especie de compañera constante.

A pesar de su aparente frialdad, sé que mamá me quería, o al menos eso intento creer. Pero nunca fue de esas madres que te abrazan y te dicen cuánto te quieren. Para mí, el cariño llegaba de forma diferente, en los pequeños gestos: el almuerzo que me preparaba antes de ir a la escuela, o la manera en que me arropaba antes de dormir, aunque después se fuera al sofá.

Mi tía Hanna se quedaba conmigo la mayor parte del tiempo. Era casi como una hermana mayor, aunque a veces sentía que también me veía como una carga. Sin embargo, me hacía reír y, en cierto modo, me ayudaba a olvidar la tristeza que a menudo me invadía. Me enseñó a trenzar mi cabello, a leer las primeras palabras, y siempre estaba ahí para contarme una historia antes de dormir. A veces, cuando mamá estaba ocupada con sus estudios, Hanna se sentaba conmigo y me hablaba de papá, aunque sus historias eran escasas y confusas. Lo describía como un hombre guapo, con el cabello negro y los ojos verdes, igual que los míos. Pero eso era todo lo que sabía de él.

Cuando cumplí tres años, comencé a asistir a la escuela infantil. Al principio, todo era aterrador. Los niños gritaban, corrían por todas partes, y yo me sentía perdida en medio de todo ese caos. Pero entonces conocí a Anna y a Simon.

Anna Williams era una niña dulce, con el cabello rubio como el sol y unos ojos azules que brillaban con cada sonrisa. Se acercó a mí el primer día, con una galleta en la mano, y me dijo que le gustaba mi vestido. Desde entonces, no nos separamos. Simon Miller, en cambio, era más tímido. Tenía una carita redonda, el pelo negro y unos ojos azules que parecían siempre estar buscando algo. Se unió a nosotras poco después, y juntos formamos un pequeño grupo que se convirtió en mi refugio en ese lugar nuevo y desconocido.

Con Anna y Simon, la vida en la escuela se hizo más llevadera. Jugábamos en el recreo, compartíamos nuestros almuerzos y nos contábamos secretos que solo los niños pueden entender. Ellos se convirtieron en mis mejores amigos, y aunque mi vida en casa seguía siendo complicada, tenerlos a mi lado me daba la fuerza que necesitaba para enfrentar cada día.

A veces, cuando volvíamos de la escuela, me imaginaba que mi papá vendría a recogernos en un coche elegante, como el de las películas, y nos llevaría a los tres a algún lugar maravilloso. Pero siempre era mamá quien llegaba, con su rostro cansado y sus libros bajo el brazo. Nunca hablábamos de papá, y con el tiempo, aprendí a dejar de esperar.

Pasaban los días, y aunque las cosas no mejoraban mucho en casa, sabía que mientras tuviera a Anna y a Simon, podría soportarlo todo. Ellos eran mi mundo, mi familia elegida, y con ellos a mi lado, comencé a encontrar mi lugar en ese pequeño y caótico universo que era la vida.

Anna, Simon y yo teníamos un juego favorito: "Policía, ladrón, médico". Aunque no siempre me hacía feliz, lo jugábamos casi todos los días después de la escuela. Anna, con su dulzura natural y su habilidad para convencer a cualquiera, siempre acababa siendo la médico. Simon, con su terquedad, insistía en ser el policía, porque según él, "las chicas no pueden ser policías". Eso me dejaba a mí con el papel de ladrón, una y otra vez. No me parecía justo, pero en el fondo, me gustaba más de lo que estaba dispuesta a admitir.

El juego era simple, pero intenso. Simon, como policía, nos perseguía a Anna y a mí, y cuando inevitablemente me atrapaba, Anna llegaba al rescate, pretendiendo curar las heridas que Simon decía que me había causado durante la captura. A veces, cuando Simon me atrapaba y decía "¡Te atrapé, ladrón!", yo le respondía con un gruñido fingido, pero por dentro, soñaba con el día en que pudiera intercambiar roles y ser yo quien lo atrapara a él.

Aunque entonces no lo sabíamos, ese juego que tanto nos gustaba jugar marcaría nuestro futuro de una forma que ninguno de nosotros podría haber imaginado.

Mi abuela, Nadia, a menudo me decía que algún día sería médico, como ella. Recuerdo claramente cómo me lo repetía una y otra vez, mientras me observaba jugar a ese mismo juego con mis amigos. Pero la idea de ser médico nunca me atrajo. No me gustaba la idea de tocar a la gente, de estar tan cerca de sus problemas. Siempre le replicaba a mi abuela, con la testarudez de una niña pequeña, que yo no quería ser médico, que algún día sería la policía en nuestro juego. Mi abuela solía sonreír y decir que eso eran "cosas de niños", como si mis sueños no fueran más que palabras al aire.

Una tarde, después de la escuela, le pedí permiso a mi abuela para quedarme el fin de semana en casa de Anna. El señor Williams, el padre de Anna, insistió en que no sería problema llevarnos a la escuela el lunes siguiente. Mi abuela, aunque un poco renuente, aceptó. Así que, llena de emoción, me fui con Anna y su padre.

La casa de Anna era un sueño, muy diferente al piso viejo y desgastado donde vivía con mi madre. Era grande, luminosa y llena de vida. Había tantas habitaciones que me perdí en ellas más de una vez. Pero lo que más me impresionó fue la habitación de Anna. Era el tipo de cuarto con el que cualquier niña soñaría: peluches por todas partes, muñecas perfectamente colocadas en estanterías, y lo mejor de todo, un baño privado solo para ella. Al entrar, sentí una punzada en el estómago. Mi vida en comparación se sentía pequeña, casi insignificante. Pero Anna, con su dulzura natural, hizo que me sintiera bienvenida, como si todo ese lujo no importara.

Ese fin de semana fue mágico. La familia de Anna me llevó a la piscina, al campo, y a otros lugares que hasta entonces solo había visto en fotos o en la televisión. Por primera vez, experimenté cómo era vivir sin preocupaciones, sin las sombras que a veces rondaban mi vida en casa. Fue un fin de semana de cuento, lleno de risas, juegos y esa sensación cálida de ser parte de algo más grande.

Pero el lunes llegó rápido, y con él, el final de ese sueño. Como había prometido el señor Williams, nos llevó juntas a la escuela. En el coche, mientras miraba por la ventana, sentía una mezcla de emociones: agradecimiento por el fin de semana que había vivido y una tristeza profunda al pensar en volver a la realidad de mi pequeño y viejo piso. Cuando llegamos a la escuela y me encontré con Simon, todo volvió a la normalidad. Pero en el fondo de mi corazón, algo había cambiado. Había experimentado una vida que no era la mía, y eso, aunque emocionante, también fue doloroso.

La escuela, los juegos, y la vida cotidiana continuaron como siempre, pero ese fin de semana quedó grabado en mi mente como un recordatorio de que el mundo era mucho más grande de lo que había conocido hasta entonces.

El día en la escuela había comenzado como cualquier otro. Anna, Simon y yo pasamos las horas jugando y aprendiendo, pero como siempre, todo terminó en una discusión. Desde el inicio del recreo, Simon se adueñó del rol de policía, como siempre lo hacía, mientras que Anna se preparaba para ser la médico. Yo, con una mezcla de frustración y determinación, le dije a Simon que quería ser la policía esta vez.

-No puedes,- me dijo con ese tono de superioridad que tanto me molestaba.
-Las chicas no son policías.-

-¡Eso no es justo, Simon! ¡Quiero ser la policía por una vez!-

Él simplemente se encogió de hombros y me dio la espalda, como si mi opinión no tuviera importancia. Pero no estaba dispuesta a dejarlo pasar esta vez. Tiré de su brazo, con la intención de hacerlo entrar en razón. Simon, sorprendido, me apartó de un empujón, y antes de darme cuenta, mis manos se enredaron en su cabello. Él gritó, yo tiré más fuerte, y de repente, él estaba en el suelo, pateándome mientras intentaba liberarse.
Lo siguiente fue un torbellino de golpes y tirones. Ninguno de los dos quería ceder. Me dolía el brazo, pero no me importaba. Estaba furiosa, y en ese momento, nada más importaba. Finalmente, una de las profesoras vino corriendo y nos separó. Nos gritó, nos castigó y nos mandó al rincón, pero el enojo seguía ardiendo en mi interior.
Ese día, esperaba que, como siempre, mi

abuela viniera a recogerme. Pero para mi sorpresa, fue mi madre, Evelyn, quien apareció en la puerta de la escuela. Su expresión era una mezcla de cansancio y enojo, y mi estómago se revolvió en cuanto la vi. La profesora la hizo pasar al aula, y pude ver cómo su ceño se fruncía mientras escuchaba lo que había pasado. Al salir, mi madre me miró con esos ojos verdes llenos de desaprobación, agarrándome del brazo tan fuerte que sentí que me iba a romper.

-Me estás haciendo daño, mamá,- lloré, intentando soltarme, pero ella no soltó, solo apretó más.

-¿Y tú crees que a mí no me haces daño a diario, Alice?- Su voz estaba cargada de una amargura que no entendía, pero que me aterrorizaba.

Tiré con fuerza de mi brazo, desesperada por liberarme, pero su mano se cerró con más fuerza, dejando una marca rojiza que comenzó a arder. El dolor me hizo llorar más, pero sus ojos solo se llenaron de una ira que no había visto antes. De repente, se detuvo, me miró y, antes de que pudiera reaccionar, me dio un bofetón que resonó en mis oídos como un trueno.

-¡Estoy cansada de ti, Alice!- gritó.

Su voz se quebró al final, como si estuviera al borde de las lágrimas, pero en ese momento, solo sentí miedo y dolor.

El camino de regreso a casa fue un borrón de lágrimas y silencio. Mi mejilla ardía, y mi brazo seguía doliendo, pero lo que más me dolía era algo más profundo, algo que no podía nombrar.

Cuando llegamos al piso, mi abuela nos estaba esperando en la entrada. Apenas miré en su dirección antes de correr a mi pequeña y triste habitación, cerrando la puerta detrás de mí. Sabía lo que venía después. No pasó mucho tiempo antes de que escuchara a mi madre y mi abuela empezar a pelear. Sus voces se elevaban, lanzándose palabras hirientes que rebotaban en las paredes del pequeño apartamento.

-No puedo más con ella,- gritaba mi madre, mientras mi abuela intentaba defenderme, pero no pude soportarlo más.

Me tapé las orejas con todas mis fuerzas, apretando y apretando, como si eso pudiera bloquear el dolor de escuchar lo poco que me quería mi madre. Sentí cómo mis dedos se hundían en mi piel, pero no me importaba. Quería que el mundo desapareciera, que los gritos se detuvieran.

Pero el dolor creció, se hizo insoportable, y luego, algo húmedo y caliente comenzó a deslizarse por mis orejas. La sensación me asustó tanto que dejé de presionar, pero ya era tarde. Cuando bajé las manos, vi la sangre. No entendía lo que estaba pasando, solo sabía que de repente todo se volvió silencioso. Un silencio aterrador, pesado, que me envolvió por completo.

Intenté escuchar, intenté escuchar los

gritos de mi madre y mi abuela, pero no oí nada. Era como si el mundo se hubiera apagado de repente. El miedo se apoderó de mí, un miedo tan profundo que no podía moverme. La sangre seguía goteando de mis orejas, recorriendo mi cuello, y yo, paralizada por el terror, solo podía pensar en una cosa: ¿Por qué mi madre no me quería? Quería gritar, pero no salió nada. Quería llorar, pero las lágrimas se habían secado. Solo quedaba el silencio, y en ese silencio, me di cuenta de que algo dentro de mí había cambiado para siempre.

Después de notar la sangre en mis orejas y el profundo silencio que me envolvía, el miedo y la confusión me hicieron salir de mi habitación. Mis piernas temblaban mientras me acercaba al salón donde mi abuela y mi madre seguían peleando, aunque no podía oír nada. Solo veía sus labios moverse rápido, sus rostros desencajados por la ira y las lágrimas. Quise gritarles, hacerles ver lo que me estaba pasando, pero ningún sonido salió de mi boca.

Fue mi abuela la primera en notar mi presencia. Sus ojos se agrandaron al ver la sangre que manchaba mi cuello. Corrió hacia mí, dejando de lado la pelea con mi madre, y me abrazó con fuerza, como si quisiera protegerme de todo lo malo que había en el mundo. Mi madre, al darse cuenta de lo que sucedía, dejó caer su cuerpo en el sofá, escondiendo su rostro entre las manos mientras seguía llorando. Nunca la había visto así, tan rota, tan derrotada.

Mi abuela me llevó rápidamente a urgencias. La noche en el hospital fue larga y agotadora. No podía oír nada, solo un zumbido sordo que no me dejaba en paz. El doctor le dijo a mi abuela que había sufrido daño en algunas partes del tímpano por apretarme las orejas tan fuerte, pero que, afortunadamente, la audición volvería por sí sola en unos días. Aun así, pasé la noche en observación, aferrándome a la mano de mi abuela, sintiendo su calidez y su amor, que en esos momentos eran todo lo que tenía.

A la mañana siguiente, el médico nos dio el alta. Volvimos al apartamento, donde mi madre seguía durmiendo en el sofá. Mi abuela, sin hacer ruido, me llevó a la cama, me arropó con cuidado, y luego, con un beso en la frente, se marchó. Esa noche, dormí profundamente, sumida en un silencio que, aunque aterrador, me daba un extraño consuelo.

Los siguientes días pasaron como un sueño borroso. No vi a mi madre en cuatro días. Mi abuela venía cada mañana y cada noche, cuidando de mí, asegurándose de que estuviera bien. Poco a poco, comencé a recuperar la audición. Al principio, solo escuchaba un murmullo lejano, como si estuviera bajo el agua, pero al cuarto día, los sonidos empezaron a cobrar forma otra vez. Pude escuchar el canto de los pájaros afuera, el crujido de la madera bajo los pasos de mi abuela, e incluso el débil sonido del tráfico a lo lejos.

En la mañana del quinto día, cuando salí de mi habitación, me sorprendió no encontrar a mi abuela en la pequeña isla de la cocina. En su lugar, estaba mi madre.

-Buenos días,- dije con timidez, sintiendo la tensión en el aire.

-Buenos días,- respondió mi madre, sin levantar la vista de su taza de café.

Aun así, pude notar que su voz estaba rota, como si hubiera pasado las últimas noches llorando. Sus ojos estaban enrojecidos, oscuros por la falta de sueño. El ambiente entre nosotras era extraño, pero de algún modo, no era nuevo. Para una niña de cuatro años, el silencio entre una madre y su hija debería haber sido incómodo, pero para mí, era casi normal.

Los días que siguieron fueron extraños. Mi madre y yo apenas hablábamos, y aunque debería haberme dolido, de alguna manera, no lo hacía. Estaba acostumbrada a este tipo de interacción, o mejor dicho, a la falta de ella. Mi abuela seguía viniendo todos los días, pero algo en ella también había cambiado. Sus ojos, normalmente llenos de una chispa viva, ahora reflejaban una tristeza profunda, como si algo se hubiera roto dentro de ella también.

Unos días después, mientras estaba en mi habitación jugando con mis muñecas, escuché algo que me hizo detenerme. Era un sonido suave, casi inaudible, pero lo suficientemente claro para captar mi atención. Me acerqué a la puerta y asomé la cabeza. En el salón, vi a mi madre sentada en el sofá, con su rostro escondido entre sus rodillas. Sus hombros temblaban y, aunque no lo había escuchado antes, ahora podía oírlo claramente: estaba llorando.

Mi cabeza me decía que volviera a mi habitación, que dejara a mi madre sola, pero mi corazón no pudo hacerle caso. Algo dentro de mí me empujó hacia ella, hacia su dolor. Salí del cuarto, cruzando el pequeño pasillo que separaba nuestras vidas, y me subí al sofá, justo a su lado. Me puse de rodillas y, con una pequeña valentía que no sabía que tenía, la abracé por la espalda, apoyando mi cabecita en ella.

-Mamá, te quiero,- dije suavemente, con todo el amor que una niña de cuatro años podía ofrecer.

Para mi sorpresa, mi madre no me apartó. Al contrario, se giró lentamente, me abrazó con fuerza y, entre sollozos, susurró: "Te quiero, pequeña."
Fue en ese momento cuando supe que, a pesar de todo, el amor seguía ahí, enterrado bajo capas de dolor, miedo y resentimiento. Y aunque las palabras eran pocas, y los momentos como ese raros, sabía que esos pequeños instantes de conexión eran lo que nos mantenía unidas.
Los días pasaron, y con ellos, los años también se escurrieron entre mis manos como arena en una playa. Mi relación con mi madre, Evelyn, se fue transformando lentamente. Después de aquella noche en la que nos abrazamos en el sofá, algo cambió entre nosotras. Aunque todavía había silencios incómodos y días en los que apenas cruzábamos palabras, comenzamos a darnos una segunda oportunidad. Era como si ambas hubiéramos decidido, aunque sin decirlo,

intentar ser más que solo madre e hija; queríamos ser algo más parecido a amigas. Poco a poco, empezamos a contar más la una con la otra. Mi madre comenzó a preguntar más sobre mi día, sobre mis amigos, sobre mis sueños y miedos. Yo, por mi parte, empecé a abrirme más con ella, a compartir mis pensamientos y preocupaciones, algo que antes me habría parecido imposible. Aún así, no siempre era fácil. Había días en los que la sombra de nuestro pasado se interponía entre nosotras, recordándonos las heridas que aún cicatrizaban. Pero esos días se hicieron cada vez más raros, y los momentos de conexión más frecuentes.

Mientras tanto, mi relación con Anna y Simon comenzó a cambiar. Durante años, habíamos sido inseparables, siempre juntos, siempre compartiendo secretos y risas. Pero la vida, como suele hacerlo, nos llevó por caminos distintos. En nuestro último curso de colegio, algo comenzó a cambiar. Las responsabilidades aumentaron, y nuestras personalidades, antes tan similares, empezaron a diferenciarse. Al final de aquel año escolar, nuestros padres nos matricularon en institutos diferentes, y con eso, nuestra amistad se distanció inevitablemente.

Ese verano previo a empezar el instituto fue extraño. Nos esforzamos por pasar tiempo juntos, sabiendo que era nuestra despedida, aunque nunca lo dijimos en voz alta. Hicimos promesas de mantenernos en contacto, de vernos los fines de semana, de no dejar que la distancia nos separara. Pero, en el fondo, sabíamos que las cosas nunca volverían a ser iguales. No había palabras para describir el nudo en mi garganta cuando nos abrazamos por última vez al final del verano. Una parte de mí quería aferrarse a ellos, a la seguridad de nuestra amistad, pero otra parte sabía que el cambio era inevitable.

Cuando el verano llegó a su fin, me encontré lista, o al menos eso creía, para empezar el instituto y con ello, mi vida adolescente. Había un nerviosismo que burbujeaba en mi estómago, una mezcla de miedo y emoción por lo que estaba por venir. Aunque había perdido un poco de contacto con Anna y Simon, aún conservaba la esperanza de hacer nuevos amigos, de descubrir nuevas partes de mí misma en esta nueva etapa.

Lo que no sabía, lo que ni siquiera imaginaba, era que los próximos años traerían consigo desafíos que no había anticipado. El instituto no solo sería un lugar de aprendizaje académico, sino también un campo de batalla emocional. Las lecciones que estaba por aprender no se encontrarían en ningún libro de texto. Tendría que enfrentarme a la presión, a las expectativas, a las decisiones difíciles y, sobre todo, a la búsqueda de mi identidad en un mundo que parecía siempre querer definir quién era.

Pero, por ahora, estaba en la puerta de este nuevo capítulo, con la mochila en la espalda y la cabeza llena de sueños, lista para dar el primer paso hacia lo desconocido, sin saber que mi vida estaba a punto de cambiar para siempre.

2

Los nuevos comienzos siempre traen una mezcla de emociones: el nerviosismo, la emoción, y ese cosquilleo en el estómago que no sabes si es miedo o entusiasmo. Así me sentía yo el primer día de instituto. Pero la sensación era más intensa, porque ese día no solo marcaba el inicio de una nueva etapa académica, sino también de algo más que estaba cambiando en mi vida, aunque todavía no comprendía del todo qué era.

La mañana comenzó de manera extraña. Mientras desayunaba en silencio, pude escuchar a mi madre hablando en voz baja por teléfono en la cocina. No era común que hablara tan temprano con alguien, y mucho menos con ese tono de voz. Traté de no prestar atención, pero mis oídos captaron fragmentos de la conversación. Mencionó un nombre: Daniel. Mi corazón se detuvo un segundo.

-También es tu hija y merece una buena educación,- dijo mi madre con frustración, repitiendo la frase varias veces entre insultos.

No entendía del todo a quién se refería, pero había algo en su voz que me hizo sentir incómoda, como si hubiera un secreto que estaba a punto de salir a la luz. Escuché el sonido seco de una taza estrellándose contra el fregadero, y supe que la conversación había terminado de la peor manera posible. Mi madre se quedó quieta por un momento, y luego me di cuenta de que no era el mejor momento para preguntar. Así que recogí mi mochila y mi bolsa de almuerzo, me acerqué a ella para despedirme, y salí por la puerta del apartamento sin mirar atrás.

En el ascensor, me enfrenté a mi reflejo en el espejo. Una chica de pelo naranja y ojos verdes me devolvía la mirada. Las grandes gafas que llevaba eran lo primero que notabas al verme, pero esa mañana, por alguna razón, me sentía más segura que de costumbre. Quizás era la emoción del nuevo comienzo, o tal vez era la decisión inconsciente de que nada ni nadie podría detenerme. No sabía que esa resolución sería puesta a prueba más pronto de lo que imaginaba.

Llegué al instituto público de la zona con una mezcla de emoción y miedo. El edificio era más grande de lo que había imaginado, y al entrar, me sentí diminuta entre el mar de estudiantes que se movían de un lado a otro. Encontré mi casillero y guardé algunas cosas antes de dirigirme a mi primera clase. Todo era tan nuevo y emocionante, pero al mismo tiempo, sentía que estaba en territorio desconocido, navegando a ciegas en un mundo lleno de reglas no escritas.

Fue en ese primer día que conocí a Billy Black. No sabía entonces que se convertiría en mi pesadilla constante. Al principio, parecía inofensivo, solo otro chico más en el instituto, con una actitud despreocupada y una sonrisa que, de alguna manera, me ponía los nervios de punta. Pero no tardé en descubrir que su sonrisa era solo una fachada.

Billy no tardó en convertir mi vida en un infierno. Al principio, eran solo comentarios hirientes, burlas sobre mis gafas o mi cabello. Traté de ignorarlo, de no darle importancia, pero su crueldad fue creciendo. Se convirtió en mi sombra, siempre presente, siempre buscando una oportunidad para hacerme daño, para humillarme delante de los demás. No entendía por qué yo, no entendía qué ganaba con hacerme sentir miserable.

Pronto, las burlas pasaron a algo peor. Billy me convirtió en su saco de boxeo, tanto física como emocionalmente. Los empujones en los pasillos, las risas de sus amigos, los rumores que esparcía... todo se acumulaba hasta que empecé a temer cada día de instituto. No quería preocupar a mi madre, no quería añadir más problemas a su ya complicada vida, así que guardé silencio. Soporté todo en silencio, esperando que de alguna manera, las cosas mejoraran.

Pero en lo más profundo de mi ser, sabía que tenía que encontrar una forma de salir de esa oscuridad. No podía dejar que Billy, ni nadie, definiera quién era o lo que valía. Así que, aunque cada día era una lucha, decidí que no dejaría que me rompiera. Aún no sabía cómo, pero me prometí que encontraría la manera de ser más fuerte que él, de superar esa pesadilla.

Y así, mientras enfrentaba los desafíos del instituto y los secretos que comenzaban a desvelarse en mi vida familiar, me di cuenta de que estaba en medio de una batalla que definiría quién era y quién sería en el futuro. Una batalla que estaba decidida a ganar, sin importar lo difícil que fuera el camino.

El infierno que Billy me hacía vivir no parecía tener fin. Curso tras curso, el tormento continuaba, y con cada año que pasaba, me sentía cada vez más débil, más vulnerable. Era como si la Alice que alguna vez fue fuerte, la niña que había soñado con ser la policía en nuestros juegos infantiles, se estuviera desmoronando poco a poco.

Pasaba las tardes tumbada en la cama, sumergida en novelas de ficción. Me aferraba a esas historias como a un salvavidas, imaginando mundos donde el villano se enamoraba perdidamente de la dulce y tierna protagonista. Fantaseaba con que algún día, un "chico malo" llegaría a mi vida y destruiría todos los demonios que me atormentaban. Soñaba con ser rescatada, no solo de Billy, sino también de mí misma. Pero cada vez que cerraba el libro, me enfrentaba a la cruda realidad de que no había nadie que viniera a salvarme.

Los golpes de Billy no eran el único daño físico que recibía. En la soledad de mi baño, me miraba al espejo, viendo un cuerpo que detestaba. Me decía a mí misma que era un cuerpo asqueroso, que no merecía ser cuidado. Empecé a hacer pequeños cortes en mi piel, sintiendo una extraña y retorcida sensación de alivio. Era como si al infligirme dolor físico, pudiera canalizar el dolor emocional que me carcomía por dentro. Sabía que no me servía para nada, que no estaba resolviendo nada, pero en esos momentos, parecía lo único que podía hacer.

Cada semana, mi cuerpo estaba más flaco, más deteriorado que la anterior. Mi ropa empezaba a quedarme grande, y mi energía se desvanecía lentamente. Mi madre, que había comenzado a trabajar en la universidad como neurobióloga, estaba cada vez más ausente. Pasaba la mayor parte del tiempo fuera de casa, inmersa en su trabajo, en sus investigaciones. No se daba cuenta de lo que me estaba pasando, de cómo me estaba consumiendo por dentro y por fuera.

En cambio, mi abuela sí lo notó. Fue ella quien, con su instinto de madre, se dio cuenta de que algo no estaba bien. Un día, me sentó a su lado en la pequeña cocina del apartamento. Me miró a los ojos, con esa mezcla de amor y preocupación que solo una abuela puede tener, y me pidió que le contara qué me pasaba. Pero no pude. A pesar de su ternura, de su insistencia, no fui capaz de confesarle todo lo que llevaba años guardando. Le dije que estaba bien, que solo estaba cansada, que el instituto era difícil. Ella no me creyó del todo, pero decidió no presionarme más.

Mientras tanto, Billy y su grupo de amigos no hacían más que aumentar la crueldad de sus ataques. Ya no solo eran golpes y empujones. Ahora, sus insultos eran más graves, más personales. "No vales para nada", "Estaríamos mejor si murieses", eran algunas de las frases que me repetían una y otra vez, como un mantra destinado a romperme. Y lo estaban logrando. Cada día, sentía que una parte de mí moría, que me estaba hundiendo en un pozo del que no podía salir.

Pero a pesar de todo, había una pequeña chispa dentro de mí que se negaba a extinguirse. Decidí que si no podía luchar contra Billy, si no podía detener el dolor, al menos me centraría en algo que pudiera controlar: mis estudios. Me aferré a ellos con todas mis fuerzas, convirtiéndolos en mi única vía de escape. Era la única parte de mi vida en la que sentía que tenía algún control, alguna esperanza de un futuro mejor.

Fue en medio de este caos que conocí a Eli. Ella era nueva en el instituto, una chica con un carácter fuerte y una risa contagiosa. A diferencia de los demás, Eli no me juzgaba, no me trataba con lástima. Al contrario, me aceptó tal y como era, con mis silencios, mis rarezas y mi tristeza constante. Nos hicimos amigas rápidamente, y su presencia empezó a hacer que mis días fueran un poco más soportables.

Eli no sabía lo que Billy me hacía, ni tampoco lo que yo me hacía a mí misma. Pero su compañía me dio algo que no había tenido en mucho tiempo: una razón para seguir adelante. Con ella, comencé a recordar que, a pesar de todo el dolor, había cosas en la vida por las que valía la pena luchar.

Sin embargo, aunque tenía a Eli, y aunque me concentraba en mis estudios, sabía que no podía seguir así para siempre. Había un límite para todo, incluso para el dolor. Y sentía que ese límite se estaba acercando, que algo tenía que cambiar antes de que fuera demasiado tarde. No sabía qué, ni cómo, pero sabía que debía encontrar la forma de sobrevivir a este infierno, de alguna manera.

Con Eli a mi lado, todo parecía mejorar. Su energía y sentido del humor eran como un bálsamo para mi alma cansada. Por primera vez en mucho tiempo, me sentía un poco más fuerte, como si los muros que había levantado para protegerme fueran, al menos, un poco más firmes. Billy y sus secuaces parecían haberse desvanecido en la inmensidad del instituto, como si nunca hubieran existido. No volví a saber de ellos, y poco a poco, dejé de esperar el siguiente golpe, el próximo insulto. Sentía que, quizás, las cosas finalmente estaban cambiando para bien.

Cada tarde, después de las clases, Eli y yo paseábamos por las calles de Pasadena. Hablábamos de todo y de nada, riéndonos y disfrutando de esos momentos de simple amistad. Eli vivía a pocos metros del instituto, así que se despedía pronto, mientras yo continuaba caminando hacia mi apartamento. Cuando llegaba a casa, siempre me recibía el suave olor de la cena que mi madre preparaba. Había música sonando en el fondo, apenas un susurro, pero suficiente para que supiera que estaba de buen humor. Era agradable, una sensación de normalidad que había echado de menos.

3

Entré en la casa y, después de un breve
saludo, me dirigí a mi habitación. Dejé los
libros y los deberes sobre el escritorio,
pero no pude evitar sacar el móvil de
inmediato. Era casi un reflejo, una
necesidad de desconectarme por un momento.
Abrí una de mis redes sociales y comencé a
chatear con Eli sobre un tema que habíamos
dejado pendiente: el nuevo chico guapo que
había llegado a uno de los cursos
superiores. Había algo en esos intercambios
que me hacía sentir normal, como cualquier
otra chica de mi edad, preocupada por cosas
simples y cotidianas.
La voz de mi madre interrumpió mis
pensamientos cuando me llamó a cenar. Su
tono era dulce, diferente al que solía usar
conmigo, y me sorprendió un poco. Me senté a
la mesa, mirando el plato frente a mí.
Aunque no era precisamente lo que hubiera
elegido, no dije nada. Simplemente comí en
silencio, con el móvil en la mano, revisando
las últimas notificaciones y mensajes.
De repente, mi madre rompió el silencio.

-He pensado que ahora, con mi nuevo trabajo,
podríamos hacer algunas reformas en la casa-
, dijo, con una nota de esperanza en su voz,
como si realmente esperara una respuesta.

Pero yo estaba tan inmersa en mi pantalla
que solo pude murmurar un vago "ajá", sin
darle mucha importancia a sus palabras. Ella
no insistió. Terminé de comer y la vi
levantarse para llevar su plato al

fregadero.

Fue en ese momento cuando el teléfono de mi madre comenzó a sonar. La pantalla mostraba un nombre que me resultaba extraño pero familiar al mismo tiempo. Daniel. No sabía por qué, pero el tono de mi madre cambió de inmediato. Algo en su expresión se endureció y, sin previo aviso, me ordenó que me fuera a mi habitación. No protesté, simplemente obedecí, aunque no pude evitar prestar atención a lo que sucedía.

Desde mi habitación, podía escuchar la conversación, aunque no con total claridad. Mi madre estaba peleando con ese tal Daniel, su voz era baja pero cargada de furia contenida. Las palabras que repetía una y otra vez hicieron que mi corazón comenzara a latir más rápido, sin que yo comprendiera realmente por qué.

-No te la llevarás,- decía mi madre con firmeza.

-Es mía,- insistía, su voz temblando con una mezcla de rabia y miedo.

-Me da igual tu dinero-

-No te la vas a llevar,- repetía cada vez más desesperada.

Y entonces, la frase que hizo que todo en mí se congelara: "Solo tiene 13 años".
Me quedé inmóvil, el teléfono aún en mi mano, pero con la mente muy lejos de la pantalla. Esa conversación era sobre mí. No

había duda. Daniel era mi padre, el hombre que me había abandonado antes de que naciera, el que había desaparecido sin dejar rastro. Y ahora, de alguna manera, estaba de vuelta, intentando… ¿qué? ¿Llevarme con él? ¿Por qué ahora? ¿Por qué después de tantos años de silencio?

Mi cabeza daba vueltas, llena de preguntas sin respuesta. Me sentí como una niña pequeña otra vez, vulnerable y perdida, como cuando mi madre y yo apenas nos hablábamos. La idea de que este hombre, que nunca había sido parte de mi vida, quisiera llevarme, me aterraba. Pero también me llenaba de una curiosidad insana, un deseo de entender qué estaba pasando realmente.

Volví a asomarme por el marco de la puerta, observando a mi madre. Estaba de espaldas a mí, pero podía ver cómo su cuerpo se tensaba con cada palabra que pronunciaba. Quería preguntarle, quería entender lo que estaba ocurriendo, pero algo me detuvo. Quizás el miedo a saber la verdad, a descubrir que mi vida estaba a punto de cambiar de una manera que no podía controlar.

Cerré la puerta de mi habitación y me senté en el borde de la cama, sintiendo que el suelo bajo mis pies se desmoronaba poco a poco. Por primera vez en mucho tiempo, no tenía ni idea de qué hacer, de cómo enfrentar lo que estaba por venir. Pero una cosa era segura: mi vida nunca volvería a ser la misma.

Ese fin de semana, sentí una necesidad inexplicable de estar cerca de mi abuela Nadia. Sabía que los años no pasaban en vano y que, aunque intentara no pensar en ello, el tiempo de mi abuela se estaba agotando. Había algo en el aire, una sensación de urgencia que no podía ignorar. Así que, esa misma tarde, después de salir del instituto, tomé una decisión impulsiva.

-¿Puedo quedarme con la abuela este fin de semana?- le pregunté a mi madre durante la cena.

Ella me miró con sorpresa, pero no se opuso. Quizás ella también sentía lo mismo, esa especie de premonición que se colaba en cada rincón de la casa.

A la mañana siguiente, cogí un taxi directo a la casa de mi abuela. El viaje fue tranquilo, aunque mi mente estaba lejos de la calma. Mientras observaba el paisaje pasar por la ventanilla, no podía dejar de pensar en la conversación que había escuchado entre mi madre y ese hombre, Daniel. Todo parecía un caos en mi cabeza, y sabía que necesitaba respuestas, aunque no estaba segura de si estaba lista para ellas. Cuando llegué, mi abuela me recibió con su cálida sonrisa, la que siempre había sido mi refugio en los momentos más oscuros. Su cabello, que alguna vez fue tan rojo como el mío, ahora era una suave manta de gris, y sus manos, aunque aún fuertes, mostraban las huellas de los años vividos. No había cambiado mucho desde la última vez que la vi, pero podía notar que estaba más frágil, como si el tiempo estuviera llevándose partes de ella poco a poco.

Pasamos el día juntas, charlando sobre cosas cotidianas, pero mi mente seguía llena de preguntas. Finalmente, después de la cena, me armé de valor para preguntar lo que realmente me preocupaba.

-Abuela, ¿alguna vez mi madre te habló de mi padre?- comencé, con la voz temblorosa.

Era una pregunta que había evitado hacer durante años, pero ya no podía seguir ignorándola.
Mi abuela me miró con sus ojos sabios, llenos de amor y tristeza.

-Sí, Alice,- respondió después de un largo silencio.

-Evelyn y Daniel… fue una historia complicada. Tu madre te amaba desde el momento en que supo que venías en camino, pero Daniel… bueno, él no estaba listo para ser padre. No supo cómo enfrentarlo y, en lugar de quedarse, decidió irse.-

Su respuesta me dejó con más preguntas que respuestas.

-¿Por qué nunca lo conocí? ¿Por qué nunca antes vino a buscarme?-

-Tu madre intentó protegerte, cariño. Daniel no era el hombre adecuado para criar a una niña. Y aunque intentó volver a tu vida, Evelyn siempre supo que era mejor que él se mantuviera alejado.- La voz de mi abuela era suave, pero había una firmeza en sus palabras que dejaba claro que ella apoyaba la decisión de mi madre.

Aun así, algo dentro de mí seguía sintiendo un vacío, una necesidad de entender quién era ese hombre y por qué, después de tantos años, de repente había decidido reaparecer. Pasé el resto del fin de semana preguntándole a mi abuela sobre su vida, sobre los tiempos en los que mi madre era joven, intentando armar el rompecabezas de mi historia. Algunas respuestas me consolaron, pero otras me dejaron más confundida que antes.

El domingo por la noche, cuando llegó la hora de volver a casa, me despedí de mi abuela con un abrazo más largo de lo habitual. Mientras la apretaba contra mí, sentí una punzada de tristeza, como si una parte de mí supiera que ese momento era especial, que el tiempo que nos quedaba juntas era limitado.

-Te quiero mucho, abuela,- le susurré, sintiendo cómo sus brazos me rodeaban con la misma fuerza de siempre, pero con un leve temblor que no pude ignorar.

-Yo también te quiero, Alice. Siempre estaré aquí para ti, no lo olvides,- me dijo, con una sonrisa que trataba de ser reconfortante.

Al salir de su casa y dirigirme hacia el taxi, no pude evitar mirar hacia atrás una vez más, viendo a mi abuela parada en la puerta, su figura recortada contra la luz de la casa. Algo en esa imagen se quedó grabado en mi mente, como una fotografía que nunca se borra.

Cuando me desperté ese lunes, el sol apenas se asomaba por las cortinas, filtrando una luz suave que hacía parecer todo más tranquilo de lo que realmente era. Me levanté de la cama con la misma rutina de siempre, arrastrando los pies hacia el salón, donde esperaba encontrar a mi madre preparando el desayuno o revisando algo en su teléfono. Sin embargo, en cuanto vi su rostro, supe que algo andaba mal.

Mi madre tenía los ojos hinchados, la piel pálida, y una expresión que nunca antes había visto en ella, una mezcla de dolor y desesperanza. Antes de que pudiera decir algo, se acercó a mí y, sin previo aviso, me envolvió en un abrazo. Sentí cómo su cuerpo temblaba contra el mío, y fue entonces cuando lo supe.

-La abuela Nadia se ha ido,- dijo, su voz quebrada, como si cada palabra la estuviera desgarrando por dentro.

No pude procesar lo que escuchaba. Era como si el mundo, mi mundo, hubiera perdido el color y todo se hubiera vuelto gris. No podía ser real. Mi abuela no podía haberse ido. No ella, no mi lugar seguro, mi refugio. Una parte de mí quería gritar, exigir que me devolvieran a mi abuela, que todo fuera una pesadilla de la que pronto despertaría. Pero no fue así.

Mi madre me sostuvo mientras mi mente luchaba por aceptar lo que acababa de escuchar. Quería decirle algo, cualquier cosa que pudiera hacer que esa realidad desapareciera, pero no encontré las palabras. Solo podía quedarme allí, en sus brazos, sintiendo cómo todo dentro de mí se desmoronaba lentamente.

Los días que siguieron fueron una niebla, una mezcla de dolor y vacío que no podía sacudir. La casa, que alguna vez había sido un lugar lleno de vida gracias a mi abuela, ahora parecía tan vacía. Todo lo que veía me recordaba a ella, desde su silla favorita en el salón hasta la taza de té que siempre dejaba en la cocina. Y aunque sabía, en el fondo, que tenía que dejarla ir, que debía aceptar que ya no estaba, no podía hacerlo. Me sumí en un luto que no parecía tener fin. Me alejé de todo y de todos, incluso de mi madre, que también estaba devastada por la pérdida. Ella intentaba seguir adelante, ser fuerte por las dos, pero yo no podía. Me encerré en mi dolor, en esa tristeza que me consumía poco a poco. Había perdido más que a mi abuela; había perdido el lugar donde siempre me sentí segura, el único hogar que realmente conocía.

A partir de ese momento, todo se volvió más difícil. No podía concentrarme en la escuela, y el poco ánimo que me quedaba se desvanecía con cada día que pasaba. Me refugié en la soledad, en el recuerdo de mi abuela, aferrándome a cada momento que habíamos compartido, a cada palabra que me había dicho. No quería olvidar nada, aunque sabía que al hacerlo, me estaba perdiendo a mí misma.

Los años pasaron, pero el dolor no se fue.

Seguía allí, latente, recordándome cada día lo que había perdido. Había noches en las que soñaba con ella, y al despertar, el vacío era aún mayor. No sabía cómo seguir adelante, cómo encontrar un nuevo lugar seguro en un mundo que ahora me parecía tan hostil y frío.

La muerte de mi abuela marcó un antes y un después en mi vida. Ya no era la misma niña que creía que todo podía arreglarse con un abrazo o una sonrisa. Había perdido la inocencia, la seguridad de que el mundo era un lugar justo. Y aunque sabía que la vida continuaba, en el fondo, una parte de mí se quedó estancada en ese momento, incapaz de avanzar.

4

La adolescencia es una época difícil, pero se complica aún más cuando te gradúas y debes decidir qué camino seguir. Eli, mi mejor amiga, siempre lo tuvo claro. Estudiaría Ciencias y Matemáticas en la universidad. Yo, por otro lado, no estaba tan segura. Recordaba los años en los que tuve que dejar atrás a mis amigos Anna y Simon, y aunque sentía una punzada de nostalgia, decidí seguir el mismo camino que Eli. No porque fuera lo que realmente deseaba, sino porque tenía miedo de quedarme atrás otra vez.

Juntas nos inscribimos en la universidad pública. Las asignaturas eran todo un reto: Matemáticas avanzadas, Física, Química, y otras más como Economía. El verano que precedió a nuestra entrada a la universidad fue intenso. La mayoría de los chicos iban detrás de Eli, con su melena rubia y sus grandes ojos azules que captaban la atención en cualquier lugar al que íbamos. Sin embargo, yo pasaba desapercibida, y la verdad es que no me importaba.

Hubo una tarde, sin embargo, en la que un chico se interesó en mí. Pasamos varias tardes conversando en el parque. Era algo tan inocente, casi infantil, pero en esos encuentros fugaces, algún que otro beso tímido se coló entre nosotros. Al final del verano, nos prometimos seguir viéndonos, pero nunca sucedió. Él siguió su camino, y yo seguí el mío. Nunca más volvimos a vernos.

La noche previa a mi primer día de

universidad fue una mezcla de emoción y nerviosismo. Pasé la mayor parte del tiempo en mi habitación, preparándolo todo. Al día siguiente, mi madre me llevaría al campus, donde me mudaría a la residencia de estudiantes con Eli. Mientras movía mis cosas de un lado a otro, incapaz de quedarme quieta, mi madre me observaba con una sonrisa orgullosa en los labios.

-¿Maleta? Preparada,- murmuraba para mí misma.

-¿Libros? Preparados.- Y así, con cada cosa que debía llevarme.

Mi madre, notando mi nerviosismo, me tomó de la mano y me hizo sentarme en la cama. Me dio varios consejos sobre la universidad, sobre esta nueva etapa que estaba a punto de comenzar.

-Debes ser cauta e inteligente- me decía. Luego, con una mirada emocionada, sacó una cajita de detrás de ella.

-Tenía esto guardado y no sabía cuándo era el momento de dártelo.-

Cuando abrí la cajita, me encontré con una libreta con una mariposa en la portada y una pluma morada.

-Siempre te gustó escribir, y pensé que te gustaría tener un pedacito de mí allá donde vas…- dijo con lágrimas en los ojos.

La abracé fuerte, y en ese momento supe que, a pesar de todo lo que habíamos pasado, habíamos superado los baches del pasado. Madre e hija, finalmente habíamos creado un vínculo irrompible.

La mañana siguiente llegó con una mezcla de emociones que nunca antes había sentido. Me levanté temprano, mucho antes de que sonara el despertador, y me quedé mirando el techo, tratando de calmar los nervios que me daban vueltas en el estómago. El día había llegado: mi primer día en la universidad.

Mamá me llevó al campus, y durante el trayecto, intenté no pensar demasiado en lo que dejaba atrás. Sabía que ella también estaba nerviosa, aunque intentaba disimularlo con una sonrisa. Mientras nos acercábamos, las mariposas en mi estómago se revolvían más, pero también sentía una pizca de emoción por lo desconocido.

Cuando llegamos, el bullicio del campus me abrumó un poco. Todo era tan grande y diferente, un mundo completamente nuevo. Mamá me ayudó a llevar las maletas hasta mi habitación, y mientras organizaba mis cosas, ella me observaba en silencio.

Después de un rato, Eli llegó con su característico entusiasmo. Ver su sonrisa familiar me tranquilizó un poco, como si me recordara que, aunque todo a nuestro alrededor estaba cambiando, nuestra amistad seguía siendo un ancla en este mar de incertidumbre. Nos ayudamos mutuamente a instalar nuestras cosas, bromeando sobre cómo íbamos a decorar nuestra habitación. Finalmente, llegó el momento de despedirme de mamá. Nos abrazamos fuerte, y pude sentir cómo contenía las lágrimas.

-Sé que vas a hacer cosas increíbles, Alice- me dijo mientras se apartaba para mirarme a los ojos.

-Recuerda que estoy aquí para lo que necesites-. Asentí, sin atreverme a hablar, porque sabía que mi voz se quebraría.

La vi alejarse por el pasillo, y un vacío se formó en mi pecho. Era oficial: estaba sola, pero al mismo tiempo, estaba lista para enfrentar lo que viniera.
Esa noche, después de que Eli se durmiera, me senté en mi escritorio y abrí la libreta que mamá me había dado. Pasé la mano por la portada, la mariposa en relieve me recordó cuán frágil y, al mismo tiempo, fuerte podía ser la vida. Tomé la pluma morada y empecé a escribir. No sabía exactamente qué quería decir, pero las palabras empezaron a fluir, como si hubieran estado esperando ese momento.
Escribí sobre los nervios, sobre la emoción, sobre la tristeza de dejar a mamá, y sobre la esperanza de lo que estaba por venir. Escribir me hizo sentir un poco más en control, como si al plasmar mis pensamientos en papel, pudiera darles un sentido, organizarlos en medio del caos.
Cerré la libreta, sintiéndome un poco más en paz. Me metí en la cama y, antes de quedarme dormida, pensé en lo lejos que había llegado, en cómo había sobrevivido a tantos desafíos. Sabía que aún habría más

obstáculos, pero también sabía que tenía la fuerza para superarlos.

El primer día de clases estaba a la vuelta de la esquina, y aunque me sentía nerviosa, también estaba lista para enfrentar este nuevo capítulo, para aprender, para crecer, y para descubrir quién era realmente, más allá de todo lo que había dejado atrás.

Ese día me levanté temprano, nerviosa pero emocionada. Eli y yo nos preparamos en silencio, cada una sumida en sus pensamientos. Cuando estuvimos listas, salimos de la residencia y caminamos hacia el edificio donde tendríamos nuestra primera clase de Matemáticas Avanzadas.

-¿Estás nerviosa?- me preguntó Eli mientras caminábamos. Su voz sonaba tranquila, pero podía ver en sus ojos que también sentía un poco de ansiedad.

-Un poco- admití. -¿Y tú?-

-Sí, pero estoy más emocionada que nerviosa,- respondió con una sonrisa.

-Vamos a aprender cosas increíbles, Alice. Estoy segura de que va a ser genial.-

Asentí, tratando de convencerme de lo mismo. Cuando llegamos al aula, me sorprendió ver lo grande que era. Había un montón de estudiantes ya sentados, algunos charlando entre ellos, otros revisando sus apuntes.

-Vamos a sentarnos aquí,- sugirió Eli, señalando dos asientos en la tercera fila.

Nos acomodamos, y justo cuando estaba a punto de sacar mi cuaderno, un chico alto con gafas y cabello despeinado se acercó a nosotras.

-¿Está ocupado?-, preguntó, señalando el asiento vacío junto a Eli.

-No, puedes sentarte,- respondió Eli amablemente.

-Gracias,- dijo el chico, sonriendo. -Soy Max, por cierto.-

-Eli,- respondió mi amiga, estrechándole la mano.

-Y yo soy Alice,- añadí, intentando sonar más segura de lo que me sentía.

Max asintió y se sentó, sacando su portátil y comenzando a escribir algo en él. Había una energía amistosa en él, algo que me hizo sentir un poco más relajada.
La clase comenzó poco después, y aunque al principio todo me parecía abrumador, a medida que el profesor explicaba los conceptos, empecé a sentirme más cómoda. Era difícil, claro, pero de alguna manera, saber que estaba aprendiendo algo tan avanzado me hacía sentir que realmente estaba en el

lugar correcto.
Durante un descanso, Eli y Max se pusieron a charlar sobre un problema que el profesor había planteado.

-¿Te parece si nos reunimos después de clase para resolverlo juntos?-, sugirió Max. - Podríamos ir a la biblioteca.-

-¡Me parece una gran idea!,- respondió Eli entusiasmada. -¿Qué dices, Alice?-

Miré a ambos, sintiéndome un poco fuera de lugar, pero también emocionada por la posibilidad de hacer nuevos amigos.

-Claro, suena bien.-

Después de clase, los tres nos dirigimos a la biblioteca. Mientras caminábamos, Eli y Max conversaban animadamente sobre las clases, y aunque yo estaba más callada, me sentía a gusto en su compañía. Al llegar, encontramos una mesa en una esquina tranquila y comenzamos a trabajar en el problema.

-¿Qué piensas, Alice?,- me preguntó Max después de un rato, señalando una ecuación en su portátil.

Lo miré, sorprendida de que me pidiera mi opinión. Me tomé un momento para analizarlo y luego señalé un error en una de las derivadas.

-Creo que cometiste un error aquí,- dije, señalando la pantalla. -Si cambias este signo, todo debería cuadrar.-

Max miró la ecuación, luego me miró a mí, y una amplia sonrisa se extendió por su rostro.

-¡Tienes razón! Eres buena en esto, Alice.-

Me sonrojé un poco, pero no pude evitar sentirme orgullosa de mí misma. "Gracias", respondí tímidamente.

-Deberías ser tú quien nos enseñe,- bromeó Eli, dándome un suave codazo.

-¡Ni hablar! Apenas estoy aprendiendo,- dije, riendo.

Pasamos el resto de la tarde trabajando juntos, y para cuando terminamos, me sentía mucho más segura. No solo había logrado entender la materia, sino que también había hecho un nuevo amigo en el proceso. Cuando finalmente nos despedimos, sentí que el día había sido un éxito.
Esa noche, de vuelta en mi habitación, abrí la libreta que mamá me había dado y comencé a escribir sobre mi primer día. Escribí sobre mis nervios, sobre la clase, y sobre cómo, poco a poco, me estaba sintiendo más cómoda en este nuevo entorno.
Antes de cerrar la libreta, escribí una última línea: "Hoy me di cuenta de que, aunque los comienzos pueden ser difíciles,

no tengo que enfrentarlos sola".
Los días siguientes en la universidad fueron
una mezcla de emociones para mí. Cada clase
era un desafío, pero también una oportunidad
para aprender algo nuevo, y aunque al
principio me sentía abrumada, poco a poco
empecé a encontrar mi ritmo.
Max y Eli, por otro lado, se volvieron
inseparables.
No me sorprendió cuando comenzaron a salir
oficialmente; su conexión era evidente. Al
principio, solíamos estudiar juntos, pero a
medida que su relación se fortalecía, empecé
a darles más espacio. Algunas noches, cuando
ellos se iban a dar un paseo o a ver una
película, yo me dirigía a la biblioteca.
Fue en una de esas noches solitarias cuando
conocí a Joe. Estaba sentado en una de las
mesas al fondo, con un café en la mano y un
montón de libros de Economía esparcidos
frente a él. Me acerqué a su mesa porque
todos los demás asientos estaban ocupados, y
para mi sorpresa, él me sonrió y me ofreció
un lugar.

-¿Te importa que me siente aquí?,- pregunté,
un poco tímida.

-Para nada. Adelante,- respondió, apartando
un par de libros para hacerme espacio.

Desde esa noche, compartir mesa y café con
Joe se convirtió en una especie de rutina.
Estudiábamos en silencio la mayor parte del
tiempo, pero de vez en cuando compartíamos
comentarios sobre la clase o
intercambiábamos impresiones sobre algún

tema de Economía. Era fácil estar con él, y aunque no hablábamos mucho, su compañía me resultaba reconfortante.
Una noche, después de varias horas de estudio, decidimos dar un paseo por el jardín del campus. El aire fresco de la noche era un alivio después de tanto tiempo en la biblioteca, y mientras caminábamos, empezamos a hablar más abiertamente.

-¿Por qué Economía?,- le pregunté, curiosa.

Joe sonrió, mirando al suelo mientras caminábamos.

-Siempre me ha interesado cómo funcionan las cosas. El dinero, los mercados, cómo todo está conectado. Es como un gran rompecabezas que quiero resolver.-

Asentí, comprendiendo lo que decía.

-Yo elegí Economía porque... no sabía qué más hacer,- confesé. -No es que no me guste, pero a veces me pregunto si realmente es lo que quiero.-

Joe me miró con comprensión.

-Es normal sentirse así, Alice. Estamos aquí para aprender, no solo sobre lo que estudiamos, sino también sobre nosotros mismos.-

Su respuesta me hizo sentir un poco mejor. Había algo en la forma en que Joe veía el

mundo que me hacía sentir menos perdida.
Una mañana en nuestra clase de Economía,
algo cambió. Estaba sentada en mi asiento
habitual, esperando que la clase comenzara,
cuando un chico entró apresurado,
disculpándose por llegar tarde. Se sentó en
la primera fila, y por alguna razón, mi
atención se quedó fija en él.
Tenía algo que me llamaba la atención, pero
no podía decir qué era exactamente. Tal vez
era la forma en que se movía, con una
especie de urgencia, o la manera en que se
disculpó, sin avergonzarse, pero con
sinceridad. Durante toda la clase, mi mente
divagó, imaginando quién era y por qué había
llegado tarde.
Antes de que pudiera pensar en acercarme, la
clase terminó y lo vi salir rápidamente,
perdiéndose entre la multitud de estudiantes
en los pasillos. Sentí una extraña mezcla de
curiosidad y frustración, pero al mismo
tiempo, una chispa de emoción.
Esa noche, mientras estaba en la biblioteca
con Joe, no pude evitar que mi mente
volviera a ese chico de la primera fila. Joe
notó mi distracción y me miró con una
sonrisa juguetona.

-¿Todo bien, Alice? Pareces estar en otro
mundo esta noche.-

Sonreí, sintiéndome un poco culpable por no
estar completamente presente.

-Sí, solo... hay algo en lo que estoy
pensando.-

-¿Algo o alguien?,- preguntó Joe, levantando una ceja con picardía.

Me reí, sacudiendo la cabeza.

-Tal vez... no lo sé aún.-

Joe no insistió, pero su sonrisa me hizo sentir un poco menos confundida. Sin embargo, mientras continuábamos estudiando, no podía dejar de pensar en aquel chico, y me pregunté si lo volvería a ver y qué pasaría si lo hacía.
El tiempo pasaba, y cada día mi curiosidad por el chico de pelo negro y ojos verdes se hacía más fuerte. No sabía cómo se llamaba, pero lo veía en todas las clases de economía, siempre llegando justo a tiempo, con una especie de aura misteriosa que lo rodeaba. Me encontraba observándolo más de lo que me gustaría admitir, intrigada por esa mezcla de indiferencia e intensidad que parecía llevar consigo.
Mientras tanto, mi amistad con Joe se iba fortaleciendo. Nos veíamos a menudo en la biblioteca, compartíamos charlas, y poco a poco, nos convertimos en un grupo inseparable junto a Eli y Max. Los cuatro pasábamos mucho tiempo juntos, y nuestra dinámica era cómoda, casi como una pequeña familia en la universidad.
El semestre avanzaba y, con él, se acercaban las vacaciones de Navidad. Estaba emocionada por pasar esas semanas en la residencia con mis amigos. Aunque la mayoría de los estudiantes se marchaban a sus casas, nosotros decidimos quedarnos y disfrutar de

la libertad que ofrecía un campus casi vacío. Una de las hermandades organizó una fiesta para los que se quedaban, y, por supuesto, no podíamos perdérnosla.

La casa estaba decorada con luces y adornos navideños, y la música vibraba en el aire, acompañada del sonido de risas y conversaciones. Mientras caminábamos por la sala, con un vaso de ponche en la mano, de repente lo vi. El chico misterioso estaba apoyado en la barandilla de la escalera, charlando despreocupadamente con un par de chicas que parecían no poder apartar la vista de él. Una punzada de nervios me recorrió, y decidí no acercarme.

Pero Joe tenía otros planes. Con su típica energía y sin pensarlo dos veces, se dirigió hacia él, arrastrándonos a todos detrás.

-¡Hey, Simon! Ven, quiero presentarte a mis amigos,- gritó sobre la música.

Sentí que mi corazón se detenía cuando escuché su nombre.

Simon.

Era un nombre común, pero algo en mi interior me decía que no era cualquier Simon.

Cuando llegamos junto a él, me fijé en esos ojos verdes brillantes y en su sonrisa relajada. Pero algo en su rostro me resultaba terriblemente familiar. Entonces, cuando Joe comenzó a presentarnos, el chico misterioso se giró y dijo:

-Mi nombre es Simon Miller.-

5

El mundo pareció detenerse. Sentí como si todo a mi alrededor se difuminara y solo quedáramos él y yo en esa habitación. Mi mente retrocedió años atrás, a los días en que éramos niños, corriendo por el parque, haciendo travesuras. Simon Miller. No podía ser.
Con un hilo de voz, casi en un susurro, repetí incrédula.

-¿Simon Miller?.-

Él me miró con una mezcla de sorpresa y reconocimiento.

-¿Alice? ¿Alice Rodríguez?-

Por un momento, ninguno de los dos supo qué decir. Estábamos congelados, tratando de procesar lo que acababa de suceder. Pero luego, como si el tiempo no hubiera pasado, sonreímos al mismo tiempo. No podía creerlo, era Simon, mi amigo de la infancia. El mismo Simon que creí haber perdido para siempre cuando nuestras vidas tomaron caminos diferentes.
Pasamos el resto de la noche charlando y poniéndonos al día, como si quisiéramos recuperar todo el tiempo perdido. Simon me contó que estaba estudiando economía como una asignatura extra, para acumular créditos y poder seguir su verdadero sueño: convertirse en jugador de fútbol profesional.

-Siempre quise ser futbolista, pero no es fácil. Así que, mientras tanto, estudio para tener algo en qué apoyarme,- explicó con una sonrisa que mostraba tanto su determinación como su pasión.

-¿Y cómo terminaste aquí, en esta universidad?- le pregunté, todavía en shock por nuestro reencuentro.

-Mis padres se mudaron a Pasadena cuando tenía quince años, y bueno, aquí estoy. ¿Y tú? No puedo creer que nos encontremos aquí después de tantos años.-

Le conté un poco sobre mi, sobre mi madre y la universidad. De alguna manera, todo encajaba, como si hubiéramos estado destinados a encontrarnos de nuevo. La nostalgia se mezclaba con la emoción de redescubrir a ese amigo que, sin darme cuenta, había echado tanto de menos.
Al final de la noche, cuando la música comenzó a apagarse y la fiesta llegó a su fin, me di cuenta de que mi vida en la universidad acababa de cambiar de una manera que nunca había imaginado. Había recuperado a un amigo de la infancia, y algo en mi interior me decía que este reencuentro marcaría un antes y un después en mi vida. Simon y yo nos volvimos inseparables. Era como si el tiempo y la distancia nunca hubieran existido entre nosotros. La conexión que habíamos redescubierto no era solo amistad; era algo más profundo, más antiguo. Éramos familia desde hacía muchos

años, y ese vínculo se había fortalecido con el tiempo.

Simon me llamaba siempre que tenía un hueco en su agenda. Si no podíamos vernos en persona, me mandaba mensajes largos y detallados, contándome cada pequeña cosa que le había pasado durante el día. Cuando no estaba ocupado, me invitaba a pasear, a cenar, o a hacer picnics improvisados en lugares escondidos que solo él conocía. Esos momentos se convirtieron en lo más importante para mí. Estar con él me hacía sentir completa, como si todo lo demás en mi vida pudiera esperar.

Sin darme cuenta, empecé a distanciarme de Eli, Max y Joe. Las tardes en la biblioteca o las noches de películas en la residencia se hicieron menos frecuentes. No era algo intencional, pero Simon se convirtió en el centro de mi mundo. Nuestra relación crecía de manera natural, sin presiones ni expectativas, solo disfrutábamos de la compañía del otro, de esos pequeños momentos que compartíamos.

Recuerdo un día en particular, cuando Simon decidió llevarme al cine. Me recogió en su coche, un viejo modelo que había arreglado él mismo, y me llevó a un pequeño cine cercano. No era un lugar lujoso, pero era perfecto para nosotros. Mientras la película comenzaba, nos acomodamos en nuestros asientos, compartiendo una bolsa de palomitas y comentando en voz baja lo que veíamos en la pantalla.

Pero pronto, la película pasó a un segundo plano. Empezamos a tomarnos de las manos, algo que ya se había vuelto habitual entre nosotros. Sin embargo, esa noche Simon se aventuró un poco más. Me miró, con esos ojos verdes que siempre parecían ver más allá de lo que mostraba la superficie, y se inclinó hacia mí. Lo siguiente que supe fue que sus labios estaban sobre los míos.

Fue un beso suave, lento, como si quisiéramos saborear ese momento para siempre. Sentí una mezcla de nervios y felicidad, una sensación cálida que se extendía desde mi pecho hasta la punta de mis dedos. Desde ese momento, la película dejó de importar. Todo lo que podía pensar era en él, en nosotros, en lo bien que se sentía estar juntos.

A partir de ahí, los besos, las caricias y la intimidad comenzaron a formar parte de nuestra rutina. Pasábamos horas en su coche, hablando de todo y de nada, explorando nuestra relación con una mezcla de curiosidad y deseo. Había algo emocionante en esos encuentros clandestinos, en la privacidad de su coche, donde el mundo exterior parecía no existir.

Con el tiempo, nuestra relación se formalizó de manera natural. No hubo una gran declaración de amor o un momento dramático. Simplemente sabíamos que estábamos juntos, que queríamos estar juntos, y eso nos bastaba. Simon se convirtió en mi pareja, mi confidente, y mi refugio. Me hacía sentir segura, amada, y sobre todo, me hacía sentir que pertenecía a alguien, que tenía un lugar en el mundo.

Pero, a pesar de toda esa felicidad, había una parte de mí que sabía que algo estaba cambiando. Que al centrarme tanto en Simon, estaba dejando atrás otras partes importantes de mi vida. Sin embargo, en ese momento, nada de eso importaba. Simon y yo éramos felices, y eso era lo único que quería.

Pasaron varios meses desde que Simon y yo empezamos a salir, y aunque la mayoría del tiempo era feliz con él, comencé a darme cuenta de que había algo en nuestra relación que no estaba bien. Sentía que me había distanciado de mis amigos, especialmente de Eli, Max y Joe. Extrañaba las risas, las charlas sin preocupaciones, y esa sensación de pertenecer a un grupo que me aceptaba tal como era.

Un día, después de terminar mis clases, tomé una decisión. Necesitaba un descanso de Simon, aunque solo fuera por una tarde. Quería pasar tiempo con mis amigos, reírme con ellos, y, sobre todo, disculparme por haberlos dejado de lado. Así que les envié un mensaje, y ellos aceptaron encontrarse conmigo sin dudarlo. Sabía que tenía que hacer esto, que tenía que recordar quién era antes de que Simon se convirtiera en mi mundo.

Nos encontramos en nuestra cafetería habitual. Al principio, estaba nerviosa, pero en cuanto los vi y me senté con ellos, sentí que todo volvía a encajar. Eli, Max y Joe no me guardaban rencor; entendían que estaba enamorada y que, a veces, eso puede hacer que pierdas un poco el equilibrio. Aun así, no podía evitar sentirme culpable. Les pedí perdón, y ellos, como los buenos amigos que siempre habían sido, me perdonaron sin dudarlo.

La tarde fue perfecta. Nos pusimos al día, reímos como solíamos hacerlo, y por un rato, olvidé todo lo que me preocupaba. Pero mientras disfrutábamos, mi teléfono no paraba de sonar. Era Simon. Al principio, respondí, tratando de explicarle que estaba con mis amigos, pero después de la tercera o cuarta llamada, su insistencia comenzó a agobiarme. Finalmente, le pedí que me dejara disfrutar de mi tiempo con ellos y puse el móvil en silencio. Solo quería una tarde tranquila, sin preocupaciones ni conflictos. Cuando la quedada terminó, Eli y yo regresamos a nuestra habitación. Al entrar, lo primero que hice fue revisar mi teléfono. Tenía 12 llamadas perdidas y 8 mensajes de Simon, cada uno más insistente que el anterior. Simon estaba enfadado porque me había ido con mis amigos sin él. Se sentía excluido, y aunque en ese momento no lo vi claramente, estaba empezando a mostrar un lado de sí mismo que no conocía. Un lado tóxico y controlador.

No pasó mucho tiempo antes de que las cosas empeoraran. Un día, después de las clases, me di cuenta de que había olvidado mi teléfono en la habitación. No pensé que fuera un gran problema, pero cuando volví, encontré a Simon en mi cuarto. Estaba de pie junto a mi escritorio, sosteniendo mi teléfono en la mano. Sus ojos estaban llenos de rabia.

-¿Cómo pudiste olvidarlo?- me gritó, su voz retumbando en la pequeña habitación.

Antes de que pudiera responder, lanzó el teléfono contra la pared con todas sus fuerzas, haciendo que este se estrellase y partiese en pedazos.

Me quedé paralizada. No sabía qué decir ni qué hacer. Sentí un nudo en el estómago y, en lugar de confrontarlo, lo primero que pensé fue que era mi culpa. Si no hubiera olvidado el teléfono, nada de esto habría pasado. Intenté calmarlo, diciendo que no era gran cosa, que solo era un teléfono, pero por dentro, algo se rompió al mismo tiempo que mi teléfono.

Eli entró en la habitación justo después de que Simon se fuera. Vio los restos de mi teléfono en el suelo y, sin decir una palabra, me abrazó. Sabía que algo no estaba bien, y aunque yo intentaba convencerme de que era solo un malentendido, Eli podía ver lo que yo no quería admitir.

-Esto no está bien, Alice,- me dijo, su voz llena de preocupación. -No puedes seguir así. Simon… no puede tratarte de esa manera.-

Negué con la cabeza, tratando de justificar su comportamiento, pero Eli no me dejó seguir.

-Alice, no es tu culpa. Nadie tiene derecho a hacerte sentir así, mucho menos alguien que dice que te quiere. Tienes que salir de esa relación antes de que sea demasiado tarde.-

Las palabras de Eli resonaron en mi cabeza mucho después de que se fue a dormir. Sabía que tenía razón, pero no estaba lista para enfrentar la realidad. Lo único que podía hacer en ese momento era aferrarme a la idea de que Simon me quería, que estaba actuando así porque le importaba. Pero en el fondo, una parte de mí sabía que lo que estaba pasando no era amor, era control, y me estaba perdiendo a mí misma en medio de todo aquello.

Un par de días después, Simon quien normalmente salía disparado tras la clase de economía, me esperó a la salida. Yo me sentía aún agitada por la discusión que habíamos tenido. El aula estaba vacía, y la luz del atardecer se filtraba a través de las ventanas, creando una atmósfera suave y dorada. Al verlo allí, con una expresión preocupada en el rostro, mi corazón dio un vuelco.

-Hola, Alice-, dijo Simon con un tono que era a la vez suave y tenso. -Quería disculparme por lo que pasó. No debí haber reaccionado así.-

Me estiré hacia él, esperando que me dijera más, pero en su lugar, extendió una mano y me entregó un pequeño paquete envuelto en papel de regalo azul. Lo desaté con cuidado, y al abrirlo, encontré un teléfono nuevo, brillante y moderno. La sorpresa me dejó sin aliento.

-Pero... ¿por qué?- pregunté, sin saber si debía sentirme halagada o confundida.

-Porque me preocupé cuando olvidaste el tuyo,- dijo él, bajando la mirada. -Quiero asegurarme de que estés bien conectada, siempre. No quiero que te pase nada. Y, por favor, no vuelvas a olvidarlo, ¿eh, nena?-

El apodo me hizo sonreír a pesar de la intranquilidad que sentía. En ese momento, el regalo pareció una señal de su amor y preocupación. Así que lo acepté, y le prometí que lo mantendría conmigo en todo momento.
En los días siguientes, el comportamiento de Simon no cambió mucho. Aunque su disculpa y el regalo me habían tranquilizado, empecé a notar algo más. Cada vez que hablaba con mis amigas, él parecía estar a la defensiva, como si cada conversación fuera una amenaza. Me llamaba y enviaba mensajes constantemente, preguntando dónde estaba y con quién. Al principio, creía que era solo una muestra de cariño, pero con el tiempo, empecé a sentirme asfixiada.
Sin embargo, cada vez que me cuestionaba sobre sus actitudes, él tenía una explicación que sonaba razonable.

"Es por tu propio bien", decía. "Solo quiero protegerte y asegurarme de que estés a salvo."

Cada vez que me aislaba de mis amigos, me decía que era para evitar problemas innecesarios, para que yo pudiera concentrarme en lo que realmente importaba: nuestra relación. Y, aunque algo en el fondo me decía que esto no estaba bien, mi amor

por él me llevaba a justificar sus acciones.
Así pasaban los días, y yo me encontraba
cada vez más atrapada en una red que él
había tejido cuidadosamente a mi alrededor.
A pesar de las señales de advertencia que
empezaban a surgir, la creencia de que todo
lo que hacía era por amor me mantenía a su
lado.
Los días siguieron su curso, y con ellos
llegaron más conflictos entre Simon y yo. A
medida que pasaba el tiempo, el patrón se
volvía cada vez más claro. Las discusiones
solían comenzar por pequeñas cosas,
malentendidos o algún comentario que había
hecho. Pero lo que empezaba como una pelea
menor, rápidamente se convertía en una
tormenta emocional.
Un día, mientras estábamos en la cafetería
de la universidad, discutimos sobre un
comentario que había hecho acerca de un
compañero de clase. Simon se molestó cuando
le mencioné que pensaba que su actitud era
un poco exagerada, y en lugar de calmarse,
se enfureció.

-No entiendo por qué siempre tienes que
desafiarme,- dijo él con una voz cargada de
frustración. -¿No te das cuenta de que estoy
intentando protegerte de todo esto?-

La conversación rápidamente se tornó amarga,
y me encontré sintiéndome más y más herida.
No era la primera vez que experimentaba este
tipo de conflicto, pero cada vez que pasaba,
me sentía más desorientada y confundida. Mis
amigos empezaron a notarlo, y me hicieron
preguntas sobre la relación que no supe cómo

responder.

Esa misma noche, mientras me encerraba en mi habitación, recibí un mensaje de Simon.

"No quiero que termines así, Alice. Por favor, dame una oportunidad para explicarte."

Al salir a la calle, me encontré con él en la esquina, de pie junto a un coche elegante y un ramo de flores frescas.

-Lo siento mucho,- dijo él, tomando mi mano. -No quise decir esas cosas. Solo me preocupaba. Estas flores son para ti, porque te amo y quiero que sepas que lo que más deseo es tu felicidad.-

Me entregó el ramo, y aunque estaba llena de dudas y resentimiento, no pude evitar que mi corazón se suavizara. Acepté las flores y, con un suspiro, acepté su disculpa. El regalo se convirtió en una nueva muestra de su amor y me hizo sentir especial, a pesar de lo doloroso que había sido el conflicto. En otra ocasión, después de una discusión particularmente dura sobre mis horarios y actividades, Simon apareció en mi puerta con una caja de chocolates de mi marca favorita. Me miró con los ojos llenos de arrepentimiento y me dijo:

"Sé que estuve fuera de lugar. Quiero que sepas cuánto te valoro y me duele verte molesta. Por favor, acepta estos chocolates como un símbolo de mi amor y mi arrepentimiento."

Me sorprendió cómo, a pesar del dolor que me causaba su comportamiento, cada disculpa venía acompañada de un regalo que me hacía sentir amada y apreciada. Cada presente parecía borrar temporalmente el malestar y las heridas, y me hacía olvidarme de los conflictos anteriores.
Lo que no me daba cuenta era que estos conflictos no solo se estaban acumulando, sino que estaban afectando mi percepción de lo que era una relación sana. Me estaba envolviendo en una burbuja de ilusión, donde el amor se mezclaba con el dolor y el control se disfrazaba de preocupación.
Cada disculpa y cada regalo seguían reafirmando mi creencia de que, a pesar de todo, lo que Simon sentía por mí era verdadero. Sin embargo, a medida que me sumergía más en esta dinámica, empezaba a darme cuenta de que, por mucho que sus gestos me hicieran sentir especial, había un precio que estaba pagando. No era consciente de la magnitud de este precio hasta que las heridas emocionales empezaron a volverse más profundas, pero en ese momento, el amor y el cariño que él me mostraba, a través de sus regalos y disculpas, seguían manteniéndome atrapada en la ilusión de que todo estaba bien.
Sin embargo, había una creciente sensación de desesperación y una creciente distancia entre nosotros. Simon se estaba volviendo cada vez más controlador, y las discusiones, en lugar de suavizarse, se volvían más

intensas.

El punto de quiebre llegó una noche en que Simon y yo tuvimos una de las peores discusiones que habíamos tenido. Todo comenzó por una conversación que tuvimos sobre mis planes para el fin de semana. Quería salir con mis amigas, pero Simon se mostró descontento. La conversación rápidamente se transformó en un grito, y las palabras se volvieron más afiladas.

-¿Por qué siempre tienes que hacer lo que te plazca sin pensar en mí?- gritó Simon. -No entiendes lo que me estás haciendo pasar.-

-¡Estoy cansada de que siempre controles cada aspecto de mi vida!- respondí, mi voz temblando con la furia y la frustración que sentía.

La discusión se intensificó, y en un momento de rabia ciega, Simon levantó la mano y me golpeó. El impacto fue brutal y me dejó atónita. Me caí al suelo, mi rostro ardía y las lágrimas comenzaron a brotar sin parar. No podía creer que eso estuviera ocurriendo. El dolor físico era agudo, pero el emocional era aún más insoportable.

En ese instante, sentí un nudo en el estómago y una desesperación abrumadora. Con dificultad, me levanté y huí de la habitación de Simon. No sabía a dónde ir, solo necesitaba escapar, y mi primer pensamiento fue ir en busca de Eli, ella había sido siempre mi refugio en momentos difíciles, y sabía que ella me entendería. Cuando llegué a nuestra habitación, Eli me recibió con una expresión de horror y

preocupación al ver el estado en el que me
encontraba. Me abrazó con fuerza, tratando
de calmarme.

-¿Qué ha pasado, Alice?- preguntó Eli, su
voz llena de angustia.

Entre sollozos, le conté lo que había
sucedido y mientras escuchaba, Eli se
mantenía al lado mío, dándome consuelo y
ofreciéndome un lugar seguro. Su apoyo
incondicional me dio un respiro de alivio en
medio del caos emocional.
Esa noche, mientras me acomodaba en mi cama,
decidí sacar la libreta que mi madre me
había regalado. La libreta estaba llena de
anotaciones sobre mis sueños, miedos y
esperanzas. Al abrirla, las palabras de mi
madre resonaron en mi mente: "…pensé que te
gustaría tener un pedacito de mi…".
Agarré la pluma morada y escribí,
desahogando todo el dolor y la confusión que
sentía. Escribir me ayudaba a ordenar mis
pensamientos y a entender lo que había
sucedido. En medio de las lágrimas, me di
cuenta de que estaba en una situación
peligrosa y que el amor que Simon me ofrecía
no justificaba el dolor que estaba
sufriendo.
Eli me ayudó a entender que lo que había
experimentado no era una muestra de amor,
sino una forma de abuso. Pero amaba a Simon
por encima de todo y sabía que podía hacerlo
cambiar.
A medida que pasaban los días, la libreta de
mi madre se convirtió en un símbolo de mi
fortaleza y en una guía para recordar mi

propio valor. La conversación con Eli y el tiempo para reflexionar me ayudaron a encontrar la claridad que necesitaba para dar el siguiente paso y finalmente, después de mucho pensar, decidí terminar la relación con Simon. Sabía que sería difícil, pero estaba decidida a tomar el control de mi vida y a recuperar mi independencia.

La decisión fue dolorosa.

Simon intentó contactarme, quería disculparse y prometer que cambiaría y en el fondo quería creerle, pero no pude.

Después de aquel día en que me enfrenté a Simon, algo dentro de mí se había roto, pero también había comenzado a sanar. Pasaron semanas en las que el dolor se convirtió en una constante, una sombra que no me abandonaba, un vacío difícil de llenar.

Simon no dejó de insistir. Cada mensaje, cada llamada, cada visita se sentían como un eco persistente en mi mente. Me decía que había cambiado, que estaba trabajando en sí mismo, y que se daba cuenta de lo que había perdido. Me prometió que estaba dispuesto a hacer lo necesario para demostrarme que sus palabras eran sinceras.

Una parte de mí quería creerle, y en mi mente, las noches solitarias y la ausencia de su presencia se mezclaban con sus promesas. La vida en la universidad se volvió un desafío, las clases eran cada vez más difíciles de seguir, y la fatiga emocional me impedía concentrarme. La falta de energía afectaba mi rendimiento académico, y me sentía atrapada en una espiral descendente.

Después de varios meses de persistente

insistencia de Simon, decidí darle una segunda oportunidad. Pensé que si realmente estaba dispuesto a cambiar, merecía una oportunidad para demostrarlo. Le hice saber que aceptaría verlo nuevamente bajo la condición de que tenía que mostrarme cambios concretos. Él aceptó con entusiasmo, prometiendo que se sometería a terapia y que trabajaría en sus problemas.

Los primeros meses después de nuestra reconciliación parecieron prometedores. Simon parecía estar haciendo un esfuerzo real. Era más atento, más comprensivo, y había adoptado una actitud más relajada. Me llevaba a cenar, me sorprendía con pequeños detalles y parecía genuinamente interesado en mejorar. Mi corazón, que había estado roto, comenzó a sanar lentamente, y me encontré a mí misma volviendo a confiar en él.

Sin embargo, a medida que pasaba el tiempo, empecé a notar sutiles cambios. Al principio eran cosas pequeñas, como insistir en que no saliera sin él o cuestionar con quién pasaba mi tiempo. Pensé que eran problemas menores que se podrían solucionar con conversación. Me convencí de que, en comparación con el pasado, estas eran cosas manejables.

Pero los pequeños detalles se convirtieron en una corriente constante de control y manipulación. Simon comenzó a restringir más mi tiempo, a imponer límites sobre lo que podía hacer y decir. Sus críticas se volvieron más agudas y sus disculpas más frecuentes. Aunque al principio me sentía segura, la realidad de la toxicidad comenzó a asentarse de nuevo en mi vida.

No podía ver el momento exacto en que todo se había desmoronado. La familiaridad de sus tácticas me hacía sentir atrapada en un ciclo del que no podía escapar. Me di cuenta de que el control se había vuelto una constante, y que sus promesas de cambio eran solo palabras vacías. La nostalgia de los momentos felices me mantenía atada a una ilusión, y el miedo a la confrontación y al rechazo me impedía buscar una salida.

La situación se volvió cada vez más opresiva. Me sentía aislada, atrapada en una relación que prometía amor pero entregaba dolor. La realidad de mi situación se hizo evidente solo cuando estaba tan profundamente atrapada que cualquier intento de salir parecía imposible. Estaba asustada, confundida y emocionalmente desgastada.

La esperanza de que Simon cambiara se había desvanecido, pero para entonces, la dependencia emocional y el miedo habían echado raíces profundas. Mi vida se había reducido a una rutina de sufrimiento y miedo, y la fuerza que una vez tuve se había agotado.

El proceso para salir de esa relación era ahora mucho más complejo, y las heridas emocionales eran más profundas. Estaba completamente perdida, sin saber cómo volver a encontrarme a mí misma y cómo salir de la trampa en la que había caído. Mi lucha era ahora no solo contra Simon, sino contra la sombra de mi propia desesperanza y el control que él había instaurado en mi vida.

6

La graduación de la universidad fue un
acontecimiento que apenas pude disfrutar. Mi
relación con Simon se había vuelto una
pesadilla constante, absorbiendo cada pedazo
de mi vida y dejándome vacía. No solo el
control y el aislamiento se habían
intensificado, sino que también mi bienestar
físico y emocional se estaban deteriorando.
Simon revisaba mi teléfono cada vez que lo
dejaba a su alcance, controlaba cada uno de
mis movimientos y me alejaba de mis amigos y
familiares. Su dominio se había convertido
en un túnel oscuro del que no podía ver la
salida.
Simon insistió en que me mudara con él, y
yo, sin fuerzas para oponerme o siquiera
expresar una opinión, accedí sin protestar.
La mudanza fue una experiencia desoladora.
Mi nuevo hogar estaba lleno de sus reglas, y
la sensación de estar atrapada en una jaula
de la que no podía escapar se volvió aún más
intensa.
Mi salud comenzó a deteriorarse rápidamente.
Perdí peso a un ritmo alarmante, y las
noches se convirtieron en una batalla
constante con el insomnio. Me despertaba en
medio de la noche, luchando contra el pánico
y la ansiedad. La vida se redujo a una
rutina agotadora de sumisión y dolor.
Las discusiones se volvieron más frecuentes
y más feroces. Las palabras que solían ser
un preámbulo a regalos y disculpas se
transformaron en ataques verbales crueles.
Cuando la situación se desbordaba, el dolor
físico se volvía inevitable. Simon empezó a

decir cosas como "te lo mereces" o "esto es culpa tuya". Las disculpas y los regalos fueron reemplazados por frases como "me duele más a mí que a ti", intentando hacerme sentir culpable por su comportamiento.

Me sentía atrapada en una sumisión total, donde mis deseos y mi bienestar no contaban para nada. Cada golpe, cada insulto, era recibido en silencio. Había llegado a un punto en el que el miedo y la desesperanza me habían dejado sin voz. La situación era tan insostenible que, en una de las discusiones más intensas, Simon perdió el control y me golpeó con tal fuerza que terminé en el hospital.

Recuerdo poco del incidente, solo fragmentos de un dolor abrumador y la sensación de perder el conocimiento. Cuando desperté, me encontré en una habitación de hospital, con mi madre a mi lado. Su rostro estaba demacrado, lleno de preocupación y lágrimas.

-Lo siguiente es llorarte, Alice. Deja que te proteja de ese monstruo-. Dijo mi madre con un intento en vano de controlar las lágrimas.

Las marcas en mi cuerpo eran una prueba irrefutable de la brutalidad que había sufrido. Cada moretón, cada corte, hablaba del abuso que había tolerado en silencio. Mi madre, con sus lágrimas y su desesperación, me ofreció una salida, una oportunidad para empezar de nuevo.

Entre sollozos, acepté. La decisión fue dolorosa, pero era evidente que necesitaba un cambio radical en mi vida. Me sentía al borde del abismo y estaba lista para salir de ese entorno tóxico que me había consumido por completo.

Cuando recibí el alta médica, me mudé de nuevo con mi madre. El proceso de dejar a Simon atrás fue complicado, lleno de dolor, pero también de una esperanza renovada. Mi madre me apoyó incondicionalmente, ayudándome a reconstruir mi vida y a recuperar mi independencia.

La transición no fue fácil, pero cada día era una oportunidad para recuperar mi identidad y mi bienestar. Aprendí a valorarme y a reconocer que merezco una vida libre de abuso. Aunque el camino hacia la recuperación sería largo y difícil, sentía que había dado el primer paso crucial hacia la libertad y la sanación.

Después de todo, mi vida cambió por completo y a pesar de todo lo ocurrido, me sentí afortunada de tenerla, de poder empezar de nuevo juntas. Mi madre siempre había sido una mujer fuerte y aun que nuestra relación había pasado por momentos buenos y malos, después de aquello, nuestra relación cambió. Nos unió de una manera que nunca antes habíamos experimentado.

Al llegar a casa mi madre me ayudo a acomodarme en mi cama y se sentó a mi lado. Sabía que tenía que contarme algo y en la cara podía ver la emoción.

Había conseguido un nuevo puesto como neurobióloga en una universidad prestigiosa. El trabajo le ofreció una estabilidad económica que nos permitía pensar en cosas que antes parecían fuera de nuestro alcance, como mudarnos a una casa nueva. Al

principio, la búsqueda fue agotadora.
Pasamos semanas viendo casas que no nos
convencían, siempre había algo que no
encajaba: muy pequeñas, demasiado modernas,
o simplemente no nos daban la sensación de
hogar que necesitábamos.
Entonces, una tarde, cuando llego a casa, la
vi emocionada, más que de costumbre. Traía
en las manos un par de fotos de una casa
vieja en las afueras de la ciudad. No era
una mansión moderna como algunas de las que
habíamos visto, pero había algo en su
exterior que nos atrapó a ambas. La fachada
estaba rodeada por árboles altos, con
enredaderas que trepaban por las paredes de
ladrillo. El jardín parecía inmenso, lleno
de potencial, con ese tipo de elegancia
atemporal que no encuentras fácilmente.
Cuando vi las fotos, supe que esa casa sería
especial.
A los pocos días, mi madre y yo nos reunimos
con un agente inmobiliario para visitar la
casa en persona. Al llegar, la realidad
superó todas nuestras expectativas. La casa
era aún más hermosa que en las fotos, aunque
también tenía sus desafíos. El interior
necesitaba bastante trabajo: las paredes
estaban desgastadas, el suelo crujía con
cada paso, y las habitaciones parecían pedir
a gritos un toque de vida. Pero había algo
en esa casa que nos hizo sentir que, con un
poco de esfuerzo, podría convertirse en
nuestro hogar.

Con el nuevo sueldo de mi madre, pudimos
permitirnos la compra y las reformas que la
casa necesitaba. Los meses siguientes fueron

un torbellino de trabajadores entrando y saliendo: obreros, pintores, jardineros, decoradores… Todos ellos transformaron poco a poco la casa en lo que siempre habíamos soñado.

Recuerdo la primera vez que entré al salón principal después de que terminaron de reformarlo. Era enorme, con techos altos y ventanales que dejaban entrar la luz del sol por la tarde. El suelo de madera pulida brillaba bajo mis pies, y las paredes, ahora en tonos suaves, le daban una calidez que hacía que todo se sintiera más acogedor. A un lado del salón, una chimenea antigua restaurada dominaba el espacio, y sabía que en invierno sería el lugar perfecto para acurrucarse con una taza de té y un buen libro.

La cocina era otra joya. Tenía una gran isla en el centro, rodeada de gabinetes blancos y elegantes electrodomésticos. La isla estaba coronada por una encimera de mármol, perfecta para cocinar o simplemente sentarse a charlar mientras mi madre preparaba algo delicioso. Al lado de la cocina estaba el comedor, lo suficientemente grande para una mesa de madera maciza donde podríamos recibir visitas o simplemente cenar juntas después de un largo día. Había también un pequeño aseo en la planta baja, práctico y bien decorado.

En el segundo piso, los dormitorios eran todo lo que siempre había querido. El de mi madre era amplio y moderno, con grandes ventanales que dejaban entrar la luz natural y un baño privado con una ducha que parecía sacada de una revista de diseño. Todo en su habitación estaba pensado para ser funcional y estéticamente impecable. Sabía que aquí podría descansar después de sus largas horas en la universidad.

Mi habitación, sin embargo, era mi pequeño santuario. Había sido decorada con muebles modernos, pero con un toque personal que reflejaba mi estilo. La cama, grande y cómoda, estaba rodeada por estanterías llenas de libros y recuerdos que me hacían sentir segura. Lo mejor de todo era la terraza privada. Al salir, podía sentarme y mirar hacia el jardín trasero, donde los jardineros habían hecho un trabajo increíble. Tenía mi propio baño, algo que me hacía sentir más independiente y adulta. Además de nuestros dormitorios, cada una tenía su propio estudio. El de mi madre, como era de esperar, era impresionante. Tenía un amplio escritorio lleno de papeles y libros sobre neurociencia, y también contaba con su propio baño. Mi estudio era más pequeño, pero me encantaba. Lo mejor era el gran ventanal que daba al jardín delantero. Me gustaba sentarme ahí durante las tardes, viendo cómo la luz cambiaba a lo largo del día, creando sombras que bailaban sobre el escritorio. Ese espacio se convirtió en mi refugio, el lugar donde podía desconectar y perderme en mis pensamientos o en mis estudios.

Cada rincón de la casa era nuestro. A medida que los días pasaban, nos íbamos acostumbrando a los nuevos sonidos, a los nuevos espacios. Poco a poco, esa casa vieja y destartalada que habíamos visto por primera vez se transformó en nuestro hogar, lleno de vida y nuevas oportunidades. Sabía que este era el comienzo de una nueva etapa, una en la que mi madre y yo estábamos listas para enfrentar lo que viniera, juntas, como siempre había sido.

Aquella tarde, mientras mamá trabajaba en su estudio, yo decidí ocuparme de algo que había estado postergando durante semanas: las cajas de la mudanza que aún quedaban por ordenar. El proceso de desempacar me había parecido interminable, pero en realidad sabía que no se trataba solo de la tarea en sí. Algunas cajas contenían más que objetos físicos, guardaban recuerdos, y no todos ellos eran agradables.

Había una caja en particular que había evitado hasta ese momento. Estaba arrinconada, con la palabra **LIBROS** escrita en la solapa en grandes letras negras. Sabía perfectamente qué libros estaban dentro. Algunos me traían nostalgia y otros, un peso que aún no sabía cómo manejar. Me acerqué, exhalé profundamente y la coloqué sobre la cama. Las manos me temblaban un poco mientras rompía el precinto y abría la tapa. Uno a uno, comencé a sacar los libros. Cada volumen tenía su propio conjunto de recuerdos: algunos me hicieron sonreír, como los cuentos que mamá me leía cuando era niña; otros me hacían pensar en épocas más recientes, en momentos de mi vida que habían sido más complicados. Y entonces lo vi: **El Principito**. El libro que siempre había ocupado un lugar especial en mi corazón, pero que al mismo tiempo me producía una punzada de dolor al verlo.

Lo sostuve en mis manos durante varios

segundos, observando la portada. La imagen del niño de cabello dorado, con su bufanda ondeando al viento, me devolvió una mezcla de emociones. Este libro, más que cualquier otro, cargaba un peso que ni siquiera estaba segura de poder describir. Lo abrí, y justo en ese instante, un pequeño post-it amarillo cayó de entre las páginas. Lo recogí rápidamente del suelo, sabiendo exactamente lo que era antes de leerlo. La letra de Simon era inconfundible, sus trazos grandes y descuidados llenaban el pequeño papel.

Te quiero nena, feliz cumpleaños

Las palabras me atravesaron como una descarga eléctrica. Sentí un nudo formarse en mi garganta mientras mis ojos recorrían esas letras que, en otro tiempo, me habrían hecho sonreír. Ahora, solo me recordaban la oscuridad de los últimos meses con él, lo lejos que habíamos llegado, lo roto que todo había quedado.
La historia de este libro era complicada. Cuando era pequeña, mi abuela Nadia solía leerme *El Principito* cada vez que la visitaba. Era nuestro ritual, un momento especial que compartíamos solo nosotras. A menudo me quedaba dormida escuchando su suave voz narrar las aventuras del pequeño príncipe. Amaba ese libro con todo mi corazón. Pero un día, cuando tenía alrededor de siete años, lo llevé conmigo al parque y lo perdí. Me sentí devastada. Pasé horas buscándolo entre los columpios, los bancos, incluso bajo los arbustos. Pero nunca lo encontré. Desde ese momento, *El Principito*

se convirtió en algo más que un simple libro: era un símbolo de algo perdido, algo que no podía recuperar.

Años después, cuando estaba con Simon, le conté esa historia una noche, sin darle mucha importancia. Estábamos hablando de nuestra infancia, de esos pequeños momentos que nos marcaban, y se lo mencioné casi sin pensar. Él me escuchó con atención, como solía hacer cuando las cosas entre nosotros aún estaban bien. No sabía que meses después, en mi cumpleaños, me sorprendería con una copia del libro. Lo había envuelto en un papel azul brillante, con ese post-it que ahora sostenía en mis manos.

Recuerdo lo emocionada que me sentí cuando lo vi. Fue uno de esos momentos en los que pensé que él realmente me conocía, que entendía lo que significaba para mí. Pero ahora, viendo esas mismas palabras, "Te quiero nena", sentí una mezcla amarga de nostalgia y tristeza. Porque la verdad es que ese regalo, aunque parecía lleno de amor, era el inicio de un período donde las cosas entre nosotros comenzaron a cambiar. Después de aquel cumpleaños, todo comenzó a desmoronarse lentamente. Simon ya no era el mismo. A veces era cariñoso, pero otras, su comportamiento se volvía impredecible, incluso cruel. Hubo momentos en que parecía que no reconocía al chico del que me había enamorado, y esa desconexión fue como ver un hermoso cuadro agrietarse sin poder detenerlo. Su regalo, este libro, que en un principio parecía tan perfecto, se había transformado en una especie de recordatorio de cómo algo tan bonito podía distorsionarse.

Mis dedos temblaron un poco mientras acariciaba la página donde había encontrado la nota. Cerré el libro de golpe, sintiendo el peso de todo lo que había vivido con Simon aplastándome el pecho. Las lágrimas amenazaron con salir, pero me negué a dejar que cayeran. Había llorado demasiado por él, por lo que habíamos sido y por lo que nunca pudimos ser.

Dejé el libro sobre la cama y me levanté. Caminé hacia la ventana de mi habitación, esa terraza privada que tanto me había gustado cuando vimos la casa por primera vez. Me apoyé en la barandilla y respiré el aire fresco de la tarde, tratando de calmar los pensamientos que corrían por mi mente. Sabía que este libro y lo que representaba nunca dejaría de ser parte de mi historia, pero también sabía que ya no podía dejar que controlara cómo me sentía. Simon había sido una parte importante de mi vida, pero ahora era solo eso: una parte, un capítulo que había cerrado. Era el momento de seguir adelante.

Me di la vuelta y volví a mirar el libro en la cama. Ya no sentía la misma opresión en el pecho. Quizá ese regalo no era solo un recordatorio del dolor, sino también de todo lo que había sobrevivido. Había perdido el libro cuando era niña, pero lo había recuperado. Y tal vez, solo tal vez, era hora de dejar de perderme en los recuerdos y empezar a escribir mi propio final.

Después de dejar *El Principito* a un lado, me concentré en terminar de organizar mi habitación. Colocar los libros en la estantería siempre era algo que me relajaba, y hoy lo necesitaba. Entre mis títulos favoritos estaban *Las Alas de Sophie* y *Nosotros en La Luna*, dos novelas románticas DE Alice Kellen que me hacían sentir tanto. Me encantaba perderme en esas historias de amor, aunque últimamente, después de todo lo que había pasado, me resultaba un poco más difícil creer en esas relaciones perfectas que siempre terminan bien.

Coloqué cada libro cuidadosamente en su lugar, organizándolos por color, lo que siempre me daba una sensación de control y orden en medio del caos emocional que aún cargaba. Después, me dediqué a ordenar mi escritorio. Mi espacio de trabajo era mi santuario, con mis cuadernos de dibujo, libretas y un sinfín de bolígrafos, rotuladores y lápices perfectamente dispuestos. El arte siempre había sido mi manera de desconectar del mundo, y mantener ese espacio en orden me hacía sentir tranquila. Colocando mi portátil sobre el escritorio, lo encendí y me conecté para ver si Eli estaba en línea.

Ella había sido mi apoyo, alguien con quien podía hablar sin sentirme juzgada. En cuanto la vi conectada, no pude evitar escribirle.

Alice: *¡Eli! ¿Estás por ahí?*

Eli: *¡Hola! Sí, aquí ando. ¿Qué tal va todo con la casa nueva?*

Alice: *Mejor, ya casi termino de desempacar todo. ¡Por fin! Aunque la casa aún necesita un poco de vida, ya se siente más como un hogar.*

Eli: *¡Qué bien! Me alegra que estés más tranquila. Yo estoy en modo planificación total para el futuro, ¡mi cabeza va a explotar!*

Alice: *¿Futuro? Cuéntame más.*

Eli: *Pues… ya sabes, estoy pensando seriamente en mudarme a la ciudad. He estado mirando algunos cursos de diseño de interiores. Creo que quiero dedicarme a eso. Ya no quiero esperar más, ¿sabes? Siento que necesito un cambio.*

Alice: *¡Qué guay! Eso suena increíble, Eli. ¿Tienes algún lugar en mente para mudarte?*

Eli: *He visto algunos pisos pequeños, pero acogedores. Nada definitivo, pero creo que es el camino que quiero seguir. Siento que es el momento de hacer algo por mí. Y tú… ¿tienes algún plan?*

Alice: *Eh… no lo sé. Ahora mismo, estoy algo perdida. Quiero encontrar algo que me apasione, pero todo parece confuso todavía. Después de todo lo que pasó con Simon, es como si no pudiera ver con claridad qué sigue.*

Eli: *Es normal, Alice. No tienes que tenerlo todo claro ya. Has pasado por muchas cosas, y lo importante es que te des tiempo. Todo irá tomando forma. ¡Tú siempre has sido fuerte!*

Alice: *Gracias, Eli. De verdad. No sé qué haría sin ti.*

Eli: *¡Para eso estamos las amigas! Aunque si vienes a la ciudad, ¡sería increíble que nos viéramos más seguido!*

La conversación me hizo sentir un poco mejor. Aunque Eli parecía tener todo planeado, me recordaba que estaba bien no saber aún qué quería. Cerré el portátil y bajé a la cocina. Era hora de la cena, y como ya era costumbre, mamá y yo nos juntábamos para preparar algo rico. Esta vez decidimos hacer una pasta cremosa con champiñones y espinacas. Mientras cocinábamos, mamá abrió una botella de vino tinto y servimos un par de copas.

—Esta casa está empezando a sentirse como nuestro lugar, ¿no crees? —dijo mamá mientras removía la salsa en la sartén.

—Sí, definitivamente. Aunque aún me cuesta un poco sentirme completamente a gusto, pero sé que con el tiempo… —dije, tomando un sorbo de vino.

—Es normal, cariño. Todo lo que has pasado...
—respondió, dándome una mirada cálida, pero
no intrusiva.

La conversación fluyó tranquila. Hablamos de
su trabajo en la universidad, de las
reformas de la casa y de lo que cocinaríamos
el fin de semana. Todo con la relajada
compañía del vino y el suave aroma de la
comida.
Pasada la 1 de la madrugada, después de una
cena deliciosa y una larga charla, subí a mi
habitación. Mientras mamá dormía, yo me
sentí inquieta. Sabía que necesitaba
despejarme un poco más antes de poder
dormir. Abrí la puerta de la terraza y saqué
un cigarrillo. Había sido mi pequeño secreto
durante los últimos meses, algo que hacía a
escondidas, lejos de los ojos de mamá. Sabía
que no le haría gracia si se enteraba.
Encendí el cigarrillo y me apoyé en la
barandilla de la terraza, mirando el jardín
trasero. El aire nocturno era fresco y
calmante, pero no lograba despejar del todo
mi mente. Inhalé profundamente, sintiendo el
humo llenarme los pulmones, mientras mis
ojos vagaban por los rincones oscuros del
jardín. Todo parecía tan tranquilo, pero mi
cabeza seguía reviviendo recuerdos. Pensé en
Simon, en la casa, en todo lo que habíamos
dejado atrás.
De repente, algo captó mi atención en el
límite del jardín, justo más allá de los
árboles. Me detuve, entrecerrando los ojos
para enfocar.
¿Era eso... una figura?
Parecía un hombre encapuchado, apenas

visible entre las sombras de los árboles. Mi corazón se aceleró. Pero al segundo siguiente, ya no había nada. Parpadeé varias veces, tratando de ver mejor. No había nadie.

-Debe ser mi imaginación,- pensé apagando rápidamente el cigarrillo en el cenicero de la terraza. Me estremecí un poco, como si el aire hubiera cambiado de golpe. Entré de nuevo a la habitación, cerrando las puertas tras de mí, y me obligué a sacudir la cabeza. Seguramente había sido solo una sombra o algo moviéndose entre los árboles. No había razón para asustarse.

Me cambié rápidamente, poniéndome un pijama ligero de verano, y me recosté en la cama bajo las sábanas turquesas que mamá había elegido para mi habitación. La luz de la luna entraba suavemente por la terraza, iluminando la habitación en un tenue brillo plateado. Tomé el libro que había dejado en mi mesita de noche, *Un Amor Oscuro y Peligroso*, y pasé las páginas distraídamente.

Mis ojos recorrían las palabras, pero mi mente seguía atrapada en la extraña sensación de haber visto algo en el jardín. No había nada, Alice. Solo es tu cabeza. Poco a poco, mis párpados comenzaron a pesar. El libro cayó suavemente sobre mi pecho, y la última cosa que recuerdo antes de quedarme dormida fue el susurro del viento y la suave luz de la luna envolviéndome, mientras la sombra de mis propios pensamientos se desvanecía en el silencio de la noche.

7

A la mañana siguiente, el suave olor a café recién hecho me despertó antes de lo habitual. La luz del amanecer ya se filtraba a través de las cortinas de la terraza, iluminando mi habitación con un resplandor cálido. Me quedé unos minutos más en la cama, disfrutando de esa sensación de calma, aunque en el fondo de mi mente seguían retumbando los recuerdos del día anterior y aquella extraña visión en el jardín.

Me levanté finalmente y escogí algo de ropa cómoda antes de dirigirme al baño. El agua caliente de la ducha corrió sobre mi cuerpo mientras dejaba que cada gota me envolviera, intentando ahogar los pensamientos que no me dejaban en paz. *Simon*. No podía dejar de pensar en él. Aún lo echaba de menos, a pesar de todo lo que había pasado entre nosotros. El final fue tan doloroso, tan devastador, que me había dejado cicatrices mucho más profundas que las que llevaba en la piel.

Pasé mis manos por mi cuerpo, acariciando cada centímetro de mi piel, recordando los momentos bonitos e íntimos que habíamos compartido. Pero entonces, mis dedos rozaron una de las cicatrices en mi costado, y fue como si todo volviera de golpe: los gritos, las peleas, el miedo. Cerré los ojos con fuerza, deseando que el agua pudiera lavar esos recuerdos.

Al salir de la ducha, con el pelo todavía mojado y enredado, bajé a la cocina. Mamá ya se había ido al trabajo, como solía hacer

temprano cada mañana. Sobre la cafetera, vi
una nota pegada que me hizo sonreír.

**Buenos días, peque. Tienes café recién
hecho. Pasa un buen día. Llegaré tarde. Te
quiere, mamá.**

Sonreí mientras leía las palabras. Esa
pequeña nota me recordaba que, a pesar de
todo, tenía a alguien que me quería
incondicionalmente. Serví una taza de café
caliente y me quedé unos minutos disfrutando
de la tranquilidad de la mañana. Me puse los
auriculares, elegí mi playlist favorita y
salí a correr. Correr por el bosque que
rodeaba la casa era mi manera de liberar el
estrés, de sentirme libre.
A medida que avanzaba por el sendero,
dejando los árboles y el paisaje a mis
espaldas, mis pensamientos fluían con la
música. Sin embargo, de repente, la imagen
de la figura encapuchada que creí ver la
noche anterior se metió en mi cabeza. Sentí
un escalofrío recorrerme el cuerpo. Intenté
sacudir esa sensación y seguir corriendo,
pero algo me hizo ponerme alerta. Miré a mi
alrededor, mis ojos recorriendo los árboles
cercanos, el sonido de mis pasos resonando
en el silencio del bosque.
Y entonces, lo vi.
A lo lejos, entre los árboles, estaba la
misma figura. El mismo hombre encapuchado.
Esta vez, no se desvanecía como un fantasma.
No. Esta vez se movía.
Venía hacia mí.
Mi corazón comenzó a latir tan fuerte que
sentí que iba a explotar. Giré sobre mis

talones y corrí lo más rápido que pude en dirección a la casa. El sonido de mis pies golpeando el suelo se mezclaba con el retumbar de los pasos pesados detrás de mí. Podía oír cómo se acercaba cada vez más rápido, el crujir de las ramas bajo sus pies.

No estaba imaginando esto.

Era real.

Miré hacia atrás y lo vi. El encapuchado estaba más cerca. Su respiración parecía envolverme, cada vez más fuerte, más cercana. Corrí con todas mis fuerzas, pero el camino parecía interminable, como si hubiera corrido kilómetros y aún estuviera lejos de la seguridad de mi casa.

El sonido de los pasos se volvía ensordecedor, y por un instante, sentí como si su mano estuviera a punto de rozar mi espalda. El pánico me dominaba. Justo cuando sentía que ya no podía más, vi la salida del bosque. Mi corazón dio un vuelco cuando llegué al jardín delantero de la casa. Sin detenerme, corrí hacia la puerta principal, la abrí de golpe y la cerré de un portazo tras de mí. Giré el cerrojo y me dejé caer al suelo, jadeando, con las piernas temblorosas.

Me acurruqué detrás de la puerta, con la cara entre las rodillas. Las lágrimas brotaron sin control. No podía parar de llorar. El miedo se había apoderado de mí, bloqueándome por completo. Me quedé allí, en el suelo frío, abrazándome a mí misma, intentando respirar, intentando calmarme. Pasaron casi treinta minutos antes de que finalmente pudiera moverme. Me levanté lentamente, aun temblando, y fui hasta la puerta. Miré por la mirilla, pero fuera no había nadie.

Sin embargo, el miedo seguía ahí, clavado en mi pecho. Corrí escaleras arriba y busqué mi teléfono. Marqué el número de mamá, necesitaba escuchar su voz. Ella contestó tras un par de tonos.

Alice: *Mamá... mamá, necesito hablar contigo.*

Evelyn: *Cariño, ¿qué pasa? ¿Estás bien?*

Alice: *No... no lo sé. Estaba corriendo, como siempre, y vi a alguien... mamá, había un hombre en el bosque. Estaba siguiéndome. Lo vi claramente, y... y comenzó a correr detrás de mí.*

Evelyn: *¿Qué? ¿Estás segura, Alice? ¿Estás bien ahora? ¿Dónde estás?*

Alice: *Sí, estoy en casa. Estoy bien ahora, pero... mamá, lo vi de nuevo. Anoche pensé que lo había imaginado, pero no. Hoy estaba ahí, justo detrás de mí.*

Evelyn: *Dios mío, Alice. Quiero que cierres todas las puertas y ventanas. Quédate en casa, ¿me escuchas? Voy lo antes posible.*

Alice: *Mamá, tengo miedo. Sentí que me atrapaba... que casi me alcanzaba.*

Evelyn: *Lo sé, cariño. Lo sé. Voy a llamar a la policía. No quiero que salgas hasta que lleguemos. Mantente segura, ¿vale?*

Alice: *De acuerdo, pero... por favor, vuelve pronto.*

Evelyn: *Voy en camino. Te quiero, Alice. Mantente fuerte.*

Colgué el teléfono y dejé caer el móvil en la cama, sintiendo cómo una nueva oleada de ansiedad me recorría. Todo lo que quería era sentirme segura en esta nueva casa, pero ahora no podía dejar de pensar en la figura encapuchada, en la forma en que había corrido tras de mí. ¿Quién era? ¿Por qué me estaba persiguiendo?
Me asomé por la ventana, mirando hacia el bosque, pero todo estaba en silencio.
El sonido del coche de mamá llegando a la propiedad me sacó de mi estado de alerta. Me asomé por la ventana de mi habitación y la vi bajar rápidamente del coche, con el rostro tenso. Detrás de ella, un coche patrulla se estacionaba en la entrada. Dos agentes de policía salieron del vehículo: un hombre alto y fornido, y una mujer de rostro serio pero cálido. Bajé corriendo las escaleras y abrí la puerta justo cuando mamá y los policías llegaban al porche.

–*¿Estás bien?* –me preguntó mamá con una mezcla de preocupación y alivio, abrazándome fuertemente.

–*Sí, pero estoy asustada, mamá. Lo vi, estaba ahí... detrás de mí...* –respondí con la voz entrecortada.

Los dos agentes se acercaron con pasos firmes. El hombre fue el primero en hablar.

–*Soy el oficial Wilson y ella es la agente Evans.* –dijo, señalando a su compañera–. Estamos aquí para investigar lo que ocurrió esta mañana. ¿Podemos hacerte unas preguntas, Alice?

Asentí, intentando mantener la calma mientras los policías nos hacían entrar de nuevo en la casa. Nos sentamos en el salón. Mamá no me soltaba de la mano, como si con ese gesto pudiera protegerme de cualquier cosa.

–*Cuéntanos todo desde el principio, Alice,* – pidió la agente Pérez, sacando una libreta.

Les expliqué cómo había salido a correr por la mañana, cómo al principio no había pensado en nada más que en la música, pero luego vi la misma figura encapuchada que había creído imaginar la noche anterior. Les conté cómo había corrido hacia mí, cómo el sonido de sus pasos me había seguido hasta el borde del bosque, hasta que finalmente pude llegar a casa.

—¿*Pudiste verle la cara?* —preguntó la agente, mirándome con seriedad pero sin presionarme.

Sacudí la cabeza, nerviosa.

—*No... llevaba una capucha. Solo pude ver su silueta y... y cómo corría hacia mí. Estaba lo suficientemente cerca como para escuchar su respiración...* —un escalofrío me recorrió al recordarlo.

El oficial Wilson frunció el ceño mientras escribía en su libreta.

—*Vamos a revisar los alrededores de la propiedad,* —dijo finalmente—. ¿Podemos echar un vistazo por la casa y el jardín?

Mamá asintió rápidamente y los agentes se pusieron en marcha. Durante la siguiente media hora, revisaron cada rincón de la propiedad. Escuché el sonido de sus pasos en el jardín trasero mientras inspeccionaban el lugar donde había visto la figura por primera vez. Mi madre y yo nos quedamos en el salón, en silencio, esperando.
Cuando los policías volvieron, la agente Evans negó con la cabeza.

—*No encontramos huellas ni señales de que alguien haya estado merodeando por aquí. Sin embargo, no vamos a descartarlo. Lo que podemos hacer ahora es crear una descripción del sospechoso basándonos en lo que recuerdas, Alice. Eso podría ayudarnos a estar alertas en caso de que veamos a alguien que coincida con tu descripción.*

Me senté frente a ellos, tratando de recordar lo mejor posible.

—*Era alto... creo que más alto que yo, y llevaba una sudadera con capucha de color negro. No pude ver su rostro ni detalles de su ropa más allá de eso. Se movía rápido... realmente rápido.* —dije, tratando de encontrar más detalles en mi mente.

La agente Pérez asintió mientras el oficial comenzaba a esbozar un retrato a mano alzada basándose en mi descripción.

—*¿Alguna cicatriz, tatuajes, algún otro detalle que recuerdes?* —preguntó el oficial mientras hacía trazos sobre el papel.

—*No... solo que tenía una forma de correr muy pesada, como si sus pies aplastaran el suelo con cada paso. Y la capucha le cubría casi todo... no sé si llevaba algo más debajo, pero me pareció ver algo cubrir su boca, como un pañuelo de color negro, no estoy segura.* —respondí, frustrada por no poder dar más detalles.

Cuando terminaron el boceto, el retrato mostraba una figura sombría, casi genérica, pero inquietante de todas formas.

—*Vamos a mantenernos vigilantes por esta zona,* —dijo el oficial Wilson al guardar sus cosas—. Si ves algo más, cualquier cosa fuera de lo normal, no dudes en llamarnos de inmediato.

Nos despidieron con una promesa de estar atentos y se marcharon. Apenas cerramos la puerta, mamá me abrazó con fuerza. Sentí su calor y me refugié en ese momento de paz, pero en el fondo sabía que el miedo seguía ahí, latente.

Nos sentamos en el salón durante el resto de la tarde, cada una con un libro entre las manos. Mamá tenía el suyo, pero cada tanto levantaba la vista y me observaba de reojo, claramente preocupada. Traté de concentrarme en las páginas de mi novela, pero las palabras no lograban apartar la inquietud de mi mente. El encapuchado seguía presente en cada pensamiento.

El día pasó lentamente. El sol se puso y la casa quedó sumida en la tranquilidad de la noche. Mamá me deseó buenas noches antes de subir a su habitación, y yo hice lo mismo, aunque sabía que dormir no sería fácil. Me metí en la cama, pero después de dar vueltas durante lo que parecieron horas, no logré conciliar el sueño.

Frustrada, bajé a la cocina en busca de una taza de café. El silencio de la casa me resultaba inquietante, pero el café caliente en mis manos me dio un poco de consuelo.

Subí de nuevo a mi habitación y me senté en mi escritorio. Encendí la lamparita, cuya luz suave llenó el espacio, y saqué mi cuaderno de dibujo.

Comencé a dibujar, pero los trazos que hacía no tenían sentido. Mi mano se movía casi por

inercia, creando formas abstractas y
caóticas que no lograba entender. Era como
si mi mente intentara volcar el miedo y la
confusión en el papel, pero no encontraba la
manera de expresarlo. Cada línea parecía
desordenada, perdida, igual que mis
pensamientos.

8

Los días que siguieron al incidente con el encapuchado fueron tensos para mí. Aunque intentaba distraerme con cosas cotidianas, cada pequeño ruido me ponía en alerta. No podía relajarme. En cambio, mamá, Evelyn, parecía manejar la situación con más calma, aunque sabía que la preocupación la carcomía por dentro. Aun así, tenía tanto trabajo que no podía permitirse distraerse. Tras lo ocurrido, decidió trasladar parte de su trabajo a casa, para estar más cerca de mí. Lo agradecía, pero también me sentía culpable. No quería ser una carga.

Una tarde, mientras vagaba por los pasillos sin rumbo fijo, escuché a mi madre hablando por teléfono desde su estudio. La puerta estaba entreabierta, y su tono era tenso, como si hablara de algo importante.

—Claro, señor Williams, allí estaremos… —dijo, antes de colgar.

Al oír el nombre, me detuve en seco. Entré al estudio, y mamá dio un pequeño salto cuando me vio parada en el umbral de la puerta.

—¡Alice! No te escuché entrar… —se pasó una mano por el cabello, claramente nerviosa—. ¿Estás bien?

—Sí, mamá, estoy bien. ¿Quién era? —pregunté, sabiendo ya la respuesta.

—Era el señor Williams, el padre de Anna. Llamó para decirnos que su madre, la abuela de Anna, falleció. Me pidió que fuéramos al funeral… —dijo, con un suspiro pesado—. Era una mujer fuerte, pero los años le pasaron factura.

Sentí un nudo en el estómago. No había visto a Anna en años, pero su abuela siempre había sido amable conmigo cuando éramos niñas.

—Claro… iremos —murmuré, más para mí que para ella.

El día del funeral llegó más rápido de lo que esperaba. Nos dirigimos al cementerio en silencio, mamá con las manos firmes al volante, yo mirando por la ventana, perdida en mis pensamientos. Al llegar, el ambiente era solemne. Vi a varias personas vestidas de negro, hablando en susurros, y el aroma de las flores llenaba el aire.
Al avanzar entre la multitud, finalmente la vi. Anna. Estaba de pie junto a su padre, su rostro pálido y cansado, con los ojos hinchados por el llanto. No había cambiado tanto, aunque la tristeza la hacía parecer más mayor de lo que la recordaba. Me acerqué lentamente, no queriendo interrumpir, pero cuando nuestros ojos se encontraron, ella me reconoció de inmediato.

—Anna… lo siento tanto —dije en un susurro mientras me acercaba, abrazándola con fuerza.

Ella me devolvió el abrazo, aferrándose a mí como si de alguna manera pudiera compartir su dolor.

—Gracias, Alice… —murmuró con voz quebrada—. No sé cómo lidiar con esto. Todo pasó tan rápido…

Me aparté un poco para mirarla, pero seguí sujetándola por los hombros.

—Me imagino que ha sido muy duro para ti —le dije con suavidad—. Tu abuela era increíble… me acuerdo de lo mucho que te cuidaba.

Anna asintió con los ojos empañados.

—Lo era… y ahora… todo se siente vacío. Pero… —tomó aire, como si estuviera preparándose para cambiar de tema—, tengo que seguir adelante. Estoy en mi último año de medicina y psicología especializada, y me ofrecieron un trabajo en un hospital privado en Los Ángeles-. Dijo Anna con culpabilidad. -Es un lugar prestigioso, la oportunidad de mi vida, pero…

—¿Pero? —la alenté a continuar.

—Pero aun que siento que tengo que huir de aquí, también siento que ahora más que nunca, mi padre me necesita aquí con el… —Su voz tembló un poco—. …pero es que todo aquí me recuerda a mi abuela. La casa, el vecindario, cada rincón… y con su partida, no sé si quiero seguir aquí. Mudarse a Los Ángeles suena tentador, como empezar de nuevo, pero a la vez… siento que la estoy dejando atrás.

No sabía qué decir. La pérdida de un ser querido era algo que nunca se sanaba del todo, solo aprendías a vivir con el dolor.

—Quizás sea lo que necesitas —le dije con cuidado—. A veces alejarse es la única forma de avanzar.

—Eso pienso… —Anna suspiró—. No sé, tal vez me mude a Los Ángeles. Necesito empezar de cero. Dejar todo atrás.

Hubo una pausa incómoda, en la que sentí que sus palabras resonaban dentro de mí, como un eco. Era irónico cómo su deseo de escapar de los recuerdos se parecía tanto al mío, pero mientras ella tenía una oportunidad real, yo me sentía atrapada.

—Ojalá me pasara lo mismo… —dije casi sin pensar. Era como si esas palabras hubieran salido sin permiso de mi boca.

Anna me miró, con algo de sorpresa en sus ojos.

—¿Por qué no vienes conmigo? —preguntó de pronto, como si fuera la solución más lógica del mundo—. Podríamos vivir juntas, cambiar de aires, empezar algo nuevo… No sé, tal vez te haga bien alejarte de aquí también.

Me quedé en silencio, el impacto de su propuesta hundiéndose en mí. ¿Los Ángeles? Era un salto enorme. Dejar todo atrás, incluidas las cicatrices que había dejado Simon. Pero a la vez, la idea me asustaba. No sabía si estaba preparada para algo así.

—No lo sé, Anna… —le dije, intentando sonar firme aunque mi voz temblaba—. No estoy segura de qué haría si me fuera. No tengo un plan, ni una idea clara de lo que quiero…

Ella me sonrió con tristeza.

—Lo entiendo. No es fácil tomar una decisión así. Pero… si alguna vez decides que quieres venir, solo llámame. Me encantaría que nos apoyáramos mutuamente. —Dijo, sacando su teléfono y extendiéndolo hacia mí—. Aquí, intercambiemos números. No quiero perder el contacto otra vez.

Tomé su teléfono y anoté mi número. Luego, ella hizo lo mismo en el mío. Nos miramos por un momento, y a pesar de todo el dolor que la rodeaba, sentí una chispa de esperanza en su oferta.

—Te prometo que, si algún día me animo… te llamaré. —Le sonreí suavemente.

Anna asintió, con los ojos llenos de emoción.

—De acuerdo, Alice. No importa cuánto tiempo pase. Solo no vuelvas a desaparecer.

Los días siguientes a mi conversación con Anna fueron un torbellino de pensamientos. Su propuesta seguía rondando mi cabeza, como una melodía que no podía dejar de tararear. ¿Mudarse a Los Ángeles?
Era una idea que no podía quitarme de la mente, pero me asustaba al mismo tiempo. La idea de empezar de cero en una ciudad nueva tenía tanto de liberador como de aterrador. Pasaron los meses, y la idea de un cambio comenzó a tomar forma. Empecé a plantearme diferentes opciones para mi futuro, y una en particular se convirtió en una obsesión: opositar para entrar en el cuerpo de policía. Quería sentirme fuerte, útil, y sobre todo, capaz de protegerme y proteger a otros. Cada noche, mientras me refugiaba en la terraza con un par de cigarrillos, pensaba en ello. Mi ritual nocturno se había vuelto una constante, un momento de soledad donde podía enfrentarme a mis miedos y mis sueños sin que nadie me juzgara.
Mamá, por su parte, parecía entender que necesitaba espacio. A mis 24 años, me daba cuenta de que me veía como una mujer adulta, aunque una parte de ella nunca dejaría de preocuparse. Pero, poco a poco, comenzó a soltar las riendas, confiando en que tomaría decisiones acertadas. Aun así, siempre estaba ahí para mí, brindándome su apoyo incondicional.

Cada dos o tres días, Anna y yo intercambiábamos mensajes. Me contó que finalmente había aceptado la oferta de trabajo en Los Ángeles y se había mudado. Era extraño saber que ya no estaba en Pasadena, pero también me sentía feliz por ella. La vida en Los Ángeles parecía emocionarla, y eso solo hacía que mi deseo de cambiar de aires creciera.

Sin embargo, la sombra del encapuchado seguía presente en mi mente y eso, era uno de los motivos que me empujaban a un cambio. Algunas noches, al volver a la terraza, creía ver su figura a lo lejos, entre los árboles. Me quedaba inmóvil, con el corazón acelerado, pero cuando miraba de nuevo, no había nadie. Sabía que probablemente era mi mente jugándome malas pasadas, pero el miedo estaba ahí, siempre acechando en el rincón más oscuro de mi mente.

Un día, decidí hablar con mamá. Me armé de valor y le conté sobre mis planes de seguir estudiando, sobre mi deseo de mudarme. Sabía que no le sería fácil aceptar que me fuera a otra ciudad, pero tenía que hacerlo.

—Mamá… he estado pensando mucho en mi futuro —le dije, mientras cenábamos.

Ella dejó el tenedor y me miró con esos ojos que siempre parecían saberlo todo.

—¿Y qué has decidido, cariño?

—Quiero opositar para entrar en el cuerpo de policía —anuncié, esperando ver una reacción en su rostro—. Y he recibido varias ofertas de academias… pero hay una en particular que me llama mucho la atención. Es en Los Ángeles.

Mamá se quedó en silencio, procesando mis palabras. Sabía que le costaba imaginarme lejos, pero también sabía que siempre había querido lo mejor para mí.

—Los Ángeles… —murmuró—. Es una gran ciudad, y puede ser un gran paso para ti, Alice. Aunque me dolería verte marchar, si eso es lo que quieres, te apoyaré en lo que decidas.

Sus palabras me aliviaron, pero también sentí una punzada de tristeza. Sabía que el cambio sería difícil para ambas.
Tras pensarlo mucho y después de hablarlo con mi madre, finalmente decidí aceptar la oferta. Mudarse a Los Ángeles y unirme a la policía me daba un propósito, algo en lo que centrarme y dejar atrás los fantasmas del pasado.
Empaqué lo esencial en una maleta, con algo de dinero que mamá me dio como apoyo. No llevaba mucho, solo lo necesario para empezar de nuevo. Antes de partir, llamé a Anna para contarle mi decisión.

—¡Anna! —dije, tratando de contener la emoción en mi voz—. Me mudo a Los Ángeles. Voy a unirme a la academia de policia.

Hubo un grito de alegría al otro lado de la línea.

—¡No puedo creerlo, Alice! ¡Esto es increíble! —exclamó—. Déjame recogerte en el aeropuerto y enseñarte un poco las calles de la ciudad. ¡Te va a encantar!

Su entusiasmo era contagioso, y por primera vez en mucho tiempo, sentí que estaba tomando el control de mi vida.

9

El día de la mudanza llegó rápido. Mamá me acompañó al aeropuerto. Nos despedimos en la puerta de embarque, y aunque ambas intentamos mantener la compostura, no pudimos evitar las lágrimas.

—Te quiero, mamá —dije, abrazándola con fuerza.

—Yo también te quiero, Alice —respondió, su voz temblorosa—. Sé qué harás cosas increíbles. Solo… ten cuidado, por favor.

Asentí, incapaz de decir más sin romper a llorar. Minutos después, subí al avión que me llevaría a Los Ángeles, mi nuevo hogar. Mientras despegábamos, miré por la ventanilla y vi cómo Pasadena se hacía cada vez más pequeña, hasta desaparecer en el horizonte. Sabía que estaba dejando atrás más que una ciudad; estaba dejando atrás una parte de mí misma, y estaba lista para descubrir qué me esperaba en la siguiente etapa de mi vida.
El vuelo no duró mucho, pero aun así lo aproveché para desconectarme un poco de todo. Me puse los auriculares, dejé que la música me envolviera y comencé a leer un poco sobre Los Ángeles. Había tanto por descubrir, tanta vida en esa ciudad que parecía nunca dormir. No podía evitar sentir una mezcla de emoción y nerviosismo al pensar en lo que me esperaba.

Al llegar, mientras recogía mi maleta, miré a lo lejos y vi a una chica haciendo aspavientos con las manos. No había forma de no reconocer esos ojos azules enormes y ese cabello rubio platino. Anna.

—¡Alice! ¡Alice, aquí! —gritaba mientras se acercaba.

Nos encontramos en medio de la terminal y nos abrazamos con fuerza. Fue un abrazo lleno de calidez y alivio, como si todo lo que había pasado en los últimos años se desvaneciera por un momento.

—¡No puedo creer que estés aquí! —dijo Anna, apartándose para mirarme—. ¡Mira qué guapa estás!

—¡Tú también! —reí, todavía un poco abrumada—. Te ves increíble, Anna.

—Venga, vamos a buscar un taxi, hay tanto que tengo que contarte —dijo, arrastrándome hacia la salida.

Una vez en el taxi, Anna no tardó en comenzar a hablar. Su energía era contagiosa.

—Los Ángeles es una locura, Alice. Hay tanto por ver, tanto por hacer… La vida aquí es emocionante, intensa. Todo el mundo está siempre en movimiento, siempre hay algo pasando —dijo, mirando por la ventana como

si fuera la primera vez que veía la ciudad—.
Es como vivir en una película constante.

—Eso suena increíble —le dije, tratando de
imaginarme a mí misma en ese ritmo
frenético—. Aunque, si te soy sincera,
también suena un poco intimidante.

Anna sonrió y me miró con complicidad.

—Lo es al principio, pero te acostumbras
rápido. Además, siempre puedes encontrar
lugares más tranquilos si necesitas un
respiro. Como en la playa o en algún parque.
Es una ciudad con muchas caras, y estoy
segura de que encontrarás la tuya.

Asentí, sintiéndome un poco más aliviada por
sus palabras.

—Hablando de eso —dijo de repente, como si
recordara algo importante—, encontré un
lugar donde puedes quedarte mientras te
acomodas. No es nada lujoso, pero es
extremadamente económico. Se llama "Motel
Pink Palace". Es bastante básico, pero
¿adivina cuánto cuesta la noche?

—No lo sé, ¿cuánto? —pregunté, intrigada.

—¡Dos dólares! Y si te quedas el mes entero,
solo te cobran 50 dólares. Es una ganga,
Alice. No vas a encontrar nada más barato en
toda la ciudad.

—¿Dos dólares la noche? —dije, sorprendida—. Eso es ridículo… en el buen sentido. ¿Pero es seguro?

Anna soltó una carcajada.

—Es más seguro de lo que parece. Conozco a varias personas que han pasado por allí cuando recién llegaron a la ciudad. Es un lugar viejo y no es que sea demasiado limpio, pero es barato. Además, está en una zona decente. No es el Ritz, pero te permitirá ahorrar mientras te asientas.

—Suena como el lugar perfecto para empezar, al menos por ahora —dije, empezando a sentirme más entusiasmada por esta nueva etapa.

—Exacto. Además, estarás cerca de mí y podremos vernos seguido. Te ayudaré con lo que sea, Alice. Yo vivo en la residencia estudiantil del hospital, pero siempre que lo necesites, estaré aquí contigo. Estamos en esto juntas, ¿vale?

La calidez en sus palabras me reconfortó. No estaba sola en esta nueva aventura, y eso hacía que todo pareciera un poco menos abrumador.

—Gracias, Anna. Realmente significa mucho para mí tenerte aquí —le dije, sinceramente agradecida.

—No tienes que agradecerme nada. Esto va a ser genial, ya lo verás. Vamos a disfrutar de esta ciudad al máximo —dijo, sonriendo de oreja a oreja.

Mientras el taxi recorría las calles de Los Ángeles, sentí una mezcla de esperanza y expectación. Sabía que me esperaba un desafío, pero con Anna a mi lado, y la posibilidad de explorar todo lo que esta ciudad tenía para ofrecer, estaba lista para enfrentar lo que viniera.
Cuando el taxi finalmente se detuvo frente al "Motel Pink Palace", sentí una mezcla de ansiedad y curiosidad. Anna, con su inagotable energía, ya estaba bajando del coche y ayudándome a sacar mis cosas.

—Bien, Alice, ve a hacer la reserva mientras yo voy a comprar un par de cosas que necesito —dijo, dándome un abrazo rápido antes de señalarme hacia la entrada—. No te preocupes, todo estará bien. La recepción está justo ahí, no tiene pérdida.

—¿Estás segura de que este es el lugar correcto? —pregunté, mirando la fachada del motel, que se veía tan desvencijada como cualquier cosa que hubiera imaginado.

—Sí, no te preocupes. Es económico, pero funcional. Te veo en un rato, ¿vale? —dijo, antes de alejarse rápidamente.

La observé irse, sintiéndome un poco desorientada. No podía creer que este fuera el comienzo de mi nueva vida en Los Ángeles, pero allí estaba, frente a la entrada del motel. Tomé una bocanada de aire y decidí entrar.

La sala de recepción era aún peor de lo que había imaginado. Una lámpara de techo temblaba ligeramente, arrojando una luz amarillenta y enfermiza sobre la habitación. El olor a humedad y a algo más indefinido, pero definitivamente desagradable, era casi insoportable. Una señora mayor estaba detrás del mostrador. Su pelo blanco, largo y enmarañado, colgaba sobre sus hombros como un nido de telarañas. Sus uñas, largas, amarillas y sucias, se movían con lentitud mientras revisaba un viejo cuaderno de reservas. El olor a óxido y a pis en el ambiente era tan fuerte que sentí náuseas, pero traté de mantener la compostura.

—¿Qué quieres? —gruñó la señora, sin molestarse en levantar la vista.

—Eh... Necesito una habitación —dije, intentando sonar segura de mí misma, aunque mi voz temblaba un poco.

Ella levantó una ceja y, sin decir una palabra, tomó una llave colgada de una placa de madera desgastada con el número 26 tallado. Sin más, la tiró sobre el mostrador.

—Arriba, segunda puerta a la izquierda —dijo con voz ronca, señalando una escalera oscura en la esquina de la sala.

Mire la llave y mire a la señora, esperando alguna señal de como pagar la habitación. Al no recibir respuesta, saqué un billete de 50$ y lo puse en el mostrador.
La señora, miro el billete.

-¿A que nombre y cuánto tiempo?- dijo guardando el billete bajo el mostrador.

-A nombre de Alice Rodríguez y de momento me quedare un mes pero no sé si me quedare más tiem…- sin dejarme acabar la frase, la señora respondió con un ''ok'' y me hizo señas con el dedo para que saliese de la recepción.

Agradeciendo el no tener que quedarme allí un segundo más, cogí la llave y, con mi maleta a cuestas, me dirigí a la escalera. Mientras subía, noté que cada peldaño crujía bajo mis pies, como si fuera a colapsar en cualquier momento. Finalmente, llegué al segundo piso y busqué la puerta número 26.
La encontré al final del pasillo.
Con un suspiro, introduje la llave en la cerradura. Un clic indicó que la puerta estaba abierta, y la empujé. El ruido que hizo al abrirse fue espantoso, como el crujir de huesos viejos.
La habitación que se reveló ante mis ojos era... horrible. No había otra palabra para describirla. Una cama de matrimonio ocupaba el centro del cuarto, con un colchón desnudo que mostraba manchas cuya procedencia prefería no conocer. A cada lado de la cama había mesitas de noche desvencijadas, una de ellas cojeando visiblemente. Encima de una

cómoda de madera astillada descansaba una vieja televisión, la pantalla cubierta de polvo. El suelo estaba cubierto por una moqueta marrón manchada, con marcas que sugerían que alguien había derramado cosas allí que nunca deberían haberse derramado. El baño, al que accedí con cautela, era peor. Azulejos amarillentos, una cortina de ducha con manchas de moho, y un lavabo con varias cucarachas muertas esparcidas por su superficie. El olor que salía de allí era indescriptible, una mezcla de químicos baratos y algo rancio que me revolvió el estómago.

—Genial, Alice, simplemente genial —murmuré para mí misma, con una risa amarga.

Dejé mi maleta en el suelo y me senté en el borde en la cama, sintiendo la fatiga del viaje y de todo lo que me había llevado hasta allí. El colchón chirrió bajo mi peso, pero estaba demasiado cansada para preocuparme por ello. Cerré los ojos, tratando de no pensar en la mugre, en las cucarachas, ni en el hecho de que había visto manchas sospechosas en la moqueta.

—Solo es temporal —me dije—. Es solo el comienzo. Mañana todo irá mejor.

Con los ojos cerrados, intentando bloquear los olores y las imágenes desagradables de la habitación, me sumergí en mis pensamientos, tratando de imaginarme en cualquier otro lugar. De repente, una voz suave y masculina me sacó de mi trance.

—Eh, ¿todo bien? —preguntó alguien desde la puerta.

Abrí los ojos de golpe, sorprendida de ver a un chico joven en el umbral de la puerta, sosteniendo un par de bolsas de papel marrón en una mano. Su complexión era atlética, con músculos bien definidos, y su piel morena brillaba ligeramente bajo la luz tenue del pasillo. Tenía el pelo negro, corto y despeinado de forma natural, y unos ojos marrones cálidos que me miraban con una mezcla de curiosidad y simpatía.

—Lo siento si te asusté —dijo, levantando las manos en un gesto de disculpa—. Vi que dejaste la puerta abierta y solo quería asegurarme de que todo estuviera bien.

Me quedé en silencio por un segundo, sorprendida por su presencia y su amabilidad. Finalmente, asentí, recuperándome.

—No, no te preocupes. Todo está bien… más o menos —dije, mirando alrededor de la habitación con una risa nerviosa.

—Soy Alex, por cierto. Vivo en la habitación de al lado —se presentó con una sonrisa, señalando hacia la pared que separaba nuestras habitaciones.

—Alice —respondí, devolviéndole la sonrisa.

—Encantado, Alice. Escucha, este lugar no es exactamente un hotel de cinco estrellas, como probablemente ya te has dado cuenta. Mi recomendación es que compres unos buenos productos de limpieza y sábanas nuevas antes de tocar nada aquí. Confía en mí, te lo agradecerás más tarde —dijo, su tono era amistoso, pero con un toque de seriedad.

Me sentí un poco avergonzada por no haber pensado en ello antes. Asentí, agradecida por su consejo.

—Gracias, eso haré. ¿Sabes dónde puedo encontrar una tienda cercana?

—Claro, justo saliendo del motel y girando hacia la derecha, hay una tienda pequeña. La lleva un señor muy agradable, y vende de todo, desde productos de limpieza hasta ropa de cama. Es como un todo a cien, pero más bien un todo a diez —dijo, riendo ligeramente.

—Eso suena perfecto —dije, sintiéndome un poco más aliviada al saber que había una solución a mi problema.

—Bueno, te dejo que te acomodes. Si necesitas algo, no dudes en llamarme —añadió Alex, haciendo un gesto hacia la pared para indicar que siempre estaría cerca.

Le agradecí una vez más mientras él se retiraba con una sonrisa, cerrando la puerta detrás de él. Después de un momento, me levanté y, armada con mi bolso y algo de dinero, salí del motel para seguir sus consejos.

La tienda estaba tal como la había descrito Alex, pequeña y llena hasta el techo de todo tipo de cosas. El señor detrás del mostrador, un hombre mayor con una sonrisa amable y arrugas profundas en su rostro, me saludó al entrar. Después de intercambiar algunas palabras, me ayudó a elegir los productos de limpieza más efectivos y unas sábanas nuevas de un color verde agua que me parecieron reconfortantes. También encontré una manta de pelo suave que pensé que sería perfecta para las noches frías.

Cuando fui a pagar, el señor miró la manta y luego a mí.

—¿Eres nueva en la ciudad, verdad? —preguntó con una sonrisa.

—Sí, acabo de mudarme hoy —le respondí, devolviéndole la sonrisa.

—Entonces, la manta es un regalo. Bienvenida a Los Ángeles, soy Anthony, pero aquí todos me llaman abuelo —dijo, guiñándome un ojo.

Me quedé sorprendida por su amabilidad, pero acepté el regalo con gratitud.

-Muchas gracias Antho…- comencé a decir, pero la carita del señor me hizo ver que prefería que lo llamasen abuelo -Muchas gracias abuelo, yo soy Alice, pero usted puede llamarme Ali- dije con una sonrisa al

decir aquel diminutivo. Solo mi abuelo me
llamaba así, pero Anthony me recordaba
muchísimo a el, era como tener a mi abuelo
de vuelta.

De vuelta en la habitación, me puse a
trabajar de inmediato, limpiando cada rincón
con esmero. El olor a productos de limpieza
poco a poco reemplazó el hedor inicial, y la
satisfacción de ver el lugar transformarse,
aunque solo fuera un poco, me dio una
sensación de control en medio del caos.
Cuando terminé, hice la cama con las nuevas
sábanas verdes y coloqué la manta encima.
Finalmente, me senté en la cama y respiré
hondo. La habitación seguía siendo modesta,
por decir lo menos, pero ahora al menos
sentía que podía dormir allí sin sentirme
totalmente miserable. Había dado el primer
paso en esta nueva vida, y aunque no fue
fácil, lo había logrado.

-Mañana será otro día- pensé mientras me
recostaba en la cama recién hecha. Pero por
ahora, al menos, estaba empezando a sentirme
un poco más en casa.

Después de pasar algunas horas en la
habitación y disfrutar de una buena ducha,
me sentí renovada. Me puse unos vaqueros
ceñidos y una camiseta básica blanca, simple
pero cómoda. Había quedado con Anna en la
entrada del motel, así que, con algo de
prisa, recogí mis cosas y me dirigí hacia la
puerta.
Al salir de la habitación, mi mirada se
detuvo instintivamente en la puerta número

27, la habitación de Alex. Estaba entreabierta y pude escuchar su voz alterada mientras hablaba por teléfono. Su tono era urgente, pero no quise entrometerme. Simplemente seguí mi camino hacia las escaleras, dispuesta a encontrarme con Anna. Anna y yo pasamos la tarde recorriendo las calles de Los Ángeles, perdiéndonos entre tiendas y zonas turísticas. Ella me llevó a varios de sus lugares favoritos, y por un rato, pude olvidarme de todas mis preocupaciones y simplemente disfrutar del momento. Sin embargo, cuando cayó la noche, era hora de despedirnos. Con algunas bolsas llenas de ropa nueva y otras de decoración para mi habitación, tomé un taxi de vuelta al motel.

De vuelta en el motel, la habitación de Alex seguía abierta. No pude evitar mirar dentro mientras pasaba por delante, mi curiosidad era demasiado fuerte. Dudé un momento antes de tocar suavemente la puerta.

—¿Alex? —llamé, asomándome apenas desde el umbral.

Unos segundos después, Alex salió del baño, envuelto solo en una toalla alrededor de la cintura. El vapor de la ducha aún flotaba en el aire, y las gotas de agua corrían por su torso. Su piel morena brillaba a la luz suave de la lámpara, y su cabello negro estaba mojado, pegado a su frente.
Me quedé completamente ojiplática al verlo así, sin evitar sentirme un poco avergonzada por haber interrumpido.

—Oh, lo siento, no quería molestar... — balbuceé, desviando la mirada rápidamente—. Solo... pensé en traerte algo de cena para agradecerte la ayuda de antes —dije, levantando una bolsa con sándwiches.

Alex sonrió, una sonrisa cálida y relajada que me hizo sentir más cómoda de inmediato.

—No te preocupes, Alice. Gracias por el detalle. ¿Qué te parece si cenamos en la azotea? La vista es espectacular y la noche está perfecta.

—Claro, me encantaría —respondí, aliviada por la invitación.

Volví a mi habitación para dejar las bolsas de compras y recogí unos refrescos. Luego, subí por las escaleras de incendio hasta la azotea. La noche en Los Ángeles estaba fresca y clara, con una ligera brisa que hacía que el aire se sintiera agradable después del calor del día.
Cinco minutos después, Alex apareció con unos vaqueros gastados y una camiseta negra de manga corta. Su cabello aún estaba húmedo, pero ya no goteaba.
Nos sentamos en el borde de la azotea, con la ciudad extendiéndose ante nosotros como un océano de luces.

—Entonces, Alice, ¿qué te trae a Los Ángeles? —me preguntó mientras abría su sándwich.

—Es una larga historia —dije, riendo un poco mientras desenvuelvo el mio—. Quería un cambio de aires, una nueva vida lejos de... ciertas cosas del pasado. Así que aquí estoy, intentando comenzar de nuevo y estudiar para entrar en la academia de policía.

—Eso suena impresionante —comentó Alex con admiración—. No muchos tienen la valentía de hacer un cambio tan grande. ¿Qué edad tienes, si no es indiscreción?

—Veinticuatro —respondí—. Supongo que era hora de tomar las riendas de mi vida.

—Eres joven, tienes todo un futuro por delante. Yo tengo veintiocho —dijo, dándole un mordisco a su sándwich—. Vine a Los Ángeles buscando oportunidades en el mundo de la música. Soy productor y toco la guitarra en una banda, aunque las cosas no siempre salen como uno espera.

—Eso suena increíble. ¿Has estado aquí mucho tiempo? —le pregunté, intrigada.

—Casi dos años. He aprendido que esta ciudad puede ser brutal, pero también tiene su magia, si sabes dónde buscarla. A veces es duro, pero me las arreglo. —Su voz tenía un tono melancólico, pero sus ojos brillaban con una determinación que admiré al instante.

—Es un gran salto. A veces siento que no tengo idea de lo que estoy haciendo —confesé, sintiendo una extraña conexión al hablar con él.

—Créeme, todos sentimos eso en algún momento. Pero lo importante es seguir adelante, aunque no sepas exactamente hacia dónde vas. Aquí en Los Ángeles, todos estamos buscando algo, aunque no siempre sepamos qué es —dijo Alex, mirando las luces de la ciudad con una expresión pensativa.

Nos quedamos en silencio un rato, disfrutando de la comida y de la vista, cada uno perdido en sus pensamientos. Era extraño, pero reconfortante, compartir ese momento con alguien que también estaba buscando su lugar en el mundo. La noche avanzaba y la conversación se fue tornando más relajada, con risas y anécdotas de nuestras vidas, creando un vínculo inesperado en medio de la gran ciudad.

10

La primera semana tras mudarme a Los Ángeles
fue un torbellino de emociones y nuevas
experiencias. La ciudad era vibrante y llena
de vida, pero también intimidante en su
vastedad. Afortunadamente, no estaba sola.
Desde el momento en que conocí a Alex, sentí
que había encontrado a alguien con quien
podía contar en este nuevo capítulo de mi
vida.
Al principio, nuestras interacciones eran
casuales, una sonrisa o un saludo al
cruzarnos en el pasillo del motel. Pero
rápidamente nos dimos cuenta de que teníamos
más en común de lo que pensábamos. Alex, con
su humor relajado y su espíritu optimista,
era justo lo que necesitaba para adaptarme a
mi nueva vida en Los Ángeles.
Pasábamos las tardes hablando en la azotea,
con la ciudad extendiéndose bajo nosotros. A
veces era solo para compartir una comida
rápida, otras veces charlábamos durante
horas, perdiendo la noción del tiempo
mientras las estrellas comenzaban a brillar
en el cielo. Alex tenía una manera de hacer
que todo pareciera menos complicado, como si
los problemas se desvanecieran en su
compañía. Me di cuenta de que, aunque no
llevaba mucho tiempo en mi vida, se estaba
convirtiendo en alguien muy importante para
mí.
Una noche, después de una de nuestras largas
charlas, me dijo algo que nunca olvidaré.
Estábamos sentados, mirando las luces de la
ciudad.

-Sabes, me alegra que hayas llegado. No es fácil encontrar a alguien con quien realmente puedas ser tú mismo en esta ciudad. Contigo, no tengo que fingir. Eres como la hermana que nunca tuve.- dijo Alex mientras se encendía un cigarrillo.

Sus palabras me conmovieron profundamente. En ese momento, supe que nuestra amistad había superado cualquier barrera superficial y se había convertido en algo mucho más fuerte, algo familiar y cálido. Él era más que un amigo, era como un hermano mayor, alguien en quien podía confiar completamente.

Con el tiempo, nuestra relación se fortaleció aún más. Nos ayudábamos mutuamente en todo lo que podíamos. Alex me acompañaba a las tiendas para encontrar cosas que necesitaba, me enseñaba los mejores lugares para comer en la ciudad y me daba consejos sobre cómo sobrevivir en Los Ángeles. A cambio, yo le ayudaba a revisar sus letras y composiciones, aportando mi visión creativa a su música, aunque nunca me consideré particularmente talentosa en ese aspecto.

Nuestra conexión no era solo por lo que hacíamos juntos, sino por la comprensión mutua que teníamos. Sabíamos lo que significaba estar lejos de casa, buscar un lugar en el mundo y enfrentar las dudas y miedos que vienen con eso. Nos convertimos en el apoyo del otro, una especie de familia elegida que era irrompible.

Después de una semana intensa de adaptación a mi nueva vida en Los Ángeles, sentía que

las piezas comenzaban a encajar. La ciudad ya no me parecía tan intimidante, y con la ayuda de Anna y Alex, empecé a construir una rutina.
Anna y yo habíamos quedado para ir juntas a la academia de policía, donde haría la prueba de acceso. Esa mañana me sentía nerviosa, pero Anna, con su habitual energía, logró tranquilizarme.

-Vas a hacerlo genial, Alice. No te preocupes- me dijo mientras caminábamos hacia la academia. Sus palabras me dieron el empujón que necesitaba.

La prueba fue dura, pero me esforcé al máximo. Cuando finalmente anunciaron los resultados y vi mi nombre en la lista de admitidos, sentí una oleada de alivio y orgullo. Lo había logrado. A partir de ese momento, pasaba a ser una opositora oficial en la academia de policía.
Después de completar todos los trámites y asegurarnos de que estaba todo en orden, Anna y yo salimos de la academia con una sonrisa en el rostro.

-Te dije que lo conseguirías- dijo Anna mientras me daba un abrazo. Estaba emocionada y agradecida de tenerla a mi lado en ese momento tan importante.

Esa noche, después de todo lo que había pasado, sentí la necesidad de compartir mis logros con mi madre. Sabía cuánto significaba para ella que yo estuviera bien y avanzando en mis objetivos. Así que la

llamé.
El teléfono sonó unas cuantas veces antes de
que mi madre contestara.

E: *Hola, mi pequeña.* Dijo con su voz cálida
de siempre, pero esta vez noté algo
diferente en su tono, una especie de
cansancio que no había escuchado antes.

A: *Mamá, tengo tantas cosas que contarte.
Conocí a un chico llamado Alex, es como un
hermano mayor para mí. Y Anna me ha estado
ayudando mucho, es increíble estar en
contacto con ella otra vez. ¡Y lo mejor de
todo, aprobé la prueba de acceso a la
academia! Ya soy opositora oficial.*

Escuché a mi madre reír al otro lado del
teléfono, pero la risa sonaba apagada, como
si viniera de muy lejos.

E: *Estoy tan orgullosa de ti, Alice. Sabía
que lo lograrías.*

A: *Mamá, ¿estás bien? Pareces... no sé,
cansada.*

Hubo un silencio breve antes de que
respondiera.

E: *Estoy bien, cariño. Solo he estado
trabajando mucho, eso es todo. Pero no te
preocupes por mí, estoy bien.*

A: *Mamá, sabes que puedes contarme lo que
sea, ¿verdad?*

E: Lo sé, Alice. De verdad, estoy bien. Solo necesito descansar un poco. Ha sido una semana larga.

A pesar de sus palabras, la preocupación seguía rondando mi mente. Conocía a mi madre lo suficientemente bien como para saber cuándo algo la estaba molestando. Pero decidí no presionarla más.

A: *Está bien, mamá. Solo prométeme que te cuidarás, ¿vale?*

E: *Lo prometo, Alice. Y tú también, cuídate mucho en esa gran ciudad. Te quiero.*

A: *Yo también te quiero, mamá.*

Me quedé un momento mirando el teléfono en mi mano, pensando en lo que podría estar ocurriendo. No podía sacudirme la sensación de que mi madre me estaba ocultando algo, pero al mismo tiempo, estaba decidida a respetar su espacio y no insistir más de la cuenta.
Con esa mezcla de emociones, me preparé para el siguiente paso en mi nueva vida en Los Ángeles. Sabía que tenía que mantenerme enfocada en mis estudios en la academia, pero la preocupación por mi madre quedó latente, una sombra en el fondo de mi mente. Sabía que eventualmente tendría que enfrentar lo que fuera que estuviera pasando con ella, pero por ahora, tenía que concentrarme en lo que tenía delante.

11

Aquella noche parecía eterna. Los ruidos provenientes de la habitación de al lado me mantenían en vela. Sabía que Alex tenía visita, y aunque intenté no prestar atención, la fina pared que nos separaba hacía imposible ignorar los sonidos que se filtraban. Entre susurros, risas y lo que claramente eran gemidos, me di cuenta de lo poco que aquellas habitaciones, respetaban la privacidad. Me sentí incómoda, casi intrusa en la intimidad de Alex, pero no tenía a dónde ir.

Finalmente, cuando los ruidos cesaron, intenté dormir, pero los nervios y la incomodidad no me lo permitieron. Luego, la pesadilla que no había tenido en semanas regresó, como un golpe directo a mi subconsciente. En el sueño, el encapuchado volvía a perseguirme por el bosque, cada paso suyo resonaba en mi cabeza, y mi corazón latía desbocado de puro miedo. Desperté sobresaltada, con el cuerpo empapado en sudor frío. El miedo era tan real como lo había sido aquella vez, y el pánico no me dejó volver a dormir.

Me levanté de la cama, necesitaba aire. Saqué un paquete de cigarrillos de mi bolso y decidí salir al pasillo para fumar. Me puse de pie, aún temblorosa, y abrí la puerta con cautela. El frío de la noche me golpeó de inmediato, y lamenté no haberme puesto algo más abrigado que mi pijama veraniego, de color celeste con pequeños tulipanes estampados.

Al salir, vi a Alex ya en el pasillo, con un

cigarrillo encendido entre los dedos. Estaba de espaldas a mí, vestido solo con un pantalón largo de pijama, dejando al descubierto su torso musculoso y tatuado. La sorpresa en su rostro al verme fue evidente, pero su reacción fue rápida y considerada. Sin decir una palabra, desapareció en su habitación y volvió al instante con una manta delgada. Me la tendió en silencio, y con un gesto me invitó a refugiarme junto a él bajo la manta mientras ambos compartíamos un cigarrillo.

Nos sentamos en el suelo del pasillo, en una especie de solidaridad silenciosa. Después de unas caladas, rompí el silencio.

—Tuve una pesadilla —dije, mi voz apenas un susurro—. Fue sobre un hombre... un encapuchado que me persiguió una vez por el bosque cerca de mi casa. Es algo que me ha seguido desde entonces.

Alex asintió, como si comprendiera el peso de mis palabras, aunque no dijo nada de inmediato. Inhaló profundamente, dejando que el humo escapara lentamente antes de hablar.

—Lo siento, Alice. Eso suena realmente aterrador. —Su voz era baja y calmada, pero había algo más en ella, un matiz de empatía que no había notado antes.

Miré hacia él, buscando en sus ojos alguna señal de juicio, pero solo encontré comprensión.

—No es fácil hablar de eso —continué—. Pero es como si no pudiera deshacerme de esa sensación, de esa sombra que siempre está ahí, siguiéndome.

—Te entiendo más de lo que piensas —respondió Alex, apagando el cigarrillo en el suelo y tirando la colilla en un pequeño cenicero que tenía a mano—. A veces el pasado tiene una forma de aferrarse a nosotros, incluso cuando intentamos seguir adelante.

Lo miré, intrigada.

—¿Es por ella? —pregunté, refiriéndome a la chica que había estado con él esa noche. Sabía que había algo más detrás de esa relación, algo que lo mantenía atado a ella, incluso si eso le hacía daño.

Alex soltó un suspiro, largo y cargado de frustración.

—Sí… es complicado. Hemos terminado mil veces, y aún así, cuando nos emborrachamos o cuando estamos solos, siempre acabamos en la cama. Pero no es amor, ni siquiera es una relación real. Es solo… comodidad, supongo. Y después de cada vez, me siento peor. Arrepentido, vacío.

Me quedé en silencio, asimilando sus palabras. Era extraño, pero en ese momento, sentí que ambos estábamos lidiando con nuestros propios fantasmas, atrapados en ciclos que no podíamos romper fácilmente.

—¿Por qué no la dejas ir? —pregunté, no con juicio, sino con genuina curiosidad.

—Es difícil y créeme, lo he intentado —admitió Alex, su voz apenas un murmullo—. Pero a veces, cuando te sientes solo o perdido, cualquier cosa que te haga sentir algo, incluso si es malo, se convierte en una adicción. Es como si temiera dejarla ir, porque entonces… ¿qué me queda?

Su confesión resonó en mí de una manera que no esperaba. Entendía perfectamente ese miedo a estar solo, a enfrentarse al vacío.

—No tienes que enfrentarlo solo —dije, mirándolo a los ojos—. Aquí tienes a alguien que te entiende.

Alex me miró, y por un momento, el silencio entre nosotros fue más profundo que cualquier palabra. Habíamos compartido algo más que un cigarrillo y una manta esa noche; habíamos compartido una parte de nuestras almas heridas.
Finalmente, sonrió, una sonrisa pequeña pero genuina.

—Gracias, Alice. De verdad.

—Gracias a ti, Alex —respondí, sintiendo que, a pesar de todo, había encontrado en él una conexión real, un lazo que nos uniría más allá de las paredes del motel y las sombras del pasado.

Nos quedamos allí, bajo la manta, hablando de todo y de nada, compartiendo historias y risas hasta que el frío se volvió insoportable y decidimos volver a nuestras habitaciones. Aunque los fantasmas seguían acechando, esa noche sentí que tal vez, solo tal vez, juntos podríamos encontrar la manera de enfrentarlos.

La mañana siguiente llegó demasiado pronto. Apenas había logrado dormir unas pocas horas, pero la ducha me ayudó a despejarme un poco. Me vestí con unos vaqueros cómodos y un top sencillo, recogí mis cosas y salí de la habitación, lista para otro día en la academia. Las clases seguían siendo emocionantes, al menos al principio, pero con el tiempo, los exámenes se acercaron y trajeron consigo las noches de insomnio y las infinitas tazas de café.

Había encontrado en Clifton's mi refugio durante esas largas noches. Era una pequeña cafetería donde el dueño, Clif, permitía a unos cuantos insomnes como yo quedarse toda la noche. Allí, con mi portátil y un montón de apuntes, me perdía en el mundo del estudio, mientras el aroma del café llenaba el aire. Clifton's se había convertido en mi segunda casa, un lugar donde la rutina del café y los libros me mantenía centrada.

Una noche, mientras estaba absorta en mis apuntes, algo diferente llamó mi atención. Un joven, que nunca antes había visto en el café, se sentó en la mesa frente a la mía. Tenía un portátil y una libreta, y comenzó a trabajar en silencio. No pude evitar observarlo por un momento. Tenía unos ojos de un azul tan intenso que nunca había visto antes, su pelo rubio alborotado le daba un aire despreocupado, pero lo que más me llamó la atención fueron sus brazos tatuados y su barba de unos días, que le daban un aspecto rudo pero interesante.

Clif se acercó a su mesa con una taza de café, y mientras le servía, el chico levantó la vista. Por un instante, nuestras miradas se cruzaron, y sentí un extraño nerviosismo. Pero mi deber por los estudios era más fuerte, así que volví a mis apuntes, tratando de ignorar la presencia del chico. Sin embargo, desde ese día, él comenzó a venir todas las noches. Se sentaba en la misma mesa, pedía el mismo café y trabajaba con la misma intensidad. Parecía estar preocupado por algo, y aunque no era asunto mío, no podía evitar preguntarme qué era lo que lo tenía tan serio. Además, su voz ronca y grave cuando hablaba con Clif o contestaba una llamada era imposible de ignorar. Me distraía, y no pude evitar sentir una mezcla de curiosidad y frustración.

Una noche, tras varias horas de estudio y sintiendo que mi concentración se desvanecía, decidí salir a tomar un respiro. Me levanté de mi asiento y le pedí a Clif que me guardara el sitio, asegurándole que volvería en unos minutos. Con mi taza de café en la mano, salí del café y saqué la cajetilla de cigarrillos del bolsillo trasero de mis vaqueros. Para mi disgusto, estaba vacía.

—Joder —murmuré, molesta.

Una voz grave y desconocida sonó detrás de mí.

—¿Necesitas uno?

Me giré para encontrarme cara a cara con el chico de los ojos azules. Sostenía un cigarrillo entre los dedos y me lo ofrecía con una sonrisa ligera en sus labios.

—Gracias —dije, aceptando el cigarrillo, aunque con cautela. No estaba acostumbrada a aceptar cosas de desconocidos, pero algo en su actitud me hizo bajar la guardia, al menos un poco.

—Ryan Durden —se presentó, encendiendo el cigarrillo para mí y luego sacando otro para él—. He notado que vienes a Clifton's todas las noches. Estás estudiando, ¿verdad?

Asentí, manteniendo la conversación ligera.

—Alice —respondí—. Sí, estudio para entrar en el cuerpo de policía.

Ryan pareció intrigado por mi respuesta. Sus ojos me observaron con más atención, como si estuviera tratando de leer más allá de mis palabras.

—¿Policía, eh? No lo habría adivinado. ¿Qué te llevó a querer ser policía?

Me encogí de hombros, sin querer entrar en detalles.

—Es algo que siempre quise ser, pero... ¿y tú? Te he visto por aquí últimamente. ¿Qué te trae a Clifton's?

Ryan soltó una risa suave, casi como si la pregunta le resultara graciosa.

—Trabajo en un proyecto personal. A veces necesitas un cambio de ambiente para aclarar la mente, y Clifton's es un buen lugar para eso. Además, el café es decente, y el dueño parece agradable.

—Sí, Clif es genial —admití, sintiéndome un poco más relajada. Pero aún así, no dejaba de mantenerme en guardia. Algo en la manera en que Ryan me observaba me hacía sentir expuesta, como si estuviera viendo algo que no quería mostrar.

—¿Qué tipo de proyecto? —pregunté, tratando de devolverle la pelota y no dejar que la conversación girara en torno a mí.

—Es un poco complicado, pero tiene que ver con el márquetin empresarial. No es tan interesante como suena, créeme —respondió, su tono volviendo a ser serio.

Asentí, notando que ambos teníamos nuestras reservas para compartir más de lo necesario. Terminamos los cigarrillos en silencio, el humo se elevaba en espirales entre nosotros mientras cada uno se perdía en sus pensamientos.

Finalmente, Ryan rompió el silencio.

—Es bueno tenerte como compañera de estudios nocturnos, Alice. —Sonrió, pero esta vez había algo más genuino en su expresión, algo que me hizo sentir menos incómoda—. Quizá la próxima vez podamos sentarnos juntos. Podría ayudarte con algo de márquetin, si alguna vez lo necesitas.

—Lo tendré en cuenta —respondí, devolviéndole la sonrisa, aunque aún con cierta cautela.

Ambos terminamos nuestros cigarrillos, y tras despedirnos con un leve gesto de la mano, volvimos al interior de Clifton's. Aquella noche, la presencia de Ryan me mantuvo distraída más de lo habitual, y aunque intenté concentrarme en mis estudios, su imagen seguía apareciendo en mi mente. Sabía que había algo más en él, algo que no estaba dispuesto a compartir fácilmente. Pero yo tampoco.
Aquella noche, cuando volví al motel, me sentía más agotada de lo habitual. No tenía la energía ni para cambiarme de ropa. Simplemente me dejé caer en la cama, aún con los vaqueros puestos, y sin quererlo, caí en un profundo sueño.
En ese sueño, los ojos y la voz de Ryan se convirtieron en los protagonistas. Su mirada azul intensa, sus palabras resonando en mi mente, una y otra vez. Había algo en él,

algo que no podía definir pero que me atraía, como una corriente subterránea que tiraba de mí sin que pudiera resistirme.

Me desperté al amanecer, los primeros rayos de sol colándose por la ventana polvorienta de la habitación. Me sentía extrañamente inquieta, como si el sueño no me hubiera dado el descanso que necesitaba. Mientras me dirigía al baño, traté de sacudirme aquella sensación, diciéndome que solo era una simple conversación con un desconocido, nada más.

El agua caliente comenzó a caer sobre mi pelo cobrizo, deslizándose por mi espalda y ayudándome a despertar del todo. Pero, por más que lo intentaba, no podía sacarme de la cabeza la conversación simple y, a la vez, intrigante que había tenido con Ryan. ¿Por qué me afectaba tanto? No era como si nos hubiéramos contado nuestros secretos más profundos, ni como si hubiera algo especialmente memorable en nuestras palabras. Y aun así, algo en él me había dejado una marca.

No entendía por qué, y en realidad, no quería que ese chico me hubiera afectado tanto como lo había hecho. Había llegado a Los Ángeles con un objetivo claro: estudiar, enfocarme en mi futuro, y dejar atrás todo lo que me había mantenido atrapada en el pasado. La última cosa que necesitaba era una distracción. Pero allí estaba él, invadiendo mis pensamientos de una manera que no podía controlar.

Suspiré, frustrada conmigo misma.

-Es solo un chico, Alice- me dije en voz baja mientras el agua seguía corriendo. -No dejes que te distraiga-.

Terminé mi ducha, me vestí con rapidez, y me preparé para enfrentar otro día en la academia. Pero, a pesar de mis intentos por mantenerme concentrada, la imagen de Ryan seguía apareciendo en mi mente, como una sombra que se negaba a desaparecer.
Los días siguieron su curso con una rutina que empezaba a sentirse cada vez más cómoda. Las horas en Clifton's se convirtieron en mi nueva rutina, donde la calma y el café se mezclaban con el ruido lejano de la ciudad. Ryan y yo compartimos mesa desde aquella charla, pero nuestras conversaciones eran limitadas, casi siempre interrumpidas por el suave clic de los teclados.
Las primeras semanas transcurrieron entre sesiones de estudio , pero había momentos en los que no podía evitar fijarme en la manera en que Ryan se concentraba, su cabello rubio despeinado y sus ojos azules que parecían estar en un constante estado de reflexión.
Cuando llegó el momento de los exámenes, me sentía preparada. Había pasado noches enteras, repasando cada concepto y código, cada psicotécnico, y, por supuesto, había pasado las mañanas en la academia practicando el tiro, que fue sin duda mi parte favorita. La sensación de acertar en el blanco, de tener control sobre el arma, me hizo sentir increíblemente viva y segura de mí misma.
Cada prueba la pasé con una facilidad que me sorprendió, y el día que me dieron los

resultados, no pude evitar sonreír al ver que había aprobado con honores.

Ahora, con el título de cadete Rodríguez, el siguiente paso en mi camino hacia convertirme en Subinspectora Alice Rodríguez estaba trazado frente a mí. Los estudios seguirían, las horas de entrenamiento se alargarían, y la vida en Los Ángeles se estaba haciendo cada vez más interesante. Las calles de la ciudad, con su ritmo frenético y su mezcla de culturas, se estaban convirtiendo en mi nuevo hogar.

El día que me aceptaron oficialmente como cadete, no pude evitar sentir una mezcla de emoción y nervios. Me veía a mí misma con el uniforme, imaginando el futuro en el que podría avanzar en la carrera que siempre había soñado. Mi objetivo estaba claro y el camino, aunque desafiante, era el que había elegido y que estaba dispuesta a recorrer.

Esa noche, mientras el sol se ponía sobre Los Ángeles y la ciudad se iluminaba con luces titilantes, me encontré en la terraza del motel, mirando hacia el horizonte con un cigarrillo entre los dedos. El humo se mezclaba con la brisa nocturna, y mi mente se aventuraba en el futuro que estaba construyendo. Alex estaba a mi lado. Compartíamos cada noche un cigarrillo y nos contábamos como habíamos pasado el día. Fue el primero en enterarse de mi nuevo título de cadete.

Pero en medio de todo esto, mi corazón todavía estaba inquieto. Las noches de insomnio en la terraza, los encuentros inesperados y la promesa de un futuro mejor, todo formaba parte del viaje que estaba viviendo. Y mientras el humo del cigarro se disipaba en el aire, me aferraba a la esperanza de que, algún día, el sueño de crear algo nuevo y mío, se convirtiese en realidad.

12

Los días en la academia me mantenían absorta. Entre clases, prácticas de tiro y las largas horas de estudio, apenas tenía tiempo para pensar en otra cosa que no fuera mi objetivo de convertirme en subinspectora. Pero, cada noche, como un reloj, me encontraba en Clifton's, compartiendo mesa con Ryan. No hablábamos mucho, pero su presencia se había vuelto una constante, algo que esperaba con cierta ansiedad. Había algo en él que no podía ignorar: su atractivo, su aire de misterio, su voz profunda. Y aunque trataba de concentrarme en mis estudios, Ryan comenzaba a invadir mis pensamientos, incluso en sueños.

Era un viernes por la noche cuando todo cambió. Antes de despedirnos en Clifton's, Ryan me dio un papel doblado con su número de teléfono, sugiriendo que podríamos quedar para tomar un café, sin portátiles de por medio. La emoción que sentí al recibirlo fue abrumadora. Con una sonrisa tonta en el rostro, corrí de vuelta al motel, ansiosa por contárselo a Alex.

Cuando llegué, Alex estaba en su usual posición, apoyado contra la barandilla, fumando su cigarrillo nocturno. Me acerqué a él, el corazón latiendo rápido, y no pude contenerme.

—Alex, tengo que contarte algo —le dije, casi sin aliento.

—¿Qué pasa, Alice? —respondió él, exhalando una nube de humo mientras me miraba con curiosidad.

—Ryan... Ryan me dio su número de teléfono esta noche. —Saqué el papel del bolsillo, aún doblado, y lo agité frente a él.

Alex arqueó una ceja, claramente interesado.

—¿Ryan, el chico rubio de Clifton's? ¿El mismo con el que sueñas últimamente? —preguntó con una sonrisa burlona.

—Sí, ese mismo —admití, sintiendo el calor subir a mis mejillas. Tomé el cigarrillo que me ofrecía y le di una calada profunda antes de continuar—. No puedo evitarlo, Alex. Es tan... misterioso. Y atractivo. Me siento como una tonta cada vez que pienso en él, pero no puedo evitarlo. Y ahora que me ha dado su número, no sé qué hacer.

Alex se rió, apoyándose en la barandilla.

—Es normal sentirse así, Alice. Pero solo recuerda, no te precipites. A veces, lo que parece emocionante al principio puede ser complicado después. Aun así, si te gusta, no veo por qué no podrías darle una oportunidad. Solo asegúrate de que no te distraiga demasiado de tus estudios.

—Lo sé —asentí, mirando el cigarrillo mientras el humo se disipaba en la fría noche—. Pero hay algo en él que me atrae, como si fuera un misterio que necesito resolver.

—Entonces, ¿qué vas a hacer? —preguntó Alex, dándome un suave empujón con el hombro.

—No lo sé todavía. Creo que esperaré un poco antes de llamarlo, pero es emocionante tener su número. —Sonreí, sintiendo la emoción burbujear dentro de mí—. Gracias por escucharme, Alex. Siempre sabes qué decir.

—Para eso están los amigos, ¿no? —respondió, dándome una palmada en la espalda.

Después de compartir el cigarrillo, me despedí de Alex y entré en mi habitación. La emoción aún bullía dentro de mí mientras me sentaba en el centro de la cama con las piernas cruzadas, sosteniendo el papel con cuidado. Lo desdoblé lentamente, casi como si fuera un tesoro.
Allí, con una caligrafía perfecta, estaba escrito su nombre: **Ryan Durden**, seguido de su número de teléfono. No podía evitar sonreír al verlo. Me sentía como una adolescente otra vez, emocionada por la simple posibilidad de lo que podría venir. Apoyé la cabeza en la almohada, con el papel aún en mi mano, y cerré los ojos, dejando que los pensamientos de Ryan me arrullaran hasta el sueño. Sabía que el camino que había elegido no sería fácil, pero en ese momento, con su número en la mano, sentí que todo era posible.
Esa noche, después de mirar el papel con el número de Ryan una y otra vez, decidí que no

podía ignorar la oportunidad que se me presentaba. A pesar de la emoción que sentía, también había una sombra que se cernía sobre mí: los recuerdos de mi última relación con Simon. Las cosas con él habían terminado de una manera que me dejó marcada, con cicatrices que no se curan fácilmente. Por eso, a pesar de la atracción que sentía por Ryan, me abordaba la cautela. Pero algo en mí, quizás la parte que no quería dejar que el miedo ganara, decidió que valía la pena intentarlo.

Tomé mi teléfono y, después de dudar unos segundos, escribí el primer mensaje.

Alice: *Hola, Ryan. Soy Alice, de Clifton's. Quería agradecerte por el número y el cigarrillo de anoche. ¿Qué tal todo?*

Lo envié antes de poder retractarme. El corazón me latía fuerte mientras esperaba su respuesta. A los pocos minutos, mi teléfono vibró y vi su nombre en la pantalla.

Ryan: *Hola, Alice. Qué gusto recibir tu mensaje. Todo bien, gracias. ¿Tú cómo estás? ¿Cómo va la academia?*

Sonreí al leer su respuesta. Era amable, directo. Tomé aire y decidí ser valiente.

Alice: *Todo va bien, aunque bastante intenso. Exámenes, entrenamientos… Pero me gusta. Es lo que siempre quise hacer. ¿Y tú? ¿Estás muy ocupado con el trabajo?*

Ryan: *Sí, estoy con bastantes cosas, pero siempre hay tiempo para un café o algo más relajado. De hecho, pensé en invitarte a uno de esos cafés que no requieren portátiles. ¿Qué dices?*

Ahí estaba. La invitación. Sentí una mezcla de nervios y emoción. Una parte de mí quería saltar de cabeza, pero la otra, la que había aprendido a protegerse después de Simon, dudaba. Pero no podía seguir escondiéndome detrás de mis miedos.

Alice: *Eso suena bien. Me parece que nos merecemos un café sin trabajo de por medio. ¿Te parece este fin de semana?*

Ryan: *Perfecto. ¿Te parece el sábado por la tarde? Hay un lugar que me gusta mucho, se llama Verve Coffee Roasters. Queda cerca de Clifton's, pero es más tranquilo.*

El plan estaba hecho. Aunque sentía la inquietud que me causaba la idea de abrirme a alguien nuevo, también estaba emocionada. Sabía que debía darle una oportunidad, no solo a Ryan, sino también a mí misma.

Alice: *Sábado por la tarde, entonces. Me parece bien.*

Ryan: *Perfecto. ¿Te parece si te recojo donde me digas sobre las 5pm?*

Alice: *Claro, te enviare mi ubicación.*

Finalmente, envié el mensaje y dejé el teléfono a un lado. El sábado por la tarde tenía una cita. Una verdadera cita. Me apoyé en la almohada, tratando de calmar la mezcla de emociones que bullía en mi interior. Sabía que esto no era solo sobre Ryan, sino sobre dar un paso adelante, sobre dejar atrás los miedos que me habían mantenido en guardia por tanto tiempo.
Era hora de ver a dónde me llevaría todo esto.
Después de enviar el último mensaje a Ryan, una inquietud se apodera de mí. Hace dos días que no llamo a mi madre, y aunque la emoción de todo lo que está pasando me ha mantenido ocupada, siento que necesito escuchar su voz. Tomo el teléfono y marco su número. Después de un par de tonos, la familiar voz de mi madre, cálida y calmante, me recibe al otro lado de la línea.

A: Hola, mamá.

E: ¡Alice! Qué alegría escucharte, cariño. ¿Cómo estás?

A: Bien, mamá. ¿Y tú? ¿Cómo has estado estos días? No he tenido tiempo de llamarte, lo siento.

E: No te preocupes, hija. Lo entiendo. He estado bien, un poco ocupada con el trabajo en la universidad. Estamos preparando un nuevo programa para el próximo experimento, y ha sido un poco caótico. Pero nada que no pueda manejar.

A: Sabía que estarías en mil cosas a la vez. ¿Y qué tal va todo con el programa nuevo?

E: Va bien. Estoy supervisando a un par de nuevos empleados y asegurándome de que todo esté listo para cuando comiencen las pruebas de este nuevo experimento. A veces me pregunto si alguna vez podré descansar un poco, pero supongo que me gusta mantenerme ocupada.

Me río suavemente, entendiendo perfectamente a lo que se refiere.

A: Sabes que siempre te has sentido mejor cuando tienes algo en lo que trabajar, pero no te olvides de cuidar de ti también, mamá.

E: Lo sé, lo sé. ¿Y tú? ¿Cómo va tu nuevo trabajo? Cuéntame todo, estoy deseando escuchar cómo te está yendo como cadete.

A: Pues... es increíble, mamá. Las clases en la academia son duras, pero emocionantes. Ya pasé los primeros exámenes y me fue bastante bien. Pero lo mejor es estar en la comisaría, aprender de los agentes de verdad, ver cómo es el trabajo en el campo de tiro. Es agotador, pero me encanta.

E: Me alegra tanto oírte decir eso. Siempre supe que tenías lo necesario para lograrlo, Alice. Estoy muy orgullosa de ti.

A: Gracias, mamá. Y bueno, también está Alex. Mi vecino en el motel, ¿recuerdas que te hable de el?, pues se ha convertido en un gran amigo. Es como un hermano para mí, y me ha ayudado mucho a adaptarme aquí.

E: Me alegra que hayas encontrado a alguien en quien confiar. Es importante tener a alguien cerca cuando estás lejos de casa.

A: Sí, lo es. Pero... también hay alguien más, mamá.

E: ¿Ah, sí? ¿Quién es?

A: Se llama Ryan. Lo conocí en una cafetería donde suelo estudiar. Nos hemos hecho amigos, y... bueno, me pidió que quedáramos algún día sin portátiles de por medio.

E: ¿Una cita?

A: Sí, algo así. No quiero precipitarme, ya sabes cómo fue todo con Simon... Pero Ryan es diferente. Es misterioso, pero también es amable y... no sé, hay algo en él que me intriga.

E: Cariño, entiendo que quieras ser cautelosa, y tienes razón. Pero también debes permitirte vivir, experimentar cosas nuevas. Si sientes que este Ryan puede ser alguien especial, dale una oportunidad. Solo recuerda siempre ser fiel a ti misma.

A: Lo haré, mamá. Gracias por escucharme.

E: Siempre, Alice. Y cualquier cosa que necesites, ya sabes que estoy aquí para ti.

A: Lo sé, y lo aprecio. Te quiero, mamá.

E: Y yo a ti, mi amor. Cuídate mucho, y mantenme al tanto de todo.

A: Lo haré. Hasta pronto, mamá.

Cuelgo el teléfono con una mezcla de emociones, sintiéndome a la vez más ligera y más consciente de lo que viene. Saber que tengo su apoyo, incluso desde lejos, me da fuerzas. Y aunque el recuerdo de Simon todavía ronda en mi mente, decido que merece la pena darle una oportunidad a lo nuevo.

13

Al día siguiente, me desperté temprano con una sensación de anticipación que no podía sacudir. Sabía que ese día sería diferente. Después de ponerme las zapatillas, salí a correr por la ciudad, dejando que el ritmo constante de mis pasos sobre el pavimento me ayudara a ordenar mis pensamientos. Era una mañana fresca, y Los Ángeles ya comenzaba a despertar con su habitual bullicio.

Regresé al motel con una bolsa de almuerzo en la mano. Dejé la bolsa sobre la cama, sin prestarle mucha atención, y me dirigí directamente a la ducha. El agua caliente comenzó a caer sobre mí, y dejé que mi mente divagara. Hoy me encontraría con Ryan por primera vez fuera de la cafetería, y aunque estaba emocionada, también había una parte de mí que no podía evitar sentir nervios. ¿Qué pasaría si las cosas no iban bien? ¿Y si todo lo que había imaginado sobre él resultaba ser incorrecto?

Me lavé el pelo con movimientos lentos, disfrutando de la sensación relajante del agua deslizándose por mi cuerpo. Intenté calmarme, diciéndome que todo estaría bien, que era solo una cita. Pero la incertidumbre seguía ahí, burbujeando debajo de la superficie. Después de un tiempo, salí de la ducha, sintiéndome ligeramente más tranquila, aunque la inquietud seguía latente.

Me envolví en una toalla, pero el aire fresco del cuarto hizo que optara por vestirme con algo más cómodo. Elegí un conjunto de ropa interior negro de encaje, sentándome en la cama con mi ensalada. Mientras comía, mi mente seguía divagando, y no pude evitar sonreír ante la ironía de la situación: vestida solo con lencería y comiendo ensalada, mientras pensaba en un chico que apenas conocía.

Decidí enviarle un mensaje a Ryan para confirmar los detalles.

A: *Te mando mi ubicación en un rato, ¿vale?*

R: *Perfecto, Alice. Avísame cuando estés lista.*

Pasé el resto de la tarde en un torbellino de indecisión, tratando de elegir la ropa adecuada. Nada parecía estar a la altura, y cada vez que creía haber decidido, la duda me asaltaba de nuevo. Finalmente, rendida, fui a buscar a Alex. Sabía que él sería honesto y me ayudaría a decidir.

—Alex, ¿puedes ayudarme con algo? —pregunté, sintiéndome un poco tonta por estar tan preocupada.

—Por supuesto, ¿qué pasa? —respondió, dejando lo que estaba haciendo para prestarme atención.

—Es sobre la cita de esta noche... No sé qué ponerme.

-¿Es por eso que vas así vestida?- dijo Alex señalándome.

Mire mi cuerpo y fue entonces cuando fui consciente de que había salido de mi habitación en ropa interior. Mis mejillas se sonrojaron y corrí a mi habitación a ponerme rápidamente una camiseta básica que me cubría hasta la mitad del muslo.

Me miró con una mezcla de diversión y seriedad, como si entendiera perfectamente el nerviosismo del momento. Después de revisar varias opciones, finalmente escogimos un vestido negro de tirantes, con un escote en V que caía justo en el punto perfecto: elegante pero con un toque de sensualidad. El vestido llegaba justo por debajo de la rodilla, y la raja en la pierna izquierda le daba un toque atrevido sin ser exagerado. Combiné el conjunto con unos zapatos de tacón negros, simples pero elegantes.

—Estás perfecta, Alice —dijo Alex con una sonrisa aprobadora—. Ryan no sabrá lo que le espera.

Me reí, sintiéndome un poco más segura. Miré mi reflejo en el espejo, y por primera vez en todo el día, me sentí bien con la elección. Quizás esta noche podría ser el comienzo de algo nuevo, algo emocionante. Con el corazón acelerado y la expectativa en el aire, me preparé para lo que vendría. Con un nudo de nervios en el estómago, envié mi ubicación a Ryan y agarré un pequeño bolso de mano. Metí dentro mi teléfono, los cigarrillos, y la llave del motel. Todo lo esencial para una noche que esperaba fuera especial. Después de un último vistazo al espejo, salí de la habitación, bajando las escaleras con el corazón acelerado.

Una vez en la puerta de entrada, me quedé allí, esperando. El aire fresco de la noche acariciaba mi piel, y cada segundo que pasaba me parecía eterno. Justo cuando comenzaba a sentir que los nervios me ganarían, un lujoso Mercedes - Benz Clase C Coupé de color negro apareció en la entrada, con el motor ronroneando suavemente.

Ryan salió del asiento del conductor con una elegancia natural que me dejó sin aliento. Vestía un traje oscuro que realzaba su presencia, y cuando se dirigió hacia el asiento del copiloto para abrirme la puerta, lo hizo con una sonrisa que hizo que mi corazón latiera aún más rápido.

—Estás... increíble, Alice —dijo mientras me ayudaba a entrar en el coche—. Me has dejado sin palabras al verte.

Sentí cómo mis mejillas se sonrojaban mientras me acomodaba en el asiento, intentando no perder la compostura.

—Gracias, Ryan. Tú también te ves... muy bien —logré decir, mi voz un poco más suave de lo habitual.

Una vez que estuvo de nuevo al volante, arrancamos suavemente. El interior del coche era tan lujoso como su exterior, y el suave zumbido del motor proporcionaba un telón de fondo casi relajante mientras avanzábamos por las calles iluminadas de Los Ángeles.

—Sabes, he estado esperando esta noche desde hace días —comentó Ryan, rompiendo el silencio.

Lo miré de reojo, notando la sinceridad en su tono. Había algo en él que me hacía sentir cómoda, a pesar de lo poco que lo conocía.

—Yo también —admití, sintiéndome un poco más relajada al ver lo natural que estaba siendo todo-

—Es raro pero note que había cierto misterio en ti… —respondió, lanzándome una mirada rápida y llena de complicidad antes de volver su atención a la carretera—. No sé qué es, pero desde la primera noche que te vi en Clifton's, supe que quería saber más de ti.

La calidez en su voz me hizo sonreír. La conversación fluyó fácilmente después de eso, como si ambos estuviéramos explorando un territorio desconocido, pero de una manera que se sentía segura, casi reconfortante. Hablamos de nuestros gustos, de lo que nos gustaba hacer en nuestro tiempo libre. Ryan me contó que, le encantaba ir al gimnasio por la mañana, cuando apenas había nadie que lo molestase. Yo le hablé de mi pasión por la pintura y por la escritura, de hacer algo significativo con mi vida. Me sorprendió lo fácil que me resultaba abrirme con él, compartiendo sueños que apenas había contado a nadie.

—Me parece increíble que estemos aquí, compartiendo esto —dijo Ryan, haciendo una pausa como si estuviera eligiendo cuidadosamente sus palabras—. Estoy realmente feliz de que decidieras venir esta noche.

—Y yo también. —Sonreí, mirándolo a los ojos cuando el coche se detuvo en un semáforo—.

Ryan sonrió y, por un momento, nuestras miradas se encontraron de una manera que hizo que todo lo demás desapareciera. En ese instante, supe que esa noche sería algo especial, algo que ninguno de los dos olvidaría fácilmente. Mientras seguíamos adelante, el coche deslizándose por las calles, sentí que estaba a punto de embarcarme en algo nuevo, algo que podría cambiarlo todo.

Cuando llegamos a la cafetería, Ryan aparcó su Mercedes-Benz Clase C Coupé en un lugar privilegiado justo enfrente del local. Salió rápidamente del coche, rodeó el vehículo, y abrió la puerta del copiloto con una elegancia que me hizo sentir como en una película. Mientras me ayudaba a salir, no pude evitar notar la suave sonrisa que esbozaba, una mezcla de admiración y comodidad que me puso un poco nerviosa. Entramos juntos a la cafetería, un lugar pequeño y acogedor, con luces cálidas y el aroma a café recién molido envolviendo todo el ambiente. Nos sentamos en una mesa junto a la ventana, desde donde podíamos ver las luces de la ciudad comenzar a encenderse. Ryan, con su porte seguro, pidió dos cafés

negros, tal como a mí me gustaba. Mientras
esperábamos, me miró con esos ojos azules
que parecían atravesarme, y comenzó a
preguntarme sobre mi vida con una
naturalidad sorprendente.
La conversación fluyó con una facilidad
inesperada. Le conté que tenía 24 años, y él
me reveló que tenía 28, un poco más de lo
que yo había imaginado. Nos reímos cuando
descubrimos que ambos compartíamos el gusto
por el color azul, aunque su tonalidad
preferida era un azul más oscuro y profundo,
mientras que yo prefería un azul más claro,
casi celeste.
Luego, la conversación se desvió hacia la
música. Ryan me sorprendió al confesar que
era un fanático del rock clásico, algo que
nunca habría adivinado por su apariencia tan
pulida. Me habló de sus bandas favoritas,
como Led Zeppelin y The Rolling Stones,
mientras que yo compartí mi amor por la
música alternativa, mencionando bandas como
Radiohead y The xx. Nos dimos cuenta de que,
a pesar de las diferencias, había un respeto
mutuo por los gustos musicales del otro.
Cuando tocamos el tema de nuestras familias,
noté un cambio sutil en su expresión. Me
contó que era hijo único y que había crecido
en una familia bastante tradicional, con
padres que siempre esperaron mucho de él. A
medida que hablaba, su voz se volvió más
suave, casi melancólica, y pude ver que
había más en su historia de lo que estaba
dispuesto a compartir en ese momento. Yo
también fui cautelosa al hablar de mi madre,
Evelyn, y de lo difícil que había sido
nuestra historia. Sentí que ambos

entendíamos lo que era cargar con las
expectativas de los demás y cómo eso nos
había moldeado de diferentes maneras.
La tarde se fue desvaneciendo mientras
hablábamos, y antes de que nos diéramos
cuenta, la noche había caído por completo.
Ryan se inclinó hacia mí con una sonrisa
cuando terminó su café.

-No había disfrutado tanto de una
conversación en mucho tiempo-. Dijo sin
apartar sus ojos de los míos, yo me sonrojé,
algo inusual para mí, y no pude evitar
sentir una conexión creciente entre
nosotros, algo que no había esperado pero
que ya no podía ignorar.

Al salir de la cafetería, la noche estaba
más fresca de lo que esperaba. Ryan me
ofreció su chaqueta y acepte. El olor de
aquella chaqueta, su olor. Sabía que
tardaría mucho tiempo en borrarlo de mi
cabeza. Caminamos juntos hacia su coche, y
él, con la misma caballerosidad de antes, me
abrió la puerta del copiloto. Durante el
trayecto de vuelta, el silencio entre
nosotros era cómodo, pero lleno de una
tensión suave, de esas que se sienten cuando
algo está a punto de cambiar.
Llegamos al motel y Ryan estacionó en uno de
los pocos espacios disponibles. No dijo
mucho, pero su mirada lo decía todo:
disfrutó tanto como yo. Caminamos juntos
hacia mi habitación, la número 26, y él se
detuvo justo frente a la puerta. Me tomó la
mano suavemente y, sin apartar la vista de
mis ojos, se inclinó para darme un beso en

el dorso. Un gesto elegante y casi anticuado, pero que sentí profundamente.

—Gracias por esta noche, Alice. —dijo con voz suave—. Espero que podamos repetirlo pronto.

Asentí, sin encontrar las palabras correctas, le devolví su chaqueta y lo vi marcharse mientras mi corazón aún latía a mil por hora. Entré en la habitación y me dejé caer en la cama, completamente abrumada por lo que acababa de suceder.
No pasó mucho tiempo antes de que escuchara un ligero golpe en la puerta. Sabía que era Alex antes de abrir. Me puse de pie y caminé hacia la puerta, encontrándome con su sonrisa burlona.

—¿Y bien? ¿Cómo fue? —preguntó Alex, cruzándose de brazos y apoyándose en el marco de la puerta.

14

Le hice una seña para que entrara, y él lo hizo, cerrando la puerta tras de sí. Nos sentamos en la cama, y yo aún tenía esa sonrisa tonta en mi rostro que no podía borrar.

—Fue... —suspiré—. Fue genial, Alex. De verdad, no me lo esperaba. Ryan es tan... atento, y fue todo tan natural. Me recogió en ese coche increíble, fuimos a la cafetería y hablamos durante horas.

Alex me miró con una ceja levantada, con ese toque de sarcasmo que siempre tenía preparado para mí.

—¿Atento, eh? ¿No será demasiado perfecto? ¿Ya se fue? ¿No quiso… quedarse…? —bromeó, dándome un codazo.

Me reí y lo empujé suavemente.

—¡No seas así! —le dije entre risas—. Es diferente, Alex. No es como los otros chicos que he conocido. Tiene algo que... no sé cómo explicarlo. Es misterioso, pero en el buen sentido, y creo que realmente le intereso.

Alex dejó de bromear por un segundo y me miró con seriedad.

—¿Y qué pasa con Simon? —preguntó con más suavidad—. ¿Crees que estás lista para esto? No quiero verte lastimada de nuevo, Alice.

Su preocupación genuina me tocó, y suspiré antes de responder.

—Lo he pensado, y sé que tengo que ser cuidadosa, pero... no quiero seguir viviendo con miedo, Alex. Ryan me gusta, y quiero darle una oportunidad. No voy a dejar que mi pasado me arruine esto.

Alex asintió lentamente, entendiendo mi punto.

—Bueno, si te hace feliz, eso es lo que importa. —dijo finalmente—. Pero sabes que estoy aquí, ¿verdad? Si algo sale mal, o si necesitas a alguien, siempre estaré para ti.

Le sonreí, sintiéndome afortunada de tenerlo como amigo.

—Lo sé, Alex. Y eso significa mucho para mí.

Terminamos la conversación hablando de cosas más triviales, y cuando finalmente se fue, me quedé pensando en lo bien que se sintió esa noche, tanto la cita con Ryan como la charla con Alex. Sabía que las cosas podían complicarse, pero por primera vez en mucho tiempo, estaba dispuesta a arriesgarme. Esa noche, el sueño se apoderó de mí de una manera que no había experimentado en mucho tiempo. En mi mente, la cita con Ryan se volvió un paisaje de sensaciones intensas y detalles íntimos. Recordaba cada sonrisa, cada palabra, cada roce de su mano. El sueño se tornó más intenso, un torbellino de emociones y sensaciones que no podía controlar.

En mi mente, Ryan y yo estábamos en un lugar privado, sin el ruido de la cafetería ni las luces de la ciudad. Cada caricia era amplificada, cada susurro se sentía como una melodía en mi piel. Nuestros cuerpos se movían en una sincronía perfecta, como si hubiéramos estado hechos el uno para el otro desde siempre. El contacto entre nuestras pieles era electrizante, cada toque un destello de pura electricidad.

Cuando desperté, la mañana ya había asomado tímidamente a través de las cortinas de la habitación. Me encontré empapada en sudor y mi cuerpo todavía temblaba ligeramente de la intensidad del sueño. Me sentí confusa, aún atrapada en la bruma del deseo que había sido tan real en mi mente. Me senté en la cama, el corazón acelerado, y me di cuenta de la enormidad de lo que había soñado. Mi rostro se ruborizó y me sentí abrumada por la vergüenza.

Me levanté de la cama y me metí en la ducha con la esperanza de que el agua fría pudiera despejar la confusión y la incomodidad que sentía. Mientras el agua caía sobre mi piel, intenté calmar mi respiración y mi mente, tratando de comprender lo que había experimentado. Ryan había despertado en mí sentimientos y deseos que no había anticipado.

A pesar de mi sorpresa y la incomodidad del

momento, no podía negar la intensidad de lo que había sentido. El sueño había sido un recordatorio palpable de lo mucho que deseaba y necesitaba esa conexión. Me encontraba en una encrucijada emocional, entre el deseo ardiente y la cautela que solía llevar conmigo debido a mi pasado. Me vestí con una mezcla de ansiedad y determinación, decidida a enfrentar el día y a ver a Ryan nuevamente, si la oportunidad se presentaba. Sabía que, independientemente de los sentimientos intensos que había experimentado en el sueño, debía mantener la cabeza fría y actuar con sensatez. Sin embargo, no podía ignorar que, en mi interior, había una llama que deseaba ser avivada.

El domingo pasó sin mucho que contar. Alex y yo decidimos visitar una pequeña iglesia cerca del motel. La iglesia era modesta pero acogedora, con un aire antiguo que contrastaba con la modernidad de la ciudad. Alex, aunque no era creyente, me acompañó por la simple razón de que no quería dejarme sola. Al entrar, vimos a un cura anciano encendiendo algunas velas en el altar, su figura solitaria y sus movimientos meticulosos le daban un aura de paz.

Alex me dejó en un banco y prometió regresar a recogerme en media hora. Me acomodé en el banco, cerré los ojos y me permití desconectar del bullicio de la vida cotidiana. Me dejé llevar por el silencio de la iglesia, hablando en voz baja con mi abuela Nadia. Le conté cómo me iba en la nueva ciudad, cómo estaba enfrentando el desafío de la academia, y cómo Ryan había entrado en mi vida.

Mientras estaba inmersa en esa charla íntima y espiritual, una voz suave y algo temblorosa me sacó de mi momento de reflexión. Al abrir los ojos, vi al cura, ahora frente a mí, mirándome con una sonrisa amable.

—¿Eres nueva en la ciudad? —me preguntó con un tono suave y curioso.

Sonreí y asentí, sin decir mucho más. No estaba acostumbrada a abrirme a extraños, especialmente en un entorno tan solemne.

—Bienvenida a la ciudad, y que Dios te bendiga, hija mía —dijo el cura con una voz cálida antes de continuar con sus tareas.

Con una sonrisa agradecida, terminé mis rezos y salí de la iglesia, sintiéndome un poco más ligera, como si hubieran desaparecido algunas de las preocupaciones que me habían estado acosando. Al salir, saqué mi teléfono para revisar los mensajes mientras esperaba a Alex.
Vi un mensaje de Ryan:

R: *Hola Alice. No sé si tienes planes para hoy, pero estoy deseando verte de nuevo. Si te apetece, me encantaría llevarte a comer a un sitio delicioso. ¿Qué opinas?*

No pude evitar sonreír al leer el mensaje. La idea de pasar tiempo con Ryan nuevamente me animó.

A: ¡Hola Ryan! No tengo planes para hoy. Me encantaría salir a comer contigo. ¿A qué hora y dónde?

R: Perfecto. Te recogeré en una hora. Tengo un lugar en mente que creo que te gustará. ¡Hasta pronto!

Guardé el teléfono y esperé a que Alex llegara. Mi mente estaba ocupada en la idea de la comida y en cómo sería mi próxima cita con Ryan. No podía evitar sentirme emocionada por la oportunidad de conocerlo mejor, de compartir un momento más fuera del ambiente de la cafetería y descubrir más sobre él y sobre nosotros.
Cuando Alex llegó y me subí con el en el coche. Le conté sobre el mensaje que había recibido y este sugirió ir a comprar lencería nueva… Alex y sus bromas.
Cuando llegamos al motel, Alex y yo fuimos directos a su habitación. La energía en el aire estaba cargada de emoción y expectativa. En cuanto entramos, me senté en la cama y le conté a Alex sobre el sueño de la noche anterior. Era un sueño vívido, lleno de momentos íntimos y cargados de emoción con Ryan. Alex comenzó a hacer ruiditos con la boca, imitando un tono divertido mientras bromeaba sobre los detalles del sueño. No pude evitar reírme ante sus payasadas, aunque mi mente estaba claramente centrada en la cita que tenía por delante.
Cuando miré el reloj, me di cuenta de que solo quedaban unos cuarenta minutos antes de que Ryan llegara. Sentí una oleada de

nervios y emoción. Decidí ir a mi habitación para prepararme, y Alex me siguió.

—Elige algo de ropa que creas que me sentaría bien para esta ocasión —le dije, tratando de ponerme a tono con el ritmo rápido de los preparativos.

Alex asintió con la cabeza, y yo me dirigí al baño para darme una ducha rápida. El agua caliente fue un alivio y me permitió despejar mi mente mientras me preparaba para el encuentro. Al salir, con una toalla alrededor del cuerpo, encontré a Alex en medio de su misión de selección de ropa. Había elegido un conjunto beige, pantalones chinos y una blusa lencera del mismo color, complementados con unos zapatos de tacón rojo y un bolso de mano a juego. En el cajón de la ropa interior, había encontrado un conjunto de lencería roja que había guardado casi al fondo. La combinación era audaz y sofisticada.

—Alex... —dije, mirándolo con sorpresa.

Él sonrió de forma pícara y me dijo:

—Hazme caso, en estos temas sé de lo que hablo...

Con una sonrisa, acepté sus recomendaciones. Fui al baño para vestirme, y cuando salí, sentía que el conjunto realzaba cada parte de mí. Mi cabello ondulado caía suavemente sobre mis hombros, y la combinación de mi

piel pálida con los ojos verdes creaba un contraste llamativo. El conjunto de ropa interior roja, combinado con el conjunto beige y los tacones rojos, me hizo sentir confiada y lista para la cita.
Alex me miró con una expresión de aprobación y entusiasmo.

—Estás increíble, Alice. Ryan se va a quedar sin palabras.

Me sonrojé y le di las gracias. La confianza que sentía con su apoyo y consejo me hizo sentir aún más emocionada por la cita. Miré el reloj de nuevo, asegurándome de que no me retrasara, y me dirigí hacia la puerta. Alex me deseó suerte y me dijo que estaba seguro de que la cita iría genial.

15

Al salir del motel, me dirigí al punto de encuentro donde Ryan me recogería. Cada paso que daba aumentaba mi anticipación, y no podía esperar a ver cómo se desarrollaría nuestra tarde juntos. La mezcla de nervios y emoción era palpable, pero me sentía lista para enfrentar el desafío.

Ryan llegó en su flamante Mercedes, resplandeciente bajo el sol de la tarde. Al bajarse del coche, estaba impecable, con un traje elegante que resaltaba su estilo sofisticado. Me dirigí hacia el vehículo con nervios y emoción, y cuando llegué a la puerta, Ryan se adelantó para abrirla con una sonrisa amplia.

—Madre mía, Alice... estás... increíble — dijo, con los ojos abiertos de par en par mientras me observaba de arriba a abajo.

—Gracias, tú estás muy guapo también — respondí, sintiéndome algo ruborizada por el cumplido.

Una vez dentro del coche, Ryan encendió el motor y empezó a conducir. La suave melodía que sonaba en la radio se mezclaba con el sonido del motor, creando una atmósfera relajada y cómoda. El trayecto hacia el restaurante fue tranquilo, con Ryan al volante, concentrado pero relajado, y yo disfrutando del paisaje que se desplegaba a través de las ventanas del coche.

—¿Cómo ha ido tu semana, Alice? —preguntó Ryan, dirigiéndome una mirada curiosa mientras tomaba una curva elegante.

—Ha sido bastante intensa, con los estudios y todo eso —le respondí—. Pero, de alguna manera, ha sido emocionante también. Y tú, ¿cómo ha sido tu semana?

Ryan sonrió y comenzó a hablarme sobre su trabajo y sus proyectos recientes. La conversación fluyó fácilmente, y me di cuenta de que la conexión que habíamos establecido en nuestra primera cita se había profundizado. Hablamos de nuestras pasiones, de nuestras metas y de todo lo que nos emocionaba. El tiempo parecía volar mientras compartíamos nuestras historias.
Después de un trayecto relajado y ameno, llegamos a un restaurante encantador con vistas al mar. La brisa marina y el sonido de las olas rompiendo suavemente contra la orilla creaban el ambiente perfecto para un almuerzo especial. El restaurante, con sus grandes ventanales, ofrecía una vista panorámica que era tan impresionante como el interior del lugar.
Ryan aparcó el coche y me acompañó hasta la entrada. Los camareros nos recibieron con una sonrisa y nos condujeron a una mesa junto a una ventana, desde donde podíamos ver el océano extendiéndose hasta el horizonte. La vista era simplemente deslumbrante.
Nos sentamos y el camarero nos entregó el menú. Ambos optamos por un plato de langosta, que fue acompañado de un vino

blanco exquisito. Mientras esperábamos la comida, continuamos conversando y disfrutando de la compañía mutua. La conversación estaba llena de risas y miradas cómplices, y el ambiente del restaurante solo intensificaba la sensación de que este era un momento especial.

Cuando llegó la langosta, estaba perfectamente preparada. El aroma era tentador, y la primera mordida confirmó que era una de las comidas más deliciosas que había probado. El vino complementaba perfectamente el plato, añadiendo una nota sutil que realzaba los sabores de la comida.

—Joder Ryan, esto está increíble. Podría casarme ahora mismo con el cocinero que hizo este plato. —dije, levantando mi copa para brindar con Ryan.

—Sí, realmente lo está. Me alegra que estemos aquí juntos —respondió Ryan, con una sonrisa que reflejaba lo contento que estaba.

La tarde pasó en un suspiro, llena de conversación amena y momentos compartidos. Mientras terminábamos nuestra comida, me sentí feliz y agradecida por la oportunidad de estar con Ryan en un lugar tan hermoso y tener una conversación tan significativa. La conexión que sentía con él era más profunda de lo que había imaginado, y me daba cuenta de que este podría ser el comienzo de algo realmente especial.

Después de disfrutar de un almuerzo encantador en el restaurante, Ryan y yo

decidimos dar un paseo por la playa. La
tarde se estaba convirtiendo en noche, y el
cielo se teñía de tonos cálidos y dorados
mientras el sol se escondía lentamente en el
horizonte.
La brisa marina era fresca y agradable, y el
sonido de las olas rompiendo suavemente
contra la orilla creó un fondo relajante
para nuestra conversación. Caminábamos
descalzos por la arena, disfrutando de la
tranquilidad del momento y de la compañía
mutua.

—No puedo creer lo hermosa que es esta tarde
—dije, mirando el horizonte donde el sol se
estaba despidiendo del día—. Me alegra que
hayamos venido aquí.

—Sí, es realmente impresionante —respondió
Ryan, mirando a su alrededor con una
sonrisa—. Estoy contento de que lo estés
disfrutando.

Nos detuvimos cerca de la orilla, dejando
que las olas acariciaran nuestros pies. La
calma del lugar hizo que me sintiera cómoda
y abierta, y decidí compartir con Ryan algo
que había estado en mi mente.

—Ryan, hay algo que quería contarte —empecé,
mirando hacia el mar—. Mi relación pasada
con Simon fue... complicada. Tuvimos buenos
momentos, pero también muchas dificultades.
Al final, me di cuenta de que había
depositado toda mi confianza en él, y me
sentí traicionada. Desde entonces, he tenido

miedo de volver a confiar ciegamente en alguien.

Ryan me miró con atención, escuchando cada palabra. Parecía entender la profundidad de mis sentimientos. Después de un momento de reflexión, él comenzó a hablar.

—Alice, entiendo por lo que has pasado. Mi última relación fue algo similar. La mujer con la que estuve me engañó con otros hombres, y eso me dolió profundamente. Me sentí herido y traicionado. Pero lo que he aprendido de eso es que no debo cerrar mi corazón por completo. Aunque me ha costado, he decidido no tener miedo a enamorarme nuevamente.

Lo miré, sorprendida por su sinceridad. Sus palabras resonaron en mí de una manera que no había esperado. La forma en que hablaba de su experiencia y su actitud abierta me hizo sentir que realmente estaba dispuesto a ser honesto y transparente conmigo.

—No es fácil para mí abrirme de nuevo, pero creo que estoy empezando a sentir algo especial contigo —continuó Ryan, tomando un respiro—. Aunque he tenido mis heridas, siento que contigo podría ser diferente. No quiero apresurar nada, pero tampoco quiero perder la oportunidad de explorar lo que podría ser algo maravilloso.

Me sentí conmovida por sus palabras y por la forma en que compartía sus sentimientos conmigo. La vulnerabilidad que mostró hizo que me sintiera más conectada con él.

—Gracias, Ryan. Aprecio mucho que seas tan honesto conmigo. También siento que lo que tenemos es especial, y estoy dispuesta a darle una oportunidad. Aunque tengo mis miedos, quiero confiar en lo que estamos construyendo juntos.

Ryan me sonrió, y sentí una ola de alivio y esperanza. La conversación nos había acercado aún más, y el atardecer parecía ser el telón de fondo perfecto para este momento de conexión sincera.

—Entonces, disfrutemos de este momento y veamos a dónde nos lleva —dijo Ryan, tomándome la mano—. Estoy emocionado por lo que viene.

Caminamos juntos por la playa, el sol ya casi desaparecido, disfrutando del silencio y de la compañía del otro. En ese momento, sentí que, aunque el futuro era incierto, estábamos en el camino correcto para descubrir algo verdaderamente significativo. Desde el momento en que agarro mi mano, ya no volvimos a soltarnos. Sus dedos y los míos entrelazados, hacían que mi piel se erizara.

-Creo que deberíamos volver- Dijo Ryan mirándome con ternura.

-Claro-.

Ambos giramos sobre nuestros pies y volvimos por el mismo camino. El sonido de las olas y el olor del salitre, hacían un aura romántica y teatral sobre nosotros.
Una vez fuera de la playa, nos colocamos nuestros zapatos. De nuevo tenia su chaqueta sobre mis hombros.
Nos dirigimos juntos hasta el aparcamiento y como todas las veces anteriores, me abrió la puerta del copiloto y me tendió la mano para ayudarme a entrar.
El viaje de vuelta fue en silencio. Una paz que ambos disfrutamos y que fue de todo menos incomoda.
A ratos, lo miraba y el sonreía al darse cuenta. Verlo tan concentrado en la carretera, despertaba en mi unos oscuros pensamientos que no sabia que tenia.
Una vez en el motel, aparco el coche y se bajo para abrirme la puerta.

-Te acompaño- dijo tendiéndome la mano.

La acepte y salí de coche, le dedique una sonrisa y girando sobre mis tacones, comencé a andar hasta el motel.
El volvió a cogerme la mano y subió las escaleras conmigo, acompañándome a la puerta de mi habitación.
Cuando me volví hacia el para despedirme, sin pensarlo demasiado, se acerco a mi y me beso.
Cuando sus labios se encontraron con los míos, el mundo pareció detenerse por un momento. Su beso era suave y lento, una promesa de algo más profundo, más intenso.
La calidez de sus labios me envolvía, y me

sentí completamente absorbida por él. Cada caricia, cada toque, me hacía olvidar el mundo exterior, y me concentraba solo en la sensación de su boca sobre la mía.

-Buenas noches, Alice- susurró Ryan, su aliento tibio rozando mi piel. Sus palabras eran una caricia, una promesa de que no se iría.

-Buenas noches- respondí, mi voz casi un susurro, mientras mis labios aún rozaban los suyos. En ese instante, el deseo y la necesidad se entrelazaban con la ternura y la emoción de la noche.

Ryan me tomó de la cintura, atrayéndome hacia él con una fuerza gentil. Sentí cómo sus manos exploraban mi espalda, y el contacto cercano me hizo temblar. Nos movimos lentamente hacia la puerta de mi habitación, cada paso se cargaba de anticipación.
Al entrar en mi habitación, la atmósfera se volvió aún más íntima. Ryan me recostó sobre la cama con una suavidad que contrastaba con la pasión en sus ojos. Cuando sus manos comenzaron a descender por mi cintura, una ola de nervios me atravesó, y me detuve.

-Por favor, para. No puedo seguir- le dije, mi voz temblando con una mezcla de deseo e inseguridad. Sentía que mi corazón estaba a punto de salirse de mi pecho.

Ryan se detuvo al instante, sus ojos llenos de sorpresa y preocupación. Se incorporó lentamente, su rostro enrojecido por la frustración y el deseo no satisfecho.

-Lo siento, Alice. No quería presionarte. Pensé que... tu tambien querías.-

-No es eso- respondí, tratando de encontrar las palabras adecuadas. -Es solo que, aunque quiero estar contigo, no me siento lista para dar ese paso ahora mismo. Mi pasado... me ha dejado con cicatrices. Necesito tiempo.-

Su expresión cambió a una mezcla de comprensión y ternura.

-Lo entiendo. No quiero que te sientas incómoda. Estoy aquí para ti, y no me importa esperar el tiempo que necesites.-

Me acerqué a él, mi corazón se suavizó al ver su reacción.

-Gracias, Ryan. No sabes cuánto significa eso para mí.-

Ryan me sonrió, y con un gesto delicado, me levantó la cabeza y me besó suavemente en los labios.

-Me gustas mucho, Alice. Quiero que esto sea perfecto para ambos. Y solo puede serlo si lo construimos con respeto y comprensión.-

-Y eso es exactamente lo que quiero- dije, mis ojos llenos de gratitud. -Gracias por ser tan paciente y por entenderme.-

Ryan se sentó a mi lado en la cama, y me miró con una mezcla de admiración y cariño.

-¿Te gustaría que veamos una película juntos? Creo que podría ser una buena manera de relajarnos.-

-Me encantaría,- respondí, sonriendo. -Voy a cambiarme de ropa mientras tú eliges una película..

Fui al baño a cambiarme, y al salir, me encontré con Ryan ya acomodado en la cama, con el torso desnudo y relajado. Su piel tatuada y su físico atractivo me hicieron detenerme un momento. Me puse mi pijama de tulipanes y me senté a su lado.

-Bonito pijama- comentó Ryan con una sonrisa juguetona mientras se acomodaba en la cama. -¿Qué vamos a ver?-

Le pasé mi portátil, y él empezó a buscar una película. Finalmente, eligió un musical sobre un circo, y nos acomodamos juntos, abrazados. Mientras la película avanzaba, me acurruqué en su pecho, disfrutando del calor y la seguridad que su presencia me ofrecía.

A medida que el sueño se apoderaba de mí, me dejé llevar por la comodidad de estar en sus brazos. La película seguía, pero mis ojos se

cerraban lentamente, y me entregué a un
sueño tranquilo, acurrucada en su abrazo.

Ryan se quedó a mi lado, su respiración
constante y su presencia serena haciendo que
la noche fuera perfecta. Aunque el camino a
seguir no estaba claro, sabía que estaba
dispuesta a recorrerlo con él, paso a paso.

16

A la mañana siguiente, me desperté
sintiéndome desorientada. El suave
resplandor de la luz matutina se filtraba a
través de las cortinas, bañando la
habitación en un cálido resplandor. Aún
estaba abrazada a Ryan, su brazo envuelto
alrededor de mi cintura, sosteniéndome con
una ternura que me sorprendió. Me quedé
quieta por un momento, escuchando su
respiración profunda y regular, y sentí una
mezcla de emociones: sorpresa, calma y un
leve toque de ansiedad.

Con cuidado, me deslicé fuera de su abrazo,
intentando no despertarlo. Me dirigí al
baño, donde me miré en el espejo. Mi reflejo
mostraba un rostro sorprendido, tal vez
todavía tratando de procesar lo que había
sucedido la noche anterior. Ryan y yo
habíamos compartido algo más que una cama;
habíamos compartido una conexión que, aunque
intensa, me dejaba con un nudo en el
estómago.

Decidí tomar una ducha para despejar mi
mente. El agua caliente corriendo por mi
piel me ayudó a relajarme, pero no pudo
ahogar los pensamientos que giraban en mi
cabeza. ¿Había hecho lo correcto al permitir
que Ryan se quedara? ¿Cómo cambiarían las
cosas entre nosotros ahora?

Cuando terminé, me envolví en una toalla y
salí del baño. La sorpresa me golpeó de
nuevo cuando vi que Ryan ya estaba
despierto, observándome desde la cama.
Estaba recostado, con un brazo detrás de la

cabeza, y me miraba con una expresión que mezclaba admiración y picardía.

-Vaya, buenos días, preciosa- dijo con una sonrisa que iluminaba su rostro.

-Eh… bu… buenos días…- respondí, sintiendo el calor subir a mis mejillas.

Estaba avergonzada, quizás porque la intimidad de la situación era nueva para mí. Verlo allí, tan cómodo y relajado, mientras yo me sentía vulnerable envuelta solo en una toalla, me hacía sentir un poco incómoda. Ryan notó mi incomodidad y suavizó su expresión. Se sentó en la cama, dejando que la sábana cayera sobre su cintura.

-No quise incomodarte, Alice. Me quedaré aquí si quieres, o puedo irme si lo prefieres. Lo que sea que te haga sentir más cómoda.-

Su consideración me desarmó. Había algo en su tono, en su forma de hablar, que me transmitía seguridad. Sentí un poco de alivio, aunque el nudo en mi estómago no desapareció del todo.

-No, está bien- le respondí, intentando sonreír para tranquilizarlo. -Solo... no esperaba despertarte. Pero me alegro de que lo estes.-

Ryan se levantó de la cama y se acercó a mí. Su proximidad me hizo contener la respiración por un segundo. Me miró a los ojos y, con suavidad, deslizó un mechón de cabello mojado detrás de mi oreja.

-Me gusta estar aquí contigo, Alice. No quiero que te sientas presionada. Anoche fue especial para mí, pero no quiero que te sientas obligada a nada.-

Sus palabras me tranquilizaron. Me di cuenta de que, a pesar de mis inseguridades, quería que Ryan estuviera allí. Quería ver a dónde nos llevaría esta conexión. Asentí, sintiéndome un poco más segura.

-Gracias, Ryan. Eso significa mucho para mí.-

Él sonrió y, antes de darme cuenta, me dio un beso suave en la frente, un gesto que me hizo sentir querida y respetada.

-Voy a prepararme y te dejo que te vistas en paz,- dijo, dándome espacio.

Lo observé mientras recogía sus cosas y se dirigía al baño. Me sentí agradecida por su paciencia y por el respeto que me mostraba. Quizás, después de todo, podría permitirme confiar de nuevo.
Cuando Ryan se metió en el baño, aproveché el momento para vestirme. Opté por unos vaqueros cómodos, una camiseta negra y mis Converse del mismo color, algo sencillo pero adecuado para el día que tenía por delante. Mientras me ajustaba los zapatos, escuché el

sonido del agua correr en la ducha y sentí una mezcla de calma y ansiedad. El peso de la noche anterior aún me acompañaba, una combinación de emociones que apenas empezaba a procesar.

Poco después, Ryan salió del baño, fresco y listo para comenzar su día. Su mirada encontró la mía, y me sonrió con esa calidez que me hacía sentir segura. Se acercó a mí, me rodeó con sus brazos, y me dio un beso tierno en los labios, un gesto lleno de cariño que parecía prometer que esto no era un simple encuentro pasajero.

-Tengo que irme al trabajo, pero te llamaré por la tarde, ¿vale?- me dijo suavemente.

Asentí, sonriendo. -Claro, estaré esperando tu llamada.-

Lo acompañé hasta la puerta de la habitación, y lo vi alejarse por el pasillo. Su presencia aún se sentía en el aire, y por un momento, me quedé allí, mirándolo irse, tratando de asimilar todo lo que había pasado en las últimas horas.

Entonces, lo vi. Alex estaba apoyado en la barandilla, con un cigarrillo en la mano, observándome con una expresión que decía claramente, cuéntamelo todo. No pude evitar sonreír ante su insistencia silenciosa.

Cerré la puerta detrás de mí y me acerqué a él, sabiendo que no me dejaría ir sin los detalles.

-Vaya, veo que tuviste una noche interesante,- dijo Alex, con su típica mezcla de burla y curiosidad, ofreciéndome el cigarrillo.

-Podría decirse que sí,- respondí, dando una calada.

Mientras compartíamos el cigarrillo, le conté sobre la noche con Ryan, cómo habíamos terminado juntos viendo una película y cómo, a pesar de la tentación, había decidido no dar el siguiente paso. Alex escuchó atentamente, haciendo comentarios aquí y allá, pero en su mayoría, dejándome desahogarme.

-¿Y cómo te sientes?- me preguntó al final.

-Me siento bien- le respondí, tras una pausa. -Ryan fue... increíblemente comprensivo. Creo que realmente puedo confiar en él.-

Alex asintió, apagando el cigarrillo y lanzando la colilla al suelo.

-Eso es lo importante, Alice. No te apresures. Si él es el indicado, lo sabrás a su debido tiempo.-

-Gracias, Alex- le dije sinceramente. Su apoyo significaba mucho para mí, más de lo que él probablemente imaginaba.

Después de nuestra charla, volví a mi habitación para recoger mis cosas. Agarré mi bolso, revisé rápidamente que no dejara nada

importante, y cerré la puerta detrás de mí.
Era el día en que mi jefe anunciaría quiénes
habían sido aprobados para ascender de
cadetes a policías. El nerviosismo empezaba
a instalarse en mi estómago, pero también
había una sensación de determinación.
El camino hacia el trabajo me dio tiempo
para reflexionar. Todo lo que había pasado
con Ryan, las charlas con Alex, y ahora, la
posibilidad de un ascenso. Mi vida estaba
cambiando, y aunque había miedo en esa
transformación, también había emoción.
Aquel día paso rápido y lo agradecí. Al
salir de la comisaria, Ryan estaba en la
puerta esperándome, con la espalda apoyada
en su coche y un pie sobre la rueda. Llevaba
su pelo rubio despeinado, una camiseta de
color negro que se le ajustaba a la
perfección, dejando visible sus músculos, un
vaquero gastado y unos tenis de marca.
Al verme, sonrió y se incorporó para
saludarme.

-Hola preciosa, ¿que tal tu día?- dijo
agarrándome de la cintura y acercándome a
el.

-Curioso e interesante. Me gusta tu
camiseta- respondí de forma picara.

Ryan sonríe y me besa.

-¿Te apetece un paseo?- me ofrece

Asiento y vuelvo a besarle. Entramos en el
coche y vamos juntos hasta el Parque

Regional El Dorado.

El parque estaba tranquilo esa tarde. Ryan y yo caminábamos sin prisa, hablando de todo y de nada, disfrutando de la compañía mutua. El sol comenzaba a descender, bañando el cielo con tonos anaranjados y rosados. Era uno de esos momentos en los que el tiempo parecía detenerse, donde todo parecía estar en su lugar.

Justo cuando estaba pensando en lo bien que me sentía, mi teléfono comenzó a sonar. Miré la pantalla y vi el nombre del comandante Dylan Parker, mi jefe en la comisaría. Sentí un ligero nerviosismo al contestar, sin saber qué esperar.

-Hola, comandante Parker- saludé, tratando de mantener la calma.

-Alice, buenas tardes- respondió su voz grave y autoritaria, aunque con un tono que parecía menos formal de lo habitual. -Espero que no te esté interrumpiendo.-

-Para nada, señor. ¿En qué puedo ayudarlo?-

-Te llamo para darte una excelente noticia, Alice. Felicitaciones, has sido ascendida. A partir de mañana, serás oficialmente parte del cuerpo.-

Sentí cómo mi corazón daba un vuelco. Las palabras del comandante parecían surrealistas. Apenas podía creer lo que estaba escuchando.

-¿De verdad? ¡Oh, Dios, muchas gracias, comandante!-

-Te lo has ganado, Alice. Tus resultados en los exámenes fueron excepcionales, y todos aquí estamos impresionados con tu desempeño. Además del ascenso, tu salario se incrementará a 2,800 dólares al mes. Y eso no es todo; debido a tu excelente rendimiento, recibirás un bono de 3,000 dólares al iniciar tu nuevo puesto.-

La emoción me invadió por completo. No solo era el ascenso, sino también el reconocimiento de todo el esfuerzo que había puesto durante mi tiempo como cadete.

-No sé qué decir, señor. Estoy... estoy muy agradecida.-

-Te lo mereces. Mañana se te asignará un patrulla propio, una pistola 9mm para tu uso durante la jornada laboral, y también un cadete que te ayudará en tus primeras semanas. Además, te asignaremos una zona específica para que protejas. Es un gran paso, Alice, pero confiamos plenamente en ti.-

Las palabras del comandante resonaban en mi cabeza, llenándome de orgullo y responsabilidad.

-No los defraudaré, comandante. Haré todo lo posible para estar a la altura.-

-No tengo ninguna duda de eso, Alice. Descansa esta noche y prepárate para mañana. Nos vemos en la comisaría.-

-Gracias, comandante. Hasta mañana,- dije antes de colgar.

Guardé el teléfono en mi bolsillo, aún procesando todo lo que acababa de suceder. Ryan me miraba con una sonrisa en los labios, notando mi expresión de asombro.

-¿Todo bien?- dijo, riéndose suavemente.

-¡Estoy dentro!- exclamé, aún incrédula. -¡Ya soy oficial!. Me dieron un aumento de sueldo, un bono, un patrulla, y hasta un cadete que me ayudará. ¡No puedo creerlo!-

Ryan se acercó y me abrazó con fuerza. -¡Sabía que lo lograrías! Estoy tan orgulloso de ti, Alice.-

Nos quedamos así, abrazados en medio del parque, mientras el sol continuaba su descenso. Mi vida estaba cambiando de una manera que nunca había imaginado, y en ese momento, supe que estaba lista para todo lo que viniera.

17

Esa noche, Ryan me invitó a su apartamento para celebrar la gran noticia. Acepté emocionada, curiosa por ver cómo vivía fuera de los ratos que compartíamos. Recogimos su coche y nos pusimos en marcha. Durante el trayecto, no pude evitar preguntarme cómo sería su hogar.

Cuando llegamos, me condujo hasta un elegante edificio en el centro de la ciudad. La fachada era moderna, de líneas limpias, con grandes ventanales que dejaban entrever un interior luminoso y bien cuidado.

Entramos por un vestíbulo amplio y minimalista, donde un portero nos saludó cortésmente antes de que Ryan me guiara hacia el ascensor.

Subimos al piso superior, y al abrirse las puertas, nos encontramos directamente en su apartamento. El lugar era impresionante. Al entrar, lo primero que me llamó la atención fue la amplitud del espacio. El salón era de concepto abierto, con techos altos y enormes ventanales que ofrecían una vista panorámica de la ciudad iluminada. Las luces de los rascacielos titilaban a lo lejos, y la luna se reflejaba en el océano en el horizonte.

El diseño era moderno, pero cálido. Los tonos neutros dominaban la decoración, con paredes de un gris suave y muebles de líneas rectas en tonos de blanco, negro y beige. Un sofá de cuero blanco estaba estratégicamente ubicado frente a una chimenea minimalista y una gran pantalla plana montada en la pared. La pared opuesta estaba adornada con estanterías llenas de libros y algunas obras

de arte contemporáneo.
La cocina, separada por una isla de mármol blanco, estaba equipada con electrodomésticos de última generación. Todo en su lugar, como si fuera un showroom, pero con un toque personal que lo hacía sentir acogedor. En la isla, había dos copas de vino y una botella lista para abrir, junto con un pequeño ramo de tulipanes frescos, probablemente preparado para la ocasión.

-Tu apartamento es increíble, Ryan,- dije, admirando cada detalle. -Es tan... tú.-

Él sonrió, cerrando la puerta detrás de nosotros.

-Me alegra que te guste. Quería que fuera un lugar donde pudiera relajarme después de un largo día, pero también un espacio donde disfrutar con alguien especial.-

Nos dirigimos hacia la cocina, donde Ryan comenzó a preparar la cena. Mientras él cocinaba, me ofreció una copa de vino, y no pude evitar sentirme abrumada por la sofisticación y el cuidado que había puesto en todo. Los aromas de la comida comenzaron a llenar el aire, una mezcla deliciosa de especias y sabores que prometían una cena inolvidable.
Nos sentamos a la mesa, una pequeña pero elegante estructura de cristal, con una vista directa a la ciudad iluminada. La cena fue exquisita: un plato de pasta fresca con mariscos, acompañado por un vino blanco que complementaba perfectamente los sabores.

Durante la comida, hablamos de todo: de nuestras vidas, nuestras ambiciones, y de lo que esperábamos del futuro.

Después de cenar, Ryan me llevó al salón, donde encendió la chimenea. Nos sentamos en el sofá, disfrutando del calor y del silencio cómodo que se creó entre nosotros. La noche tenía un aire de intimidad, como si el mundo exterior se hubiera desvanecido, dejándonos solo a nosotros dos.

-Estoy tan feliz por ti, Alice- dijo Ryan finalmente, rompiendo el silencio. -Sabía que conseguirías el ascenso. Eres increíble.-

-Gracias, Ryan. Y gracias por todo esto... No puedo imaginar un mejor lugar para celebrar- respondí, mirando a su alrededor una vez más, antes de volver a centrarme en él.

Él sonrió y se inclinó hacia mí, sus ojos reflejando la luz tenue de la chimenea.

-Tú haces que todo valga la pena, Alice- dijo, antes de inclinarse y besarme suavemente.

La luz de la chimenea bailaba suavemente por las paredes, creando un ambiente cálido y acogedor. Sentada a su lado en el sofá, sentía una mezcla de emociones que apenas podía contener.

Ryan me miraba con una intensidad que no había visto antes, y cada vez que nuestras miradas se encontraban, sentía una corriente de electricidad recorriendo mi cuerpo. El vino había suavizado mis nervios, y la sensación de estar en su apartamento, lejos del bullicio de la ciudad, me hacía sentir como si estuviéramos en un mundo aparte, solo nosotros dos.

Nos quedamos en silencio durante unos momentos, disfrutando de la compañía mutua. Sin decir una palabra, Ryan tomó mi mano y entrelazó sus dedos con los míos, un gesto que ya se estaba volviendo familiar, pero que no perdía su efecto sobre mí. Sentía que el tiempo se ralentizaba, cada segundo cargado de significado.

Ryan se inclinó de nuevo hacia mí, su aliento cálido rozando mi piel antes de que sus labios encontraran los míos en un beso suave, casi reverente. Al principio, el beso fue lento, lleno de una dulce ternura que me derretía por dentro. Pero a medida que la noche avanzaba, el beso se profundizó, volviéndose más apasionado, más urgente.

Mi corazón latía con fuerza mientras sus manos comenzaban a explorar mi cuerpo, sus caricias eran a la vez firmes y gentiles, llenas de una adoración que me hacía sentir deseada de una manera que no había experimentado antes. En algún momento, las palabras se volvieron innecesarias, reemplazadas por susurros que resonaban en el silencio de la noche.

Sin apartar sus labios de los míos, Ryan me guió hacia su dormitorio. El cuarto era tan elegante como el resto de su apartamento, decorado en tonos oscuros que añadían un aire de misterio y sofisticación. Un gran

ventanal permitía ver las luces de la
ciudad, pero en ese momento, mi atención
estaba completamente en él.

Nos movimos con una sincronía que parecía
casi natural, como si hubiéramos hecho esto
cientos de veces antes. Cuando me recosté en
su cama, Ryan se inclinó sobre mí, sus ojos
buscando los míos en busca de alguna señal
de duda. Pero no había ninguna. Estaba
completamente segura de que quería estar
allí, con él.

Lo que siguió fue un despliegue de emociones
y sensaciones que me abrumaron en el mejor
de los sentidos. Cada caricia, cada beso,
estaba cargado de una intensidad que me
hacía sentir como si estuviéramos en un
sueño. Nuestros cuerpos se movían al
unísono, una danza íntima que culminó en una
unión que me dejó sin aliento.

Después, nos quedamos acostados en su cama,
envueltos en una paz que solo podía venir
después de compartir algo tan profundo. Ryan
me abrazó, su cuerpo cálido y protector a mi
lado, y sentí como si todas mis
preocupaciones se disolvieran en ese
instante. Estaba segura de que este era solo
el comienzo de algo hermoso.

La noche avanzó, y en algún momento, el
sueño nos venció. Me quedé dormida en sus
brazos, sintiéndome más segura y conectada
de lo que había estado en mucho tiempo. No
sabía lo que el futuro nos depararía, pero
en ese momento, todo parecía estar en su
lugar.

Al final, lo que más me impresionó fue la
sensación de pertenencia, de estar
exactamente donde debía estar. Y mientras

cerraba los ojos, con el sonido suave de la
respiración de Ryan a mi lado, supe que esa
noche marcaría el inicio de algo que
cambiaría nuestras vidas para siempre.

18

Los días se convirtieron en semanas, y las semanas en meses. Sin apenas darme cuenta, Ryan y yo habíamos pasado casi seis meses de encuentros, citas, y momentos que solo fortalecían nuestro vínculo. Cada día que pasaba, me encontraba más enamorada de él, y lo mismo parecía sucederle a él conmigo. Era como si hubiéramos encontrado en el otro lo que siempre habíamos buscado, y esa certeza se reflejaba en cada mirada, en cada gesto, en cada palabra.

Durante ese tiempo, mi vida también había dado un giro significativo. Después de meses de ahorro y planificación, finalmente había reunido el dinero suficiente para comprarme el coche que me gustaba, un Mini Cooper Cabrio de color turquesa. El día que lo conduje por primera vez, con el techo descubierto y el viento en mi cabello, sentí una oleada de libertad y felicidad que no podía describir. Aquel coche no solo era un vehículo, era un símbolo de todo lo que había logrado en ese tiempo.

Aun así, me había sobrado suficiente dinero para dar la señal y alquilar un pequeño apartamento coqueto que había encontrado en una zona tranquila de la ciudad. Era el lugar perfecto, mi refugio, un espacio solo para mí, donde podía relajarme después de largas jornadas de trabajo en la comisaría. Decorarlo a mi gusto fue todo un placer: muebles sencillos pero elegantes, colores cálidos, y una sensación de hogar que no había experimentado en mucho tiempo. Ryan había sido mi cómplice en la mudanza, ayudándome con cada caja y asegurándose de que me sintiera cómoda en mi nuevo espacio. En más de una ocasión, se había quedado a dormir, y esas noches eran siempre las más especiales.

Las charlas con mi madre, se habían convertido en un ritual. Cada semana, la llamaba para contarle mis avances en el trabajo, mis experiencias diarias, y, por supuesto, cómo iba mi relación con Ryan. A ella le encantaba escucharme hablar de él; podía sentir su entusiasmo y felicidad por mí a través del teléfono. Sabía que había encontrado a alguien que me hacía realmente feliz, y eso la tranquilizaba.

Hacia un par de meses, Ryan y yo hicimos un viaje para visitarla. Quería que lo conociera, y también quería que él conociera una parte de mi vida que era muy importante para mí.

Desde el momento en que entramos por la puerta, supe que mi madre y Ryan se llevarían bien. Y así fue, desde el primer instante fue como si se conocieran de toda la vida. Verlos reír juntos, compartir historias y hasta cocinar juntos en aquella cocina, me llenó de una calidez indescriptible. Mi madre me miraba de vez en cuando, con una sonrisa que decía más que mil palabras. Sabía que estaba feliz por mí, que aprobaba mi relación, y eso me daba una paz que no había sentido en mucho tiempo.

Todo parecía estar en su lugar. Mi vida profesional iba viento en popa, con cada día en la comisaría siendo un nuevo desafío, y mi vida personal estaba llena de amor y felicidad con Ryan. Estábamos construyendo algo hermoso juntos, y aunque no sabía qué deparaba el futuro, estaba segura de que quería vivirlo con él.

La tarde en que Ryan y yo cumplíamos seis meses juntos, decidió sorprenderme con una invitación a una exposición de coches de lujo. No podía haber elegido mejor manera de celebrar nuestro medio año juntos. Sabía lo mucho que me gustaban los coches, y había hecho de ese gusto compartido algo especial entre nosotros.

Cuando llegamos al lugar, el ambiente era vibrante, lleno de motores rugiendo y el brillo impecable de coches que parecían sacados de un sueño. Caminábamos de la mano, admirando cada modelo mientras Ryan me contaba historias y detalles sobre ellos.

-Este lugar es increíble, Ryan- le dije, sintiendo la emoción en cada rincón del evento. -Es como estar en el paraíso.-

-Sabía que te gustaría- respondió con una sonrisa, apretando suavemente mi mano. -Los coches son una de mis pasiones más grandes. Desde pequeño, soñaba con tener uno de estos en mi garaje. Pero no solo cualquier coche, sino uno especial.-

-¿Cuál sería ese coche especial?- le pregunté, curiosa por saber cuál era el coche de sus sueños.

Ryan se detuvo frente a un impresionante Ferrari, su pintura roja brillante bajo las luces del evento.

-El Ferrari 588 GTO- dijo con un tono reverente. -Es el coche de mis sueños. Tiene una potencia increíble y un diseño que es pura perfección. Cada vez que lo veo, siento que es la definición de lo que debería ser un coche deportivo.-

Sonreí al verlo tan apasionado. -No me sorprende- respondí. -Tiene ese aire de sofisticación y potencia que encaja perfectamente contigo.-

-¿Y tú?- me preguntó, girándose para mirarme con esa chispa de curiosidad en los ojos. -¿Cuál es el coche de tus sueños?.-

Sin dudarlo, le respondí:

-El Audi R8 Spyder. Desde que lo vi por primera vez, me enamoré. Es el coche perfecto, con ese equilibrio entre estilo, velocidad y rendimiento.-

Ryan asintió, sonriendo con aprobación. -Tienes buen gusto, Alice. El R8 es una obra maestra. Me encanta que compartamos esta pasión. Es algo más que nos une.-

Seguimos recorriendo la exposición, deteniéndonos de vez en cuando para admirar más de cerca algunos modelos, comentando los detalles, las innovaciones, y lo que más nos gustaba de cada uno. Cada conversación fluía naturalmente, como si hubiéramos estado compartiendo estas charlas durante toda la vida.

-¿Sabes?- dijo Ryan mientras observábamos un Lamborghini Aventador, -Me encanta que podamos compartir esto. No muchas personas entienden lo que significa para mí, pero tú lo haces, y eso me hace sentir aún más conectado contigo.-

-Lo sé- le respondí suavemente, mirando el reflejo de ambos en el brillante capó del coche. -Siempre me ha fascinado. Los coches son más que máquinas para mí. Son piezas de arte, historias en movimiento. Y que podamos disfrutar de esto juntos hace que todo sea aún más especial.-

Ryan se giró hacia mí, y con una mirada llena de cariño, dijo: -Estoy feliz de que estés conmigo en esto, Alice. Y no solo aquí, sino en todo. Estos seis meses han sido los mejores de mi vida, y no puedo esperar a ver qué más nos depara el futuro.-

Sonreí, sintiendo una calidez en mi pecho. -Yo también, Ryan. Estoy lista para todo lo que venga, siempre y cuando sea contigo.-

Aquel día, después de la exposición de coches, celebramos nuestros seis meses juntos con una cena íntima en un pequeño restaurante que Ryan había encontrado. La comida era deliciosa, pero lo mejor de la noche fue la compañía. La conversación fluyó entre risas y miradas que decían más de lo que las palabras podían expresar. Luego, nos dirigimos al Observatorio Griffith, un lugar mágico que parecía el escenario perfecto para cerrar una velada tan especial.

El aire fresco de la noche y la vista panorámica de la ciudad iluminada creaban un ambiente casi irreal. Caminamos de la mano hasta un mirador, donde nos quedamos en silencio, simplemente disfrutando de la vista y de la presencia del otro.

Después de un rato, Ryan me llevó de regreso a su coche, un lugar que ya sentía como un pequeño refugio para los dos.

Nos sentamos allí, en silencio, observando las luces de Los Ángeles. La radio sonaba suavemente de fondo, y mientras el tiempo pasaba, una canción en particular comenzó a sonar. Era **"Die for You - The Weeknd"**. La melodía, las letras, todo en esa canción resonaba con una intensidad que me hizo detenerme y escuchar.

Ryan, que hasta ese momento estaba concentrado en la vista, se giró hacia mí cuando la canción comenzó a sonar. Sus ojos se encontraron con los míos, y en ese momento, me dedicó la canción con una mirada que decía más de lo que cualquiera de los dos podía expresar en palabras. La canción hablaba de un amor profundo, de una conexión inquebrantable, y sentí que cada palabra reflejaba lo que estaba empezando a sentir por él.

La emoción me invadió, y sin poder contenerme, me incliné hacia él, dándole un tierno beso en los labios.

-Te quiero- le dije por primera vez, mi voz apenas un susurro, pero cargada de todo lo que había estado sintiendo por él durante estos meses.

Ryan me miró sorprendido por un segundo, pero luego su expresión se suavizó en una sonrisa cálida.

-Yo te quiero +1- respondió, su tono juguetón pero lleno de sinceridad.

Solté una pequeña risa, emocionada y aliviada a la vez. Ese +1 era tan suyo, siempre encontrando una forma de hacer especial cada momento y sabia que ese "+1" era importante para el y al mismo tiempo lo había convertido en parte importante para mi. Apoyé mi cabeza en su hombro, sintiendo su brazo rodear mis hombros, y juntos nos quedamos allí, en la tranquilidad de la noche, dejando que la música y nuestras confesiones recientes llenaran el espacio entre nosotros.

A partir de ese momento, supe que lo nuestro no era simplemente una relación más. Ryan y yo compartíamos algo único, algo que solo parecía fortalecerse con el tiempo. Mientras la canción llegaba a su fin, cerré los ojos, sabiendo que en ese coche, bajo las estrellas y con esa canción como telón de fondo, habíamos dado un paso más hacia el futuro que ambos deseábamos construir juntos.

Después de un día perfecto, Ryan me llevó a mi nuevo apartamento. Nos detuvimos frente a la puerta, y antes de despedirse, me dio un beso largo y profundo, lleno de promesas. Mientras se alejaba, lo observé desde la puerta, sintiendo una mezcla de felicidad y tristeza por verlo irse. Subí a mi apartamento, emocionada por el día que habíamos compartido, pero al abrir la puerta, algo en el suelo captó mi atención. Allí, en medio del pasillo, había un sobre marrón. Lo recogí, sintiendo una incomodidad creciente. Al abrirlo, encontré una foto de Ryan y yo en el mirador. La imagen era nítida, capturando un momento íntimo que solo nosotros deberíamos haber presenciado. El sobre no contenía nada más, ni una nota, ni una explicación. Mi mente comenzó a correr, tratando de entender quién podría estar siguiéndonos.

Guardé la foto en mi mesita de noche, intentando calmar la ansiedad que comenzaba a apoderarse de mí. No quería preocupar a Ryan, al menos no hasta que supiera más. Decidí que lo mejor sería mantener esto en secreto por ahora.

Justo cuando parecía que la noche estaba por acabar, mi móvil sonó, sobresaltándome. Lo había dejado en la encimera de la cocina. Caminé rápidamente hacia él y vi que la llamada provenía de mi tía Hanna.

—¿Tía Hanna? —respondí, mi voz un poco temblorosa, aún afectada por el sobre que había encontrado.

—Alice... cariño, ¿estás bien? —La voz de mi tía sonaba preocupada, y eso me puso aún más alerta.

—Sí, estoy bien. ¿Qué pasa? ¿Por qué llamas tan tarde?

Hubo una pausa al otro lado de la línea, y supe que lo que iba a decirme no era bueno.

—Es tu madre, Alice... —La voz de Hanna se quebró un poco antes de continuar—. Está en el hospital. La han ingresado hace unas horas. No sabemos mucho aún, pero los médicos están preocupados.

Sentí un nudo formarse en mi estómago.

—¿Qué ha pasado? —pregunté, tratando de mantener la calma.

—Tuvo un desmayo en casa, y cuando la llevaron al hospital, notaron que algo no estaba bien. Están haciendo pruebas, pero aún no nos han dado un diagnóstico claro. Estoy aquí con ella, pero pensé que deberías saberlo.

Mi mente se llenó de imágenes de mi madre en una cama de hospital, frágil y vulnerable.

—Voy para allá —dije, sin pensarlo dos veces.

—Alice, no hay necesidad de que vengas ahora. Ella está dormida, y los médicos no tendrán más información hasta la mañana. Te prometo que te mantendré informada, ¿de acuerdo?

Me apoyé en la encimera, sintiendo una mezcla de impotencia y miedo.

—Está bien… Pero llámame en cuanto sepas algo, por favor.

—Lo haré, cariño. Tu madre es fuerte, va a superar esto. Solo mantente positiva, ¿sí?

—Lo intentaré —respondí, aunque mi voz sonaba distante.

Nos despedimos y colgué el teléfono, sintiéndome abrumada por todo lo que había ocurrido en tan solo unos minutos. La alegría de la tarde había sido reemplazada por una creciente sensación de ansiedad e incertidumbre.
Me dirigí a la ventana y miré hacia la calle vacía, intentando procesar todo. Tenía la extraña sensación de que algo más estaba en juego, algo que no podía comprender del todo. Decidí que mañana, después de ver cómo estaba mi madre, investigaría más sobre la foto que había encontrado. Pero por ahora, lo único que podía hacer era esperar y mantener la calma.
Me encendí un cigarrillo para acabar el día, pero justo cuando pensaba que nada mas podría pasar, doblando la esquina de la calle, lo vi. Volví a ver a aquel encapuchado que hacia mucho tiempo había borrado de mi mente. Estaba ahí y no se movía, estaba fijo, mirando hacia mi ventana y entonces lo entendí.
Era el, el encapuchado que aquella vez casi me coge, el mismo que me había estado siguiendo, el mismo que sabia donde vivía y el mismo que había estado esperando a que llegara a casa y encontrase la foto…
Tire el cigarrillo entero y entre en la casa. El pánico se estaba apoderando de mi y entonces, decidí llamar a Ryan.

R: ¿Alice? ¿Te ocurre algo cielo?- dijo Ryan nada mas descolgar el teléfono.

No pude contener las lagrimas y el pudo notarlo.

A: Es… mi madre…- dije con la voz entrecortada.

R: Cálmate cielo, cuéntame que ha pasado-

A: Es… es mi madre… está en el hospital. No sé qué le pasa. Mi tía Hanna me llamó... dicen que no pueden decirme nada todavía, y… estoy asustada, Ryan-.

R: Oh, cielo… lo siento mucho. Estoy aquí, ¿de acuerdo? Estoy contigo en esto. No estás sola-.

A: No sé qué hacer… no puedo pensar… estoy tan preocupada. ¿Y si es algo grave?…-

R: No pienses en lo peor, Alice. Seguro que los médicos están haciendo todo lo posible, y tu madre es fuerte. Pero entiendo cómo te sientes, debe ser aterrador.

A: Sí, lo es... no quiero perderla, Ryan.

R: No vas a perderla. Y ahora mismo, tú necesitas descansar un poco, por tu madre y por ti misma. Voy para allá, ¿de acuerdo? No voy a dejar que pases la noche sola en tu estado.

A: No, pero cariño, es muy tarde… no quiero molestarte…

R: Nunca me molestas, Alice. Esto es lo que hacen las personas que se quieren, y yo te quiero. Quiero estar contigo siempre, sobre todo en estos momentos difíciles. Dame diez minutos y estaré en tu puerta.

A: Gracias, Ryan… de verdad, no sé qué haría sin ti.

R: No tienes que hacerlo sola. Todo va a estar bien, te lo prometo. Enseguida estoy contigo.

A: Te estaré esperando.

R: Nos vemos en un rato, Alice. Ya estoy en camino.

Justo antes de colgar, pude escuchar como el motor de su coche rugía. Que pasara la noche conmigo me hacia sentir mas segura, pero los diez minutos hasta que llego, se me hicieron eternos.
Cuando llego, me refugie en sus brazos y juntos fuimos a mi dormitorio. Mientras nos preparábamos para ir a dormir, eche un vistazo rápido por la ventana de mi dormitorio antes de cerrar las cortinas.
El encapuchado seguía allí, mirando fijamente a mi ventana…

19

Después de ver al encapuchado desde la
ventana de mi apartamento, no pude dormir
bien. La imagen de esa figura sombría
rondaba mi mente, pero por suerte, Ryan
estuvo allí, abrazándome con fuerza mientras
dormía plácidamente a mi lado. Sentir su
calidez y su presencia me ayudó a
sobrellevar la noche, aunque las horas
pasaban lentas y llenas de preocupación.
A la mañana siguiente, Ryan y yo cogimos un
vuelo hacia Pasadena. La tensión se
reflejaba en nuestros rostros, especialmente
en el mío. Sabía que algo no estaba bien con
mi madre, y el miedo me carcomía por dentro.
Aterrizamos y fuimos directamente al
hospital. Allí, mi tía Hanna nos esperaba en
la sala de espera, su rostro mostraba la
misma preocupación que yo sentía.

-¿Sabes algo?- le pregunté casi sin aliento
al verla.

-Lo siento, Alice... todavía no sabemos
nada. Los médicos no han salido aún-
respondió mi tía con voz temblorosa.

Sus palabras me dejaron con una sensación de
vacío en el estómago. Ryan me tomó de la
mano, dándome un apretón suave, como si
quisiera transferir su fuerza a mí. Le
agradecí en silencio, apoyándome en su
presencia.
Las horas se hicieron eternas. Los tres,
esperábamos en aquella sala de hospital,

contando cada minuto que pasaba. Finalmente, un médico salió. Su rostro era serio, pero no desesperanzado. Nos acercamos a él, ansiosos por cualquier noticia.

-Es una enfermedad grave, pero por suerte la hemos detectado a tiempo- dijo, y sentí cómo una ola de alivio me recorría el cuerpo.
-Con el tratamiento adecuado, podrá superarlo.-

Sentí que podía volver a respirar, aunque el nudo en mi garganta no desaparecía del todo.

-¿Puedo verla?- pregunté con urgencia, y el médico asintió, dándome permiso para entrar en la habitación.

Al abrir la puerta, encontré a mi madre sentada en la cama. Estaba pálida, con ojeras que delataban su cansancio, pero despierta y con una pequeña sonrisa al verme. La emoción me embargó, y no pude evitar correr hacia ella y abrazarla con fuerza. Las lágrimas brotaron sin control mientras la sentía entre mis brazos.

-Tranquila, cariño- me dijo con su voz suave, aunque cansada. -Voy a estar bien. Confío en los médicos, sé que me recuperaré.-

Asentí entre lágrimas, sin poder decir mucho más. Su fuerza me asombraba. Incluso en un momento tan difícil, ella intentaba animarme.

-¿Quieres que vaya a casa a traerte algo…?
Un libro, tal vez, para que el tiempo pase
más rápido- le dije, intentando hacer algo
para ayudarla, para sentirme útil.

-Gracias, Alice- respondió, su voz cargada
de gratitud. -Eso me vendría bien. Pero no
te preocupes, estaré aquí cuando vuelvas.-

La dejé con un último abrazo, sintiéndome
algo mejor al saber que, aunque el camino
sería largo, había esperanza. Mientras me
dirigía a la salida, Ryan me esperaba, listo
para acompañarme. Su mano encontró la mía de
nuevo, y sentí que, mientras lo tuviera a mi
lado, podría superar cualquier cosa.
Cuando salimos del hospital, la brisa fresca
me hizo sentir un poco más despierta. Aunque
el día había sido largo y emocionalmente
agotador, la noticia de que mi madre tenía
una oportunidad de recuperarse me daba un
poco de paz.
Llamamos a un taxi y nos dirigimos a casa,
donde me aseguré de recoger todo lo que mi
madre podría necesitar durante su estancia
en el hospital. Al llegar, el ambiente de mi
hogar me recibió con una mezcla de
familiaridad y tristeza. Cada rincón me
recordaba a mi madre, y la idea de que
estuviera enferma, lejos de su espacio, me
pesaba en el corazón.
Entré en su despacho, donde el aroma a
libros viejos y papeles me envolvió. Tomé su
portátil, sabiendo que necesitaría algo para
mantenerse ocupada y distraída. Luego, elegí
un par de libros de su estantería, aquellos
que siempre tenía en su mesita de noche.

Mientras metía todo en un bolso grande, me aseguré de incluir algunos bolígrafos y su cuaderno de notas, un hábito que mi madre nunca dejaba de lado. Finalmente, recogí algunas cosas de aseo personal, su cepillo de dientes, un par de cremas que siempre usaba, y una muda de ropa cómoda.

Una vez todo estuvo listo, Ryan me ayudó a llevar el bolso hasta el taxi que nos esperaba. De vuelta al hospital, la sensación de urgencia que había sentido por la mañana había disminuido un poco, pero la preocupación seguía ahí, latente.

Al llegar a la habitación, mi madre me recibió con una sonrisa cansada. Le entregué cada cosa, explicándole lo que había traído, y vi cómo sus ojos se iluminaban al ver los libros y su portátil.

-Gracias, cariño- dijo mientras acariciaba la portada de uno de los libros. -Esto me ayudará a pasar el tiempo.-

-Quiero que te sientas lo más cómoda posible, mamá- respondí, tomando su mano y dándole un apretón suave.

Pasé todo el día a su lado, leyendo en silencio mientras ella descansaba, o simplemente hablándole cuando estaba despierta.

Al final del día, cuando finalmente se quedó dormida, Ryan y yo nos despedimos de mi tía, quien se quedaría con mi madre en todo momento y con un beso en la frente me despedí de mi madre. Me sentí un poco más tranquila sabiendo que estaba en buenas

manos, pero no podía evitar sentir un nudo
en el estómago al dejarla.

Volvimos al aeropuerto para tomar un vuelo
de regreso a Los Ángeles. El viaje de vuelta
fue silencioso; ambos estábamos cansados, y
las palabras parecían innecesarias. Ryan me
sostuvo la mano durante todo el vuelo, y
aunque el cansancio comenzaba a vencerme, su
presencia era un recordatorio de que no
estaba sola en todo esto.

Finalmente, llegamos a casa. Entramos en mi
apartamento y, después de un largo suspiro,
me dejé caer en el sofá. Ryan se sentó a mi
lado y me abrazó, y por un momento, me
permití cerrar los ojos y sentirme
protegida.

-Todo va a estar bien- susurró, y aunque el
futuro era incierto, quise creerle con todo
mi corazón.

Los siguientes meses se convirtieron en una
mezcla de rutina y ansiedad constante. Mi
madre seguía en el hospital, luchando con
valentía, y mi tía Hanna nunca se separaba
de su lado. Aunque intentaba mantener la
normalidad en mi vida, la preocupación por
mi madre era una sombra constante que me
seguía a todas partes. Cada dos semanas,
viajaba a Pasadena para estar con ella,
aunque esas visitas me dejaban un vacío cada
vez más profundo. Sentía la necesidad de
estar cerca de ella, de apoyarla, pero mi
trabajo y la distancia me mantenían atrapada
en Los Ángeles.

Cada vez que tenía que dejar a mi madre en
el hospital, sentía una punzada de culpa. Mi

deber como hija estaba en conflicto con mi deber como policía, y esa dualidad me desgarraba por dentro. Aunque Ryan intentaba consolarme, la culpa no desaparecía.

A lo largo de esos meses, algo más perturbador comenzó a suceder. Empecé a recibir más fotos en esos sobres marrones, siempre sin remitente. Las imágenes eran inquietantemente precisas, tomadas en momentos de mi día a día que, en teoría, deberían haber sido privados. Una foto de mí saliendo de la comisaría, otra al subirme a mi coche, una más mientras cenaba con Ryan, y hasta una de mis rutinas matutinas de correr. Cada nueva imagen aumentaba mi ansiedad, haciéndome sentir que estaba siendo vigilada en todo momento.

El encapuchado, esa figura que había visto aquella noche desde mi ventana, comenzó a invadir mis pensamientos. A veces, creía verlo entre la multitud mientras caminaba por la calle, o parado a lo lejos cuando salía a correr. Pero cada vez que intentaba acercarme o confirmar su presencia, desaparecía sin dejar rastro, como si fuera una ilusión creada por mi mente cansada.

Las noches se hicieron más difíciles. Mi sueño, que antes encontraba en la seguridad de tener a Ryan a mi lado, se volvía inquieto. Me despertaba en medio de la noche, con la sensación de ser observada, no podía sacudirme la sensación de que algo no estaba bien. El miedo, silencioso pero constante, se había instalado en mi vida, infiltrándose en cada rincón.

Intenté mantenerme enfocada en mi trabajo, sumergiéndome en mis responsabilidades como policía. Pero incluso en la comisaría, el peso de esas fotos y la incertidumbre de quién podía estar detrás de ellas no me dejaba concentrarme del todo. Empecé a revisar mi entorno más a menudo, buscando cámaras ocultas o cualquier cosa que pudiera darme una pista, pero no encontraba nada.

A medida que los meses pasaban, mi relación sentimental se convirtió en mi ancla. Era la única constante en mi vida, y sentía que el era la única persona con la que podía compartir mis miedos, aunque no le contaba todo. No quería preocuparlo más de lo necesario. Pero sé que notaba que algo andaba mal. Su mirada, a veces cargada de preocupación, me decía que sabía que estaba guardando algo, pero respetaba mi espacio. El miedo y la incertidumbre se convirtieron en una especie de niebla que cubría todo, dificultando ver con claridad lo que debía hacer. Las visitas a mi madre eran los únicos momentos en los que podía sentir un poco de alivio, pero al regresar a Los Ángeles, la paranoia volvía con fuerza. Sentía que el tiempo se agotaba, como si estuviera en una cuenta regresiva para un evento desconocido. Las fotos seguían llegando, cada una más inquietante que la anterior. Sabía que necesitaba hacer algo, encontrar una forma de descubrir quién estaba detrás de esto, pero no sabía por dónde empezar.

Y mientras todo esto ocurría, mi madre seguía luchando, sin saber el tormento que yo vivía en silencio. La distancia entre lo que mostraba al mundo y lo que realmente sentía se hacía cada vez más grande. Y aunque intentaba mantener la compostura, una parte de mí sabía que no podría seguir así por mucho tiempo. Algo tenía que ceder, y temía lo que podría pasar cuando lo hiciera.

20

El día de mi cumpleaños comenzó con la típica rutina: mensajes de felicitación, llamadas de mi madre y de mi tía Hanna, quienes me desearon un feliz día desde Pasadena. Sabía que Ryan tenía algo planeado, pero no tenía idea de cuán especial sería. A lo largo del día, él se comportó con una normalidad desconcertante, lo que solo aumentaba mi curiosidad.
Al final de la tarde, Ryan me llevó a su apartamento, diciéndome que quería que pasáramos la noche juntos. No sospechaba nada, así que cuando abrí la puerta y todos mis amigos gritaron "¡Sorpresa!", me quedé completamente sin palabras. Ahí estaban Alex, Anna, y otros amigos más, todos sonriendo y riendo mientras sostenían globos y serpentinas. Ryan se había encargado de todo, y en ese momento, me sentí la persona más afortunada del mundo.
La noche avanzó con risas y copas, con Alex presentando orgullosamente a su nueva novia y Anna mostrando al chico con el que estaba saliendo. Todos parecían estar pasándola genial, y me sentía profundamente agradecida por tener a estas personas en mi vida. En medio de la celebración, Ryan se acercó a mí con una pequeña caja en sus manos.

-Feliz cumpleaños cielo- dijo suavemente, sus ojos brillando con una mezcla de emoción y cariño.

Abrí la caja con cuidado, sintiendo el peso de la expectativa en el aire. Dentro había

un colgante delicado, una pequeña llave de
plata con detalles intrincados. No era solo
un adorno, era la llave de algo importante,
algo que significaba mucho para Ryan. Me
explicó que simbolizaba la confianza y el
futuro que veía en nosotros, pero también la
llave que habría una cajita mediana. La
cajita era de madera clara, con una A grande
en el centro.
Al abrir la cajita con aquella llave, un
conjunto de fotos de todos los meses juntos,
el corcho de la primera botella de vino que
bebimos y algunos detalles mas de nuestra
relación.
Me conmoví profundamente.

-Es precioso, Ryan. No sé que decir…- le
dije, emocionada.

Él me abrazó, y en ese momento supe que
quería pasar todos mis cumpleaños con él a
mi lado.
La fiesta continuó con más risas y música,
pero cuando mi teléfono vibró en mi
bolsillo, me distrajo por un segundo. Lo
saqué, y mi corazón se detuvo cuando vi que
el mensaje era de un número privado. Lo abrí
con precaución, y al leer las palabras

Feliz cumpleaños, adoro ese vestido

Un escalofrío recorrió mi columna. Mi
respiración se aceleró cuando,
inmediatamente después, recibí una foto.
En la imagen, se me veía en tiempo real,
sosteniendo mi teléfono, rodeada de mis
amigos. El ángulo era alto, lo que

significaba que había sido tomada desde el edificio de enfrente. Sin pensar, me acerqué al ventanal, sintiendo que el aire se volvía pesado a mi alrededor.

Allí, en la penumbra del otro edificio, distinguí una figura encapuchada, apenas iluminada por la luz de la pantalla de su teléfono. El pánico me envolvió cuando me di cuenta de que me estaba observando. El pañuelo negro que cubría gran parte de su rostro hacía imposible identificarlo, pero esa imagen, esa escena... No podía ser real.

-¿Alice? ¿Estás bien?- La voz de Ryan me sacó de mi trance. Estaba a mi lado, su rostro lleno de preocupación.

-Ryan cariño, ves a aquel hombre- murmuré, mi voz temblando mientras señalaba hacia el edificio de enfrente.

Ryan miró en la dirección que le señalé, pero la figura ya no estaba. La ventana estaba oscura, vacía, como si nunca hubiera habido nadie allí. Parecía una broma cruel de mi imaginación, pero sabía lo que había visto.

Sin esperar más, Ryan tomó mi mano y me llevó al interior del apartamento, cerrando las cortinas de golpe. La fiesta continuaba en la sala, con mis amigos ajenos a la angustia que ahora dominaba mi mente. Ryan, sin embargo, podía ver el miedo en mis ojos, y me llevó aparte, a un rincón donde pudiéramos hablar en privado.

-Alice, cielo, llevas días así, necesito que me cuentes que es lo que te pasa- dijo en un tono bajo pero firme. -Decías que veías a un hombre, pero cuando he mirado no había nadie… Creo que necesitas descansar ¿quieres que yo me encargue de terminar la fiesta?-

Asentí, pero sentía que nada podía apagar el terror que se había arraigado en mi interior. Sabía que mi vida, la vida que había construido con tanto esfuerzo, estaba siendo amenazada. Y lo peor de todo, no tenía idea de quién era el responsable, ni de hasta dónde estaba dispuesto a llegar. Los siguientes días los pasé en el apartamento de Ryan. Me había medio mudado allí temporalmente. Había decidido que sería buena idea tomarme un par de días en mi trabajo, y así poder descansar.
Mi jefe, en vez de negarse, me dio quince días de vacaciones para que pudiera descansar aún más. Hablé con Ryan y le dije que, aprovechando esos quince días, iría a ver a mi madre al hospital. Ryan me miró con una mezcla de preocupación y comprensión. Sabía lo difícil que había sido para mí, pero también entendía que necesitaba estar con ella.
Pasé la tarde organizando el viaje. Ryan insistió en acompañarme, pero le dije que era algo que necesitaba hacer sola. Quería tener tiempo para pensar, para procesar todo lo que había sucedido en los últimos meses. A pesar de que él era un apoyo incondicional, sentía que este era un momento que debía enfrentar por mi cuenta.
El día de la partida, me despedí de Ryan con

un abrazo largo y silencioso. No hicieron falta palabras. Sabía que él estaría ahí cuando regresara. Mientras nos dirigíamos al aeropuerto, sentía una mezcla de nerviosismo y alivio. No sabía qué me encontraría al llegar, pero estaba lista para enfrentarlo. Al llegar a Pasadena, tomé un taxi directo al hospital. Mi corazón latía rápido mientras me acercaba, una mezcla de ansiedad y esperanza. Cuando finalmente llegué, me sorprendí al ver a mi madre en mejor estado del que había imaginado. Su rostro, aunque aún demacrado, tenía un color más saludable y una expresión de alivio. El cambio era notable, y eso me dio una bocanada de esperanza.

Sin embargo, a pesar de la mejoría, seguía conectada a la máquina que la ayudaba a respirar. Sus pulmones aún no estaban lo suficientemente fuertes para funcionar por sí solos, y esa dichosa máquina era su fuente de vida en ese momento. La visión de ese equipo médico y el sonido constante del respirador crearon una sensación de tristeza agridulce en mí.

Me acerqué a su cama con cautela, tratando de no hacer ruido para no perturbar el ambiente tranquilo. La vi abrir los ojos y sonreír débilmente al verme. A pesar de su debilidad, había una chispa de reconocimiento y cariño en su mirada. Sentí una oleada de emociones: alivio por verla mejor, tristeza por su situación y una profunda gratitud por tener la oportunidad de estar a su lado.

-Hola, mamá,- susurré mientras tomaba su mano con cuidado.

Ella apretó suavemente mi mano, y su mirada se suavizó aún más. Las palabras no eran necesarias en ese momento; la conexión y el amor se transmitían a través del silencio y los gestos. Me senté a su lado, dispuesta a estar allí el tiempo que necesitara, sabiendo que su recuperación sería un camino largo, pero al menos había un rayo de esperanza en el horizonte.
Después de una semana, mi madre ya parecía estar mucho mejor. Aunque los médicos nos habían informado que tendríamos que llevarnos una máquina a casa para que ella pudiera seguir respirando, al menos sabíamos que íbamos a regresar a casa finalmente, a pesar de no estar del todo contentos con la idea de tener que convivir con ese aparato. Al día siguiente, el médico vino a vernos en la habitación y nos confirmó que podríamos irnos a casa al día siguiente. Mi madre y yo nos abrazamos, llenas de alegría.

-Qué bien, mamá, ¿estás contenta?- le pregunté sonriendo.

-Mucho, la verdad- respondió ella con una sonrisa cansada pero sincera. -Estoy deseando darme un buen baño.-

Ver a mi madre mejorar tan rápido me hizo sentir una inmensa emoción. Decidí que podía hacer algo más para ayudar, así que me ofrecí a traerle algo de ropa limpia de casa.

-Sí, por favor- respondió mi madre con un suspiro de alivio.

Me levanté para salir de la habitación, pero justo antes de irme, ella me llamó.

-Ya que vas a casa, ven de vuelta con mi coche, y así podemos llevarnos esa dichosa máquina mañana.-

-Claro. Te quiero mamá- dije comprendiendo la necesidad de hacer todo más fácil.

-Te quiero, peque- la escuche decir justo antes de abrir la puerta y salir de la habitación.

Salí del hospital con una mezcla de alivio y gratitud, dispuesta a ayudar en lo que pudiera para que la transición a casa fuera lo más suave posible. Sabía que, aunque aún había mucho por hacer, el hecho de volver a casa era un gran paso hacia la recuperación completa de mi madre.
Cuando el taxi me dejó en la puerta de la casa, entré rápidamente y busqué una bolsa de viaje y un neceser. Preparé ambas cosas para mi madre con apuro, tratando de ser lo más eficiente posible. Al salir, pasé por el despacho de mi madre y tomé las llaves de su coche. Puse la bolsa en el asiento del copiloto y me puse en marcha hacia el hospital con la esperanza de llegar lo antes posible.
Esa mañana, el tráfico parecía más denso de lo normal y, como resultado, tardé más de lo

previsto. Mi ansiedad crecía con cada minuto que pasaba, y me preguntaba si llegaría a tiempo. Finalmente, al llegar al hospital, saqué la bolsa del coche y me dirigí a la planta donde estaba mi madre.

Como el hospital era privado, no necesitaba pedir permiso para llevar pertenencias a la habitación, lo cual fue un alivio. Subí en el ascensor con rapidez, pero al llegar a la planta de mi madre, el revuelo de gente que había no me gustó para nada. Había un ajetreo inusual en el pasillo, y pude notar la preocupación en las caras del personal médico.

Mi corazón se aceleró mientras caminaba hacia la habitación, temiendo lo peor. La atmósfera en el pasillo era densa y llena de murmullos inquietos. Cuando llegué a la habitación de mi madre, encontré la puerta abierta y a varias enfermeras dentro, moviéndose rápidamente.

Me acerqué con cautela, y una de las enfermeras se volvió hacia mí.

-Lo siento, pero ahora mismo no podemos permitir visitas- dijo, con un tono de voz que no dejaba lugar a dudas sobre la gravedad de la situación.

Mi estómago se revolvió al ver su expresión preocupada y el movimiento constante a su alrededor.

-¿Qué está pasando?- pregunté con voz temblorosa, sintiendo que el mundo se me venía abajo.

La enfermera me miró con compasión y, tras un momento de vacilación, respondió,

-Estamos realizando algunos procedimientos de emergencia.-

Las palabras resonaron en mi mente mientras el temor se apoderaba de mí. Mi mente corría a mil por hora, intentando procesar la noticia mientras trataba de mantener la calma.

-¿Cuánto tiempo va a tardar?- logré preguntar, con la esperanza de recibir una respuesta que aliviara un poco mi angustia.

-No lo sabemos con certeza,- dijo la enfermera. -Por favor, espere aquí.-

Me quedé en el pasillo, con la bolsa y el neceser en la mano, tratando de encontrar algún tipo de consuelo en medio del caos que se había desatado. Sabía que solo podía esperar y confiar en que todo saldría bien, mientras el tiempo parecía arrastrarse interminablemente.

Minutos después, la voz de un hombre dentro de la habitación.
-...la hemos perdido...-

Seguido de una voz femenina que respondía.
-Hora de la muerte, 12:26.-

Las palabras se clavaron en mi pecho como cuchillos afilados. Me quedé paralizada, el sonido de esas voces resonando en mi mente como un eco aterrador. No podía creer lo que acababa de oír. Mi cuerpo comenzó a temblar, y antes de darme cuenta, caí de rodillas en el suelo del pasillo, completamente devastada.

El suelo frío y duro no me ofrecía ningún consuelo, pero no podía levantarme. Todo mi mundo parecía haberse desmoronado en un instante. Mi madre, mi roca, mi fuente de fuerza, ya no estaba. La realidad de su pérdida era abrumadora. Sentí que el aire se me escapaba de los pulmones, y una oleada de dolor incontrolable me invadió.

La gente a mi alrededor se movía rápidamente, pero para mí, todo parecía estar en cámara lenta. Los rostros de los médicos y las enfermeras se mezclaban en una confusión de emociones y miradas de condolencia, pero yo no podía procesar nada más que el vacío que se había apoderado de mí.

Un par de enfermeras se acercaron a mí con expresión preocupada, pero no podía hablar ni reaccionar. Solo podía sollozar en silencio, mientras las lágrimas caían sin parar. Todo el esfuerzo y la esperanza que había puesto en la recuperación de mi madre se desvanecieron en un instante cruel.

Finalmente, una enfermera me ayudó a levantarme suavemente y me llevó a una sala de descanso. Allí, en un rincón tranquilo, traté de recomponerme mientras mi mente se inundaba de recuerdos y de la dolorosa realidad de la pérdida. La sensación de vacío era inmensa, y todo lo que podía hacer era llorar y aferrarme a los pocos recuerdos

felices que quedaban.
No había palabras para expresar el dolor que sentía en ese momento. Solo quedaba el silencio y el eco de una vida que se había ido demasiado pronto. Mi madre había sido mi mayor apoyo y guía, y ahora, en su ausencia, sentía que había perdido una parte fundamental de mí misma.
Después de un tiempo que me pareció interminable, logré recomponerme lo suficiente como para levantarme. Fue entonces cuando un médico se acercó a mí con una expresión de tristeza en el rostro.

-Lo siento mucho- dijo con voz suave.
-Cuando te sientas preparada, necesitaríamos que recojas las pertenencias de tu madre.-

Asentí sin decir una sola palabra. Las palabras no parecían suficientes en ese momento. Me sentía completamente vacía y en shock, incapaz de articular mis sentimientos. Simplemente me levanté y me dirigí hacia la habitación de mi madre.
Al entrar en la habitación, el espacio se sentía frío y desolado. El lugar, que antes había sido el refugio donde mi madre estaba en tratamiento, ahora estaba vacío y silencioso. Miré a mi alrededor y empecé a recoger sus pertenencias, movida por un sentido de deber más que por una emoción clara.
Tomé la bolsa de viaje que había preparado para ella y comencé a meter las cosas que encontré: su bata de hospital, algunas revistas que había estado leyendo, y la máquina de respiración que tanto había

temido. Cada objeto que metía en la bolsa me recordaba la realidad de su ausencia, y cada movimiento se sentía pesado y difícil.

Mientras llenaba la bolsa, me encontré con una pequeña caja en la mesita de noche. Dentro había algunas cartas y fotos. Me detuve un momento para mirarlas, y las lágrimas volvieron a aflorar. Las imágenes capturaban momentos de felicidad y amor, y me sentí abrumada por el dolor de saber que no volvería a ver a mi madre en esos momentos felices.

Finalmente, terminé de llenar la bolsa. La cargué con dificultad, sintiendo el peso de la pérdida en cada paso. Me dirigí al área de recepción para entregar las pertenencias, sin dejar de pensar en el vacío que ahora llenaba mi vida.

Con la bolsa en la mano, salí del hospital, el mundo exterior parecía desdibujado y lejano. El sol brillaba en el cielo, pero no podía sentir su calidez. Todo parecía surrealista, como si estuviera en un sueño del que no podía despertar. Mi madre ya no estaba, y me quedaba con el dolor de su ausencia y los recuerdos de un amor que siempre llevaría conmigo.

Al llegar a casa, dejé la bolsa en el suelo del salón y me dejé caer en la alfombra, exhausta y abrumada. Saqué mi teléfono y, con manos temblorosas, marqué el número de Ryan. Necesitaba desesperadamente su consuelo.

R: Hola cielo. ¿Cómo estás?

A: Ryan… ya no está… se ha ido…

En unos segundos, Ryan supo a que me refería y cuando noto mi voz quebrada y casi sin poder hablar no dudo en ser el quien tomara las riendas de la conversación.

R: Oh cariño, lo siento mucho. ¿Quieres hablar?

A: No sé qué ha podido pasar, ¿Qué hemos hecho mal?

R: No te tortures cielo, no es culpa tuya. Se que no hay palabras que puedan aliviar tu dolor ahora, pero quiero que sepas que estoy aquí para ti.

A: Estoy… estoy tan perdida.

R: ¿Puedo hacer algo por ti? Cogeré el primer vuelo a Pasadena. No te dejare sola en esto.

A: No sé… No quiero que veas todo este desorden y tristeza. Solo… creo que quiero estar sola, pero al mismo tiempo, no sé si puedo soportarlo. Me siento tan vacía.

R: Entiendo cariño, te dejare tu espacio hoy pero mañana estaré allí contigo. Mientras tanto, trata de no ser demasiado dura contigo misma. Es normal sentirse así. Lo importante es que te des tiempo para procesarlo.

A: Gracias, Ryan. De verdad, no sé qué haría sin ti.

R: Siempre estaré aquí para ti. ¿Quieres que hablemos más tarde?

A: Sí, por favor. Necesito un poco de tiempo para asimilar todo esto. Te llamaré en cuanto me sienta un poco más estable.

R: Está bien, cielo. Tómate el tiempo que necesites. Te quiero y estoy aquí para lo que necesites.

A: Yo también te quiero. Hablamos más tarde.

Colgué el teléfono y me dejé caer de nuevo sobre la alfombra, sintiendo el peso de la pérdida en cada rincón de mi ser. El dolor seguía siendo inmenso, pero saber que no estaba sola me daba un pequeño consuelo en medio de la tormenta.

Aquella noche, el dolor y la tristeza eran tan abrumadores que no pude enfrentar la soledad de mi propia cama. Después de dejar la bolsa con las pertenencias de mi madre en un rincón del salón, me dirigí a su habitación. Allí, rodeada de sus cosas y de su aroma, me tumbé en su cama, buscando algo de consuelo en la familiaridad de su espacio.

La cama de mi madre estaba como la había dejado, con las sábanas ligeramente arrugadas y la almohada aún con la impresión de su cabeza. Me acurruqué en medio de las sábanas, sintiendo la suavidad de los tejidos que ella había tocado. El cuarto estaba en silencio, salvo por el suave murmullo del ventilador en la esquina. Cerré los ojos, tratando de encontrar un poco de paz en ese lugar que había sido testigo de tantas memorias compartidas.

A medida que la noche avanzaba, la sensación de vacío seguía presente, pero la familiaridad del entorno me ofrecía un débil consuelo. Me envolví en las mantas y traté de no pensar en la pérdida. Sin embargo, mis pensamientos eran como olas implacables que llegaban una y otra vez, arrastrándome hacia recuerdos felices y dolorosos por igual. Finalmente, el agotamiento me venció. El llanto había cesado y el cansancio era tan profundo que me quedé dormida en la cama de mi madre, abrazando la almohada como si pudiera sentir su presencia a través de ella. El sueño no era completamente reparador, pero me ofreció un breve respiro del dolor punzante que había estado sintiendo durante el día.

21

En el sueño, a veces sentía que mi madre estaba cerca, como si su espíritu aún rondara la habitación. Era un consuelo efímero, pero en ese momento, cualquier pequeño consuelo era valioso. Cuando desperté a la mañana siguiente, el dolor seguía allí, pero había algo en la tranquilidad de la habitación que me permitió enfrentar el nuevo día con un leve sentido de determinación.

Sabía que el camino por delante sería largo y difícil, pero estar en su espacio me ayudó a sentirme un poco más conectada con ella, incluso en su ausencia. Me levanté lentamente, decidida a enfrentar la realidad y a empezar a organizar lo que quedaba de su vida en este mundo.

Mientras metía algunas cosas de mi madre en un par de cajas, intentando ordenar un poco el caos, el timbre sonó. Me sobresalté, el sonido cortando la quietud que había rodeado la casa desde la noche anterior. Bajé las escaleras con lentitud, el peso de los recuerdos aún presente en mis hombros. Al mirar por la mirilla, vi la carita pálida y los ojos azules de Ryan. Un suspiro de alivio escapó de mis labios al ver su familiar rostro.

Abrí la puerta rápidamente, y en cuanto lo hice, no pude evitar lanzarme hacia él. Corrí a abrazarlo, hundiendo mi cara en su pecho, buscando el consuelo y la seguridad que solo él podía ofrecer en ese momento. Ryan me rodeó con los brazos, abrazándome fuerte, mientras sus manos acariciaban suavemente mi cabello en un gesto reconfortante.

Las lágrimas comenzaron a fluir de nuevo, y no pude contener el llanto. Mi cuerpo se sacudía con cada sollozo, mientras él murmuraba palabras de consuelo en mi oído. Sentía su calor y su apoyo, un ancla en medio de mi tormenta emocional. Sus palabras eran suaves, pero eran suficientes para recordarme que no estaba sola.

-Lo siento tanto, Alice,- dijo Ryan con voz tranquila, su mano en mi espalda. -No puedo imaginar lo que estás pasando, pero estoy aquí para ti. Vamos a salir de esto juntos.-

-Gracias- logré decir entre lágrimas. -Gracias por estar aquí.-

Ryan me sostuvo un momento más, su abrazo un refugio que me daba la fuerza para seguir adelante. Finalmente, me alejó ligeramente, pero solo lo suficiente para mirarme a los ojos.

-Vamos a superar esto- dijo, con una determinación que me hizo sentir un poco más fuerte. -Te voy a ayudar en todo lo que necesites.-

Asentí, sintiendo un atisbo de esperanza en medio del dolor. Ryan me ayudó a volver arriba, donde empezó a ayudarme con las cajas y a ordenar las cosas de mi madre. Su presencia hizo que todo pareciera un poco más soportable. Juntos, comenzamos el

proceso de empaquetar recuerdos y pertenencias, y aunque el trabajo era difícil, el simple hecho de no hacerlo sola me dio una ligera sensación de alivio.
La tarea era aún abrumadora, pero con Ryan a mi lado, me sentí un poco más capaz de enfrentar el dolor y de empezar a dar pequeños pasos hacia adelante.
Mientras yo cerraba la primera caja, Ryan bajó al salón para recoger la bolsa del hospital. Lo vi regresar con ella y ponerla cuidadosamente sobre la cama. Me acerqué y la abrí, sacando lentamente cada cosa que había dentro. Ver esos objetos me recordó la realidad de su ausencia, pero tenía que seguir adelante.
Con manos temblorosas, comencé a transferir algunas de las pertenencias de mi madre a una caja nueva. Guardé el perfume que solía usar, su portátil, aquellos dos libros que siempre leía, y su libreta, que solía estar llena de anotaciones y pensamientos. Cada objeto era una pieza de su vida que ahora tenía que empaquetar y guardar, y el proceso me hizo sentir tanto nostalgia como una especie de deber.
Una vez terminé de llenar la caja, la cerré con cuidado. Miré a Ryan y le dije, con un esfuerzo por mantener la voz firme,

-Ya no me llevaré nada más por ahora.-

Ryan asintió y, sin decir mucho, comenzó a cargar ambas cajas. Su actitud serena y su disposición para ayudar eran un bálsamo para mi dolor. Juntos, salimos de la casa. A pesar de que no me sentía completamente lista para dejar el lugar, sabía que era un paso necesario.

En el umbral de la puerta, me detuve un momento y miré hacia atrás, tratando de capturar un último vistazo de lo que había sido mi hogar con mi madre. Todo parecía desolado, pero sentí una mezcla de tristeza y alivio al dejarlo atrás, al menos por el momento.

Ryan me ofreció una sonrisa reconfortante mientras me ayudaba a salir.

-Voy a poner esto en el coche- dijo, y me guió hacia afuera.

Aunque la carga emocional seguía siendo pesada, la presencia de Ryan y su apoyo incondicional me ayudaban a dar esos pequeños pasos hacia adelante. Sabía que la recuperación sería un proceso largo y doloroso, pero al menos no tenía que enfrentarlo sola.

Cerré la puerta de la casa con un último vistazo hacia atrás, asegurándome de que el seguro estuviera bien echado. Cada movimiento era una mezcla de resignación y tristeza. Subí al taxi con Ryan y, mientras nos dirigíamos al aeropuerto, el peso de lo que estaba dejando atrás se hacía más palpable.

El viaje al aeropuerto fue silencioso, el ambiente en el taxi cargado de un sentimientos. No hablamos mucho durante el trayecto, cada uno sumido en sus pensamientos, pero su cercanía era un consuelo en sí mismo.

Al llegar al aeropuerto, nos bajamos del

taxi y recogimos las cajas del maletero. El
bullicio del lugar contrastaba con el
silencio que había reinado en mi hogar
momentos antes. El ir y venir de la gente,
los anuncios en los altavoces y el
movimiento constante parecían de alguna
manera ajenos a mi dolor.
Ryan y yo nos dirigimos a la zona de
facturación. Mientras esperaba que las cajas
fueran registradas, me sentí vacía, como si
parte de mí hubiera quedado en Pasadena.
Pasaron unos minutos antes de que
estuviéramos listos para ir a la sala de
embarque.
Con las cajas enviadas, nos dirigimos a la
puerta de embarque. El vuelo de regreso a
Los Ángeles era el último paso de un viaje
que había sido tan doloroso como necesario.
A medida que nos asentábamos en las sillas
de la sala de espera, Ryan me miró y me
ofreció una sonrisa reconfortante.

-¿Cómo te sientes?- preguntó con suavidad.

-Perdida- respondí, sintiendo el peso de las
palabras. -Pasadena ya no es mi hogar. Todo
lo que me quedaba allí se ha ido.-

-Lo sé- dijo Ryan, tomando mi mano en un
gesto de apoyo. -Pero lo importante es que
estás dando pasos hacia adelante. Aunque
nada pueda reemplazar lo que has perdido,
tienes un nuevo camino por delante, y estoy
aquí contigo en cada paso.-

Asentí, sintiendo una mezcla de tristeza y
agradecimiento. El vuelo estaba próximo, y

mientras esperábamos, traté de centrarme en lo que venía. La idea de regresar a Los Ángeles era agridulce; representaba un nuevo comienzo, pero también un recordatorio de que todo lo que había conocido en Pasadena ya no estaba. Sin embargo, sabía que con Ryan, no me enfrentaría a esto sola.

Nada más despegar el avión, me recosté en mi asiento y, sin soltar la mano de Ryan, me dormí profundamente. El cansancio acumulado de los últimos días me había dejado exhausta, y el sueño fue un breve respiro en medio de tanto dolor.

Cuando Ryan me despertó, estábamos a punto de aterrizar. Me sentí desorientada al principio, pero al mirar a mi alrededor, recordé que estábamos de regreso en Los Ángeles. Recogimos las dos cajas y nos dirigimos a la salida del aeropuerto.

Mientras caminábamos hacia el taxi, sentí una mezcla de alivio y tristeza. Volver a mi pequeño apartamento me daba una sensación de normalidad, pero también me recordaba lo que había cambiado.

El taxi nos dejó en la puerta del edificio, y subimos juntos al apartamento. La correspondencia se había acumulado en el buzón, pero no tenía la energía ni el ánimo para recogerla. La vista de los sobres y los paquetes solo añadía en mi una sensación de desbordamiento, así que dejé el correo allí por el momento.

Cuando llegamos al apartamento, Ryan colocó las dos cajas sobre la encimera. Se volvió hacia mí con una expresión de cuidado y preocupación.

-Voy a ir a por mi coche y vuelvo a recogerte. No tardaré demasiado, pero creo que te dará tiempo a darte una ducha. Me llevaré la llave para no molestarte.-

Asentí con un débil agradecimiento, sintiendo una mezcla de gratitud y soledad al mismo tiempo. Ryan se acercó y me dio un beso suave en la frente, un gesto que transmitía tanto cariño como apoyo. Después de un último vistazo reconfortante, salió del apartamento, dejándome sola con mis pensamientos.

Me quedé en el salón por un momento, mirando las cajas y sintiendo el peso de la soledad que acababa de instalarse. Luego me dirigí al baño, sabiendo que una ducha podría ofrecerme un pequeño respiro y una sensación de renovación. El agua caliente caía sobre mí, y mientras me enjuagaba, trataba de dejar atrás el dolor y el agotamiento del día.

Una vez que terminé, me envolví en una toalla y me sentí un poco más despejada. La ducha había sido un breve momento de alivio, y me sentía lista para enfrentar lo que viniera, aunque todavía con una sensación de vacío. Mientras esperaba el regreso de Ryan, fui directa hasta las cajas y abrí una de ellas.

Sabía perfectamente que encontraría dentro y sin prestarle atención al resto de las cosas, cogí aquellos dos libros que mi madre guardaba con mimo.

Pase el dedo por el título del primer libro.

El perfume

Este era uno de los libros favoritos de mi madre, lo había leído y releído una y mil veces y siempre me decía que algún día, cuando fuese mayor, sería un buen regalo para mí.

Ojee el libro, pasando las páginas de este rápidamente. Un pequeño post-it cayo del interior. Mi madre siempre utilizaba estos papelitos como marcapáginas. Decía que los marcapáginas normales, dañaban los libros… Sonreí al recordar aquella vez que casi le da un infarto, cuando de pequeña me pillo pintarraqueando uno de sus libros. ¿La tinta y sus libros? Una combinación prohibida. Solté aquel libro y cogí el segundo. Este si lo había leído alguna vez mas.

La espía que vestía de rojo

Mire el libro, las esquinas estaban algo gastadas de la cantidad de veces que había viajado con mi madre en su bolso.

Hice lo mismo que con el libro anterior. Pase mis dedos rápidamente por el libro, haciendo que sus paginas se pasasen rápidamente. De nuevo, otro post-it cayó. Lo recogí del suelo y fui a colocarlo dentro del libro, en la primera página, pero entonces el libro cayo de mis manos.

No podía creer lo que había visto.

Recogí el libro del suelo y volví a abrirlo por la primera página. Algo había escrito con rotulador negro.

Agarré ambos libros y los deje sobre la mesa baja del salón y fui hasta mi bolso para coger el teléfono y llamar a Ryan. Mientras marcaba su teléfono, una llamada entrante me interrumpió. Eran del hospital.
Contesté la llamada, mi voz apenas un susurro.

A: ¿Hola?

Dr. J: Hola, Alice. Soy el Dr. Jones. Lamento mucho tener que hablar contigo en estas circunstancias. Hay algo importante que necesito informarte sobre la muerte de tu madre.

A: Si, claro ¿Qué es lo que ocurre?

Dr. J: Ha surgido un nuevo detalle. Durante la revisión de los registros y del equipo médico, hemos descubierto que alguien desconectó la máquina de oxígeno que mantenía a tu madre con vida. Este hecho ha sido considerado una acción criminal, y debemos poner el caso en manos de la policía.

A: ¿Qué? ¿Cómo es posible? ¿Alguien desconectó la máquina? No, no puede ser...

Dr. J: Lamento mucho tener que decirte esto. Estamos obligados a reportar cualquier indicio de mala práctica o de intervención intencional. La policía estará a cargo de la investigación para determinar quién pudo haber hecho esto y por qué. Entendemos que esto es muy difícil de procesar en este momento.

A: No sé qué decir. No puedo... no puedo creerlo. ¿Cómo puede haber pasado algo así? Mi madre estaba en el hospital para recibir tratamiento, no para estar en peligro.

Dr. J: Lo sé, Alice. Esto es un golpe muy duro. La investigación se encargará de esclarecer los detalles. Por ahora, te sugiero que te pongas en contacto con las autoridades para que puedas obtener toda la información relevante y proporcionar cualquier detalle que pueda ser útil.

A: ¿Cómo podría alguien hacer algo así? Mi madre... ella no merecía esto.

Dr. J: Entiendo tu angustia. Si necesitas ayuda para contactar a la policía o si tienes más preguntas sobre el proceso, no dudes en llamarme. Estoy aquí para asistirte en lo que pueda.

A: Gracias. Lo siento, estoy… lo siento, no puedo…

Dr. J: No hay problema, Alice. Tómate tu tiempo para procesar la noticia. Llama cuando estés lista para seguir adelante con los próximos pasos.

Colgué el teléfono, mi mente zumbando con la revelación inesperada. Sentí como si el suelo se desmoronara bajo mis pies. La noticia de que alguien había desconectado la máquina de oxígeno de mi madre me dejó paralizada.

Mi mente viajo en segundos, algo no cuadraba, algo se me escapaba de las manos, y entonces lo entendí.

Agarre de nuevo el libro de mi madre y volví a leer lo que ponía en su interior.

Te mereces esto y más

Esa amenaza… no era para ella, sino para mí. Era yo quien estaba siendo amenazada… ¿Qué había hecho para merecer algo así? ¿Para qué mi madre pagase con su vida un error mío…?

Me senté en el suelo, rodeada por la fría soledad de mi apartamento, tratando de asimilar la gravedad de lo que acababa de suceder. Me sentí perdida, sin saber qué hacer a continuación, mientras, el dolor de la pérdida se mezclaba con el sentimiento de culpabilidad.

Cuando Ryan llegó a mi apartamento, yo ya había guardado las cosas de mi madre en el pequeño armario del pasillo. Me senté en el sofá, inmóvil, mirando fijamente por la ventana, perdida en mis pensamientos. El peso de la llamada telefónica y la noticia de que la muerte de mi madre no había sido natural se sentía como una losa sobre mi pecho.

Ryan entró, percibiendo de inmediato mi estado de ánimo. No hizo preguntas, no necesitaba hacerlo. Su silencio era reconfortante, como si entendiera que las palabras eran innecesarias en ese momento. Con su habitual atención, preparó algo sencillo para cenar, pero yo apenas tenía apetito. Aun así, me senté con él a la mesa, intentando mantener una apariencia de normalidad, aunque la comida en mi plato permaneció casi intacta.

Después de la cena, ambos fuimos al dormitorio. Me dejé caer en la cama, sintiendo el colchón ceder bajo mi peso, pero no era solo físico; era como si toda la carga emocional del día finalmente me aplastara. Ryan se acostó a mi lado, envolviéndome en sus brazos, ofreciéndome el consuelo que tanto necesitaba. No habló, no me preguntó nada, solo me sostuvo, y en ese momento, fue exactamente lo que necesitaba.

Cerré los ojos, pero mi mente no se apagaba. La imagen de mi madre, conectada a esas máquinas, se mezclaba con la voz del médico, repitiendo una y otra vez que alguien había desconectado el equipo. Sentía miedo, rabia e impotencia, todo a la vez. ¿Quién podría haber hecho algo así? ¿Por qué? Las preguntas sin respuesta me asfixiaban.

A pesar de la turbulencia en mi mente, el cansancio finalmente me venció. Esa fue la primera noche de mi nueva realidad, una en la que me sentía perdida, sin mi madre, y con la incertidumbre y el temor constante de lo que había pasado y lo que podría seguir pasando. Era un mundo que no reconocía, un lugar donde la seguridad que alguna vez conocí se había desmoronado.

22

Los días y meses que siguieron a la llamada del médico se convirtieron en un torbellino de investigación y obsesión para mí. No podía aceptar la idea de que la muerte de mi madre fuese simplemente un accidente, y mucho menos un asesinato sin resolver. Así que, en silencio y sin que nadie lo supiera, comencé mi propia investigación.

Al principio, no tenía ni idea de por dónde empezar. El dolor seguía siendo crudo, y cada vez que pensaba en lo que había pasado, la angustia me paralizaba. Pero el deseo de encontrar respuestas era más fuerte que el dolor. Sabía que no podría seguir adelante sin entender qué había sucedido realmente. Así que empecé por una investigación básica.

Revisión de expedientes

Comencé por lo básico. Solicité todos los expedientes médicos de mi madre. Me familiaricé con cada detalle de su historial, revisando cuidadosamente las notas de los médicos, las horas de las visitas de enfermería y los informes sobre el estado de los equipos médicos. Leí esos documentos hasta altas horas de la noche, intentando encontrar alguna inconsistencia, alguna pista que los demás pudieran haber pasado por alto.

No encontré mucho al principio. Todo parecía estar en orden, hasta que me di cuenta de algo: las notas de la última revisión de la máquina de oxígeno. El informe indicaba que la máquina había sido revisada y estaba en perfectas condiciones solo unas horas antes de que mi madre muriera. Sin embargo, el informe no especificaba quién había hecho la revisión, solo un número de empleado. Esto me dio mi primer indicio de que algo estaba mal.

Aquel día, después de mi trabajo y del trabajo que estaba haciendo en casa, acabe más cansada que de costumbre. Había quedado con Ryan y horas después me había dado cuenta, que había faltado a mi cita. Miré mi teléfono corriendo al darme cuenta y allí vi lo siguiente…

3 llamadas perdidas

4 mensajes de Ryan

1 mensaje de *Número Privado*

Allí estaba de nuevo ese maldito número privado.
Abrí el mensaje y vi una foto de mí, aquella tarde haciendo llamadas y con mi portátil. Seguía llevando mi uniforme de oficial, así que había sido momentos después de llegar de la comisaria. Un mensaje a pie de foto me dejo helada.

¿Nunca te han dicho, lo sexy que estas con ese uniforme? Espero que no te estes cansando mucho al buscarme peque, porque quiero seguir jugando contigo…

Casi sin poder moverme, marque el número de teléfono de Ryan, pero no hubo respuesta. ¡Mierda!
Me levanté de la alfombra y me encerré en el baño. Abrí los mensajes de Ryan y entendí que seguramente estaba enfadado.

Hola cielo, esto… habíamos quedado… estoy en el restaurante esperándote… Se que dijiste que vendrías con tu coche, ¿pero quieres que pase a recogerte?

Cariño, es el segundo mensaje que te dejo. Te he llamado y no respondes, ¿Estas bien? Sé y entiendo por lo que estas pasando, pero no es habitual en ti olvidar una cita…

Te he llamado dos veces más, me voy a casa. He esperado mas de dos horas y sigo sin contactar contigo. Llámame cuando estes bien, para no preocuparme. Siento mucho… todo… Te quiero Alice.

Me sentí muy mal por lo que había pasado, así que me vestí con algo cómodo y baje al garaje a por mi coche.
Estaba lloviendo, así que decidí no ir demasiado rápido. Cuando llegue al edificio de Ryan, le deje la llave de mi coche al portero y el se encargo de aparcarlo. Subí las escaleras corriendo hasta el ático y vi la puerta entreabierta.
Dentro del apartamento, la voz de una chica junto a la de Ryan me alarmo. No quise mirar dentro, pero me quedé fuera escuchando por unos segundos. Sus risas se mezclaban y mi cabeza, que siempre iba a mil por horas, ya

comenzaba a maquinar. Sin querer oír mas de lo que ya había escuchado, gire sobre mis talones y justo en el momento de marcharme, la puerta se abrió detrás de mí.
Ryan, un policía y una doctora, salieron de su interior.

-¡Alice!- exclamó Ryan al verme. -¿Qué estás haciendo aquí?-

Me quedé paralizada, sintiendo el peso de mis propias suposiciones. Las lágrimas ya corrían por mi rostro, y no podía evitar que mi cuerpo temblara.

-Lo siento, Ryan…- susurré, tratando de detener el llanto, pero las palabras salían entrecortadas. -Pensé… pensé que…-

Ryan frunció el ceño, dándose cuenta de mi estado.

-¿Qué pensaste?- preguntó, dando un paso hacia mí, su voz preocupada y suave, como si intentara calmarme.

No podía mirarlo a los ojos. La vergüenza y el dolor eran demasiado.

-Escuché las risas… pensé que… estabas con otra chica… No sé por qué vine, pero… no quería interrumpir… solo quería salir de aquí…-

Ryan soltó un suspiro y rápidamente cerró la distancia entre nosotros, tomando mis manos entre las suyas. Noté entonces la venda en su brazo, y el miedo que había sentido por una cosa se transformó en un terror más profundo.

-Alice, por Dios, no es nada de eso.- Su voz era urgente, como si intentara desesperadamente explicarse. -Recibí un disparo esta noche y…-

Mis ojos se abrieron de par en par, y por un momento olvidé todo lo demás.

-¿Qué?- Mi voz apenas era un susurro, mi corazón se aceleró de nuevo, pero por una razón completamente diferente.

-Sí, no sé cómo ni por qué…- continuó Ryan, apartando una mano para pasarla por su cabello, claramente angustiado. -Estaba saliendo del restaurante, y de la nada, alguien me disparó en el brazo. No vi a nadie, no entendí nada…-

Me llevé una mano a la boca, tratando de contener un solloso. La idea de que algo así le hubiera pasado me aterrorizaba.

-Ryan, no…- murmuré, sintiendo que las lágrimas volvían a amenazar con desbordarse. -¿Estás bien?-

-Si, estoy bien. Fui al médico y cuando me atendieron, me trajeron en la ambulancia y quisieron acompañarme a casa por precaución. Estaba algo confundido, y fue entonces cuando encontré esta nota…- Ryan hizo una pausa, y extendiendo su mano, me acerco un trozo de papel que decía

¿Quieres más?

El miedo se apoderó de mí, y me sentí mareada. No solo lo habían herido, sino que alguien lo estaba amenazando.

-Por eso seguían aquí- agregó Ryan. -No sabía si el disparo era un aviso o si intentarán hacerme algo más… o incluso hacerte algo a ti…-

No pude evitarlo más, me abracé a él con fuerza, ignorando su herida, queriendo protegerlo de todo lo que pudiera pasar.

-Ryan, lo siento tanto… Pensé lo peor… y era lo peor, pero de una manera diferente. No sabía…-

Ryan me abrazó con su brazo sano, acunando mi cabeza contra su pecho.

-Lo sé, Alice… Lo sé… Pero estoy aquí, y ahora solo quiero asegurarme de que tú estés bien. No sé quién me hizo esto, pero no dejaré que nos hagan daño.-

Me quedé allí, abrazada a él, sintiendo cómo las lágrimas se calmaban lentamente. Había pensado que lo había perdido por algo trivial, cuando la realidad era mucho más peligrosa de lo que jamás hubiera imaginado.

Esa noche, le pedí ir a mi apartamento y el accedió. Prepare una bolsa con sus pertenencias, ropa, neceser y su portátil, y salimos de su apartamento. Con mi coche, nos fuimos a mi casa y allí, lo ayudé a instalarse.

Cuando Ryan ya dormía en la habitación, salí con cuidado para no despertarlo y me senté en la alfombra con mi portátil.

Sabía que no estaba del todo bien lo que hacía, pero no podía cargarlo con este asunto y aun menos después del disparo.

Abrí mi carpeta cifrada y ahí estaba todo. Todas las fotos que había recibido anónimamente. Una foto del libro de mi madre. Copia de todos los mensajes y un documento titulado **Investigación**.

Saque de mi vaquero, la nota que le habían dejado a Ryan en su casa y que me había llevado sin que nadie lo supiese. Le hice una foto con mi móvil y la subí a la misma carpeta donde tenía todo lo demás. Fue entonces cuando me di cuenta.

La nueva foto, esa letra, coincidía a la perfección con la letra que había en el libro de mi madre. Era muy probable que, la persona que había escrito una, hubiese escrito la otra.

Cerré el ordenador y me fui a la cama. Aquel día había sido suficiente y necesitaba descansar, al menos, intentarlo.

El personal del hospital

Mi siguiente paso fue investigar a las personas que habían estado trabajando en el hospital el día que murió mi madre. Logré obtener, a través de algunos contactos discretos, una lista de empleados que estuvieron de guardia ese día. Comparé los nombres con los números de empleados en los informes, pero el número de la revisión de la máquina no correspondía a ningún trabajador del turno registrado.

Ese día, después de llevar a Ryan a su oficina, cogí el primer vuelo a Pasadena. Con la excusa de arreglar todo el asunto de mi madre, mi jefe no pregunto más de lo normal.

Cuando llegué a Pasadena, cogí un taxi y me fui directa al hospital, fingiendo ser una hija afligida que solo quería agradecer a quienes cuidaron de su madre. Así, fui hablando con los enfermeros y médicos que habían estado allí. Aunque era doloroso volver al lugar donde todo sucedió, sentía que cada conversación podría acercarme más a la verdad.

Un enfermero, en particular, mencionó que había visto a un técnico de mantenimiento en la habitación de mi madre poco antes de que se dispararan las alarmas. Este detalle me pareció crucial, pero el enfermero no recordaba ni el nombre, ni el aspecto del técnico. Esa fue la primera pieza del rompecabezas.

Así, que decidí aprovechar mi cargo en la comisaria, para solicitar las cámaras de seguridad.

Obviamente, me las negaron. Necesitaba una orden judicial para revisar dichas cámaras y llevarme una copia.

Cámaras de Seguridad

A medida que el camino se me ponía más complicado, tuve que optar por caminos más sombríos.
Estando en Los ángeles y aprovechando que Ryan no estaba en casa. Empecé a hacer algunas llamadas.
Me puse en contacto con un antiguo compañero de la universidad que trabajaba en ciberseguridad. Con su ayuda, logré obtener acceso a las grabaciones del día de la muerte de mi madre. No fue fácil ni rápido, y me llevo días revisar horas de video, pero finalmente encontré algo.
En las grabaciones, vi a un hombre entrar en la habitación de mi madre a la hora en que la máquina de oxígeno fue desconectada. No llevaba un uniforme del hospital, pero se movía con confianza, como si supiera exactamente lo que estaba haciendo. No lograba ver su rostro claramente, pero su presencia y aquella sudadera negra, confirmó mis sospechas. Aquel tipo, era el mismo encapuchado que llevaba años atormentándome...

Seguir la Pista

Con esta nueva información, comencé a investigar de donde había salido este misterioso encapuchado y que era lo que quería tan desesperadamente de mí.
A través de contactos en el hospital y algunos favores que tuve que pedir, descubrí que el número pertenecía a alguien que ya no trabajaba allí, un técnico de mantenimiento que había sido despedido meses antes del

incidente.

Esto me llevó a investigar a ese hombre en particular. Su nombre era Thomas y, después de rastrear su paradero, descubrí que no solo aquel nombre era falso, sino que el mismo Thomas que había utilizado aquel número, había estado involucrado en actividades sospechosas, pero nada que lo conectara directamente con la muerte de mi madre. Era un fantasma, alguien que había desaparecido sin dejar rastro tras su despido.

Conectar las Piezas

El siguiente paso fue averiguar por qué alguien como ''Thomas'' se interesaría en mi madre. Aquí fue donde todo se complicó. No podía encontrar ningún motivo claro. Mi madre no tenía enemigos, ni dinero, ni conexiones que pudieran haberla puesto en peligro. Pero seguí buscando, investigando a las personas con las que había trabajado, a viejos conocidos, incluso a nuestra familia, buscando cualquier rastro de algo que pudiera haber llevado a esto.

Entonces, toco el momento de investigarme a mi misma, pero volví al mismo callejón sin salida.

Mi infancia, adolescencia y juventud. Habían sido como las de cualquier chica normal, quitando la parte de Simon, no había nada que me ayudase, ningún hilo del que tirar.

Desgaste

A medida que los meses pasaban, mi
investigación comenzó a desgastarme. Estaba
viviendo una doble vida, tratando de actuar
con normalidad frente a Ryan y en el
trabajo, mientras dedicaba cada momento
libre a seguir pistas que cada vez se
volvían más frías. Mi obsesión por descubrir
la verdad me estaba consumiendo, pero no
podía detenerme. Necesitaba respuestas,
aunque me estuviera destruyendo en el
proceso.

23

Los días pasaron, y el tiempo seguía avanzando, indiferente a la tormenta emocional que había invadido mi vida. Y sin darme cuenta, el segundo aniversario de Ryan y mío llegó rápidamente, marcando dos años desde que nuestras vidas se cruzaron de una manera que cambió todo.

La mañana de nuestro aniversario, desperté temprano, como solía hacerlo, fui al baño a darme una ducha rápida y cuando salí, me puse algo de ropa cómoda y fui al salón. Llevábamos meses viviendo en mi apartamento, no lo hablamos, solo surgió. A pesar de los años que habíamos pasado, este día era una mezcla de celebración y reflexión, un recordatorio de lo que había ganado y perdido.

Una vez en el salo, el olor del café recién hecho me llamo. Ryan, con una sonrisa cálida que siempre lograba iluminar incluso mis días más sombríos, estaba en la cocina, preparando el desayuno. Al verme, soltó todo y se dirigió hacia mi y colocó sus brazos alrededor de mi cintura, un gesto que me daba la certeza de que, a pesar de todo lo que había pasado, no estábamos solos.

-Feliz aniversario- dijo Ryan, besando mi mejilla. -Te he preparado algo especial.-

Me giré y vi un pequeño desayuno preparado con cuidado: pan recién horneado y café, frutas frescas y zumo de naranja. Era una simple pero dulce sorpresa que me hizo sentir apreciada.

-Gracias- le respondí, mi voz cargada de emoción. -No puedo creer que ya hayan pasado dos años.-

-Es increíble cómo el tiempo vuela- dijo Ryan mientras nos sentábamos a la mesa. -¿Cómo te sientes hoy?-

-Un poco nostálgica- admití. -Pero también agradecida. A pesar de todo lo que hemos pasado, estoy feliz de tenerte a mi lado.-

-Yo también- dijo Ryan, tomando mi mano. -Hemos enfrentado tanto juntos, y eso es algo que valoro profundamente

Después del desayuno, decidimos hacer algo especial para celebrar nuestro aniversario. Fuimos a un pequeño parque que solíamos visitar, un lugar tranquilo que nos ofrecía un respiro del caos diario. Caminamos juntos, hablando sobre lo que había cambiado en estos dos años y lo que esperábamos para el futuro.
En el parque, encontramos un banco bajo un gran árbol, donde nos sentamos a disfrutar del momento. Ryan sacó un pequeño regalo de su mochila y me lo entregó. Era una cajita pequeña de color gris, una A cogía casi toda la tapita.

-Es para ti- dijo Ryan, dándome la cajita. -Pero no puedes abrirla aun, tienes que esperar a esta noche-

Me emocioné al ver el gesto y me incliné para darle un beso. -Es preciosa. Gracias, Ryan, seguro que me encantara.-

Después de eso, Ryan me agarro de la mano y yo guarde la cajita en el bolsillo de mi vaquero. Fuimos camino a su coche que estaba cerca aparcado y entramos dentro.
Dimos un paseo por la ciudad, Ryan, yo y nuestra canción de fondo, era todo lo que quería y necesitaba en ese momento. Todo perfecto.
Mientras el sol se ponía, nos dirigimos a mi casa.

-Tengo que ir a mi apartamento a por unas cosas, pero vengo enseguida- me dijo Ryan sin bajarse del coche.

Asentí y después de darle un tierno beso en los labios, bajé del coche y me despedí de él.
Subí a mi apartamento y busqué algo rico que pudiésemos cenar, pero mi nevera daba pena mirarla. Así que me senté en el sofá y esperé a que Ryan llegase para pedir algo de cenar a algún restaurante.
Las agujas de mi reloj daban vueltas y vueltas, pero Ryan no llegaba. Agarre mi teléfono y lo llame.

El teléfono al que llama esta apagado o fuera de cobertura…

Intente llamar algunas veces más, pero siempre estaba apagado o fuera de cobertura.

No sabia que hacer, pero si sabia donde ir.
A su apartamento.
Fui a por mi coche, que aun que era pequeño,
corría lo suficiente como para llegar lo
antes posible.
Sali del edificio como alma que lleva el
diablo y aun que respetando la mayoría de
las normas de tráfico, la velocidad era
elevada. Casi a 100km/h por las calles de la
ciudad. Sentía que mi coche volaba, pero
justo cuando estaba a punto de doblar la
esquina y llegar a su edificio, mi móvil
suena. Ryan.

A: ¿Ryan? ¿Qué pasa?

R: Alice, soy yo. Lo siento por llamarte
así, pero… he tenido un accidente….

A: ¡Oh Dios mio! ¿Estás bien? ¿Qué ha
pasado?

R: Estoy bien, pero mi coche no tanto.
Saliendo por la autopista, tuve un problema
y me salí de la carretera. No había
cobertura aquí hasta ahora, y no podía
llamarte antes.

A: ¿Dónde estás? ¿Estás herido?

R: No, estoy bien. Solo un poco dolorido,
pero nada grave. El coche está en un estado
malo y estoy en una carretera secundaria.

A: ¡Voy a buscarte! Dime exactamente dónde
estás.

R: Estoy en la carretera que va hacia el este, cerca del kilómetro 42. Hay una señal que dice "Área de Emergencia", pero no hay muchos vehículos cerca.

A: ¡De acuerdo! Estoy en camino. Estaré allí lo más rápido que pueda. Te quiero cariño.

R: Yo también te quiero, cielo. Gracias por venir. Lo siento mucho por esto, especialmente por preocuparte.

A: No te preocupes por eso. Lo importante es que estás bien. Conduciré rápido pero seguro. ¿Hay algo que necesites antes de que llegue?

R: Ten mucho cuidado y no es necesario que corras, estoy bien.

A: Entendido. Mantente en el coche y abrigado si puedes. Yo estaré allí lo antes posible.

R: Nos vemos pronto cielo. Te quiero.

A: Te quiero.

Tras colgar el teléfono, lo suelto en el asiento del copiloto y marco en el GPS la ruta más rápida hasta llegar donde me ha dicho.

La noche esta clara y algo fresca, así que llevo la capota del coche echada.

No tardo mucho mas de diez minutos, cuando veo un coche apartado con las luces de emergencia y un chico fuera. Aparco mi coche detrás del suyo y salgo corriendo para ver si esta bien.

A: ¡Ryan! ¡Aquí estoy!

R: Alice, qué bien que estes aquí. Gracias por venir tan rápido.

A: Oh, cariño, estás bien. ¿Estás seguro de que no tienes nada grave? ¿Dónde te duele?

R: Estoy bien, realmente. No me duele nada. Estoy bien.

Veo que sonríe mientras yo sigo mirando cada centímetro de el buscando que de verdad no tuviese nada. Me detuve al ver su pose despreocupada. Apoyado en la puerta del coche, con las manos en los bolsillos de aquel pantalón negro que tanto me gustaba.

A: Pero… no entiendo…

Después de decir eso, mi ojos van hacia la carretera. No hay marcas de freno, no ningún indicio de accidente. Vuelvo a mirarlo y lo veo sonreír de nuevo, en la misma postura que hacia segundos. Entonces escucho la radio de su coche. Nuestra canción.

Miro a Ryan sin entender que esta pasando.

R: Siento las formas cielo, pero feliz aniversario.

Dijo y justo entonces se aparta del coche y deja a mi vista algo que nunca pensé que vería tan de cerca. Un maravilloso Audi R8 Spider Cabrio. Descapotado y con muestra canción sonando en la radio. El color negro brillaba y era precioso.

A: Pero… esto…

Las palabras no salían de mi boca

R: ¿Tienes la cajita que te di?

A: Si

Digo llevando mi mano a la cajita que aun estaba en el bolsillo de mi pantalon

R: Ahora ya puedes abrirla.

Le hago caso y abro la cajita. Un llavero con el logotipo de Audi, con una A de color turquesa y una copia de la llave de aquel coche.

A: ¡No puede ser…!

R: Esa es la copia original y en la guantera están los papeles con tu nombre. Es tuyo Alice.

Volví a mirar el coche, era mío y no podía creerlo. Con la llave en la mano. Ryan se acerco a mi y tras darme un dulce beso en la frente continua diciendo.

R: Llévate tu nuevo coche a casa preciosa, yo me encargare del mini.

Sonrío y asiento.

La tapicería era suave y el olor a coche nuevo me hacia sentir increíble.

R: Date una vuelta, te espero en tu casa.

Dice Ryan sacando una bolsa del asiento del copiloto del Audi. Va directo a mi mini y lo veo irse a casa.
Arranqué el motor de mi nuevo coche por primera vez y, en ese instante, una oleada de emoción me invadió. El rugido del motor, profundo y poderoso me hizo sentir una mezcla de euforia y liberación. Mi corazón latía a toda velocidad, no solo por la adrenalina de estar al volante de un coche tan impresionante, sino también por el hecho de que era mío.
A medida que avanzaba, el coche respondía con una agilidad que parecía casi mágica. La dirección era precisa, y el asiento se ajustaba a mi cuerpo de una manera tan perfecta que me sentía como si estuviera hecha para este momento. La sensación de estar en control, de ser parte de una máquina tan sofisticada y hermosa, era indescriptible.
El viento acariciaba mi rostro, y el cielo despejado añadía un toque de perfección al

día. Cada curva que tomaba, cada acelerón, era una experiencia única. El sonido del motor al alcanzar altas revoluciones era música para mis oídos, un canto a la libertad y al poder.

Me sentía en una especie de sueño despierta, flotando sobre la carretera con la elegancia y la velocidad que siempre había imaginado. Después de un paseo increíble, llegué a casa con una sonrisa que no podía desaparecer. Abrí la puerta de mi apartamento y, antes de siquiera entrar, me invadió un aroma delicioso que llenó el aire. Mi estómago dio un salto de alegría al reconocer el olor. Entré y vi a Ryan en la cocina, concentrado en su tarea. Había un desfile de ingredientes frescos sobre la mesa y una olla burbujeante en el fuego.

Me detuve en la isla de la cocina, admirando la escena, y me di cuenta de que Ryan estaba completamente absorto en la preparación.

—¡Wow, Ryan! —dije, con una mezcla de sorpresa y admiración—. ¿Y esto?

Ryan levantó la vista, y una sonrisa cálida se dibujó en su rostro al verme. Sus manos estaban ocupadas, pero su mirada transmitía un sincero placer.

—¡Alice! —exclamó—. Te estaba esperando. Hoy quería hacer algo especial para ti, así que pensé en preparar langosta a la mantequilla con perejil y limón. Espero que tengas hambre.

Me acerqué a él, notando cómo el aroma embriagador de la comida se mezclaba con la esencia de su colonia, creando una combinación increíblemente reconfortante.

—No solo tengo hambre, sino que estoy absolutamente encantada —dije, abriendo los brazos para abrazarlo—. Esto es increíble, Ryan. ¿Te has puesto a cocinar solo para mí?

Ryan rió suavemente, dejando la cuchara de madera en la olla y envolviéndome en un abrazo cálido.

—No solo ha sido eso, quería sorprenderte así que llevo un par de semanas aprendiendo a como cocinar el plato de nuestra primera cita. Quería que hoy fuese un día especial para ti, con el coche nuevo y todo. Quería celebrar nuestro segundo aniversario de la manera que mereces.

Miré la cocina, observando la meticulosa preparación y la atención al detalle. Los ingredientes estaban perfectamente dispuestos, y la langosta tenía un aspecto increíblemente apetitoso.

—Eres maravilloso, Ryan —dije, admirando su esfuerzo—. Este gesto significa mucho para mí. No sé si merezco una sorpresa tan fantástica.

Ryan se inclinó para darme un suave beso en la frente y luego se dirigió a la mesa para servir la comida.

—Lo mereces, Alice. Sabes cuánto me importa hacerte feliz. Ahora, siéntate y disfruta, porque me he tomado muy en serio este desafío culinario.

Me reí y me dirigí hacia la mesa. Juntos nos sentamos a disfrutar de aquella cena que olía deliciosa. Ryan abrió una botella de vino blanco para acompañar la cena y sirvió un par de copas, pero yo no podía esperarme para probar la langosta, así que decidí pinchar un pedazo y llévamelo a la boca.

-¡Oh, joder, Ryan! Esta langosta es increíble. ¡Es absolutamente deliciosa!-

-¿De verdad? Me alegra que te guste tanto. No sabía si me había salido bien.-

-Ryan, en serio, ¡esto está increíble!-

-Bueno, no me habías dicho que era tan bueno.-

-Dios mio Ryan... cásate conmigo.-

-Vale- dijo el sin ni siquiera pensarlo.

Parpadeando y levantando una ceja, aún procesando las palabras y sorprendida por sus palabras.

-¿De verdad?-

-Oye, que me lo has preguntado tu. ¿Ahora dudas de tu pregunta?-

-No, es solo que lo había dicho por la comida...-

-¿Entonces no quieres?-

-*Sí, sí que quiero.*-

Ambos reímos y continuamos disfrutando de la cena, celebrando con el tintineo de las copas chocando entre ellas, el inicio de una nueva etapa en nuestras vidas.

24

Después aquella noche, Ryan y yo tomamos una decisión. Hablamos sobre mudarnos juntos definitivamente desde hace tiempo, pero ahora que estábamos técnicamente comprometidos, nos pareció el momento perfecto para dar ese gran paso. Ryan decidió vender su apartamento, y yo le devolví las llaves del mío a su dueño. Con el corazón lleno de emoción y anticipación, Ryan compró una casa increíble para los dos, y no podíamos esperar para empezar a crear recuerdos juntos.

Aquella casa, nuestra casa, es realmente un sueño hecho realidad. Es de dos plantas, una elegante combinación de moderno y acogedor que parece encajar perfectamente con nuestra visión de nuestro futuro juntos.

Al llegar, te recibe un pequeño jardín delantero, perfectamente cuidado, con flores coloridas y un sendero de piedra que conduce a la entrada principal. Es un lugar que ya imagino decorado con luces suaves y plantas en macetas para dar la bienvenida a nuestros amigos y familiares.

Al entrar, te encuentras con un enorme salón abierto que me deja sin aliento siempre que estoy allí. La luz natural inunda el espacio a través de grandes ventanales, iluminando un ambiente amplio y luminoso. La sala cuenta con un sofá blanco de diseño elegante que se enfrenta a una televisión plana de pantalla grande, ideal para nuestras noches de cine. La decoración es moderna y sofisticada, pero a la vez, se siente cálida y acogedora.

El comedor está conectado al salón, con una mesa grande y elegante que puede acomodar a nuestra familia y amigos en las cenas y celebraciones que tenemos en mente. Justo al lado, la cocina es un verdadero sueño para cualquier amante de la gastronomía. Tiene una barra americana amplia y moderna, perfecta para desayunos rápidos y conversaciones mientras cocinamos. Los electrodomésticos son de última generación, y los gabinetes están acabados en un tono blanco brillante que hace que el espacio se sienta aún más grande y aireado.

La casa cuenta con cuatro habitaciones, cada una con su propio baño en suite. LLa habitación principal es especialmente encantadora, con una puerta que da al enorme jardín trasero y un baño que se siente como un spa privado. Las otras habitaciones son igualmente espaciosas, ideales para visitas o para convertirlas en oficinas o estudios según lo necesitemos.

El jardín trasero es donde realmente se nota el esfuerzo de Ryan en la compra de esta casa. Es inmensamente grande y cuenta con una impresionante piscina rodeada de una terraza de madera, perfecta para los días soleados y las noches estrelladas. Al lado de la piscina hay un jacuzzi que se ve absolutamente irresistible, y una mesa de billar para aquellos momentos en los que queremos relajarnos y divertirnos. La zona de estar al aire libre está equipada con cómodos sofás y una parrilla para las barbacoas, lo que convierte este espacio en el lugar ideal para reunirnos con amigos y disfrutar de largas tardes de verano.

Y por último, un amplio garaje de doble puerta, donde ya descansaban su Mercedes y mi Audi.

Cada rincón de esta casa refleja el amor y el cuidado que Ryan y yo hemos puesto en encontrar el lugar perfecto para comenzar esta nueva etapa de nuestras vidas. Es un hogar donde imagino no solo vivir, sino también construir recuerdos y compartir momentos especiales. La casa no solo es un lugar donde vivir, sino un símbolo de nuestro compromiso y de todos los sueños que aún nos esperan por cumplir.

Los próximos días después de comprar la casa fueron un torbellino de actividad. Ryan y yo nos dedicamos a mover cajas de aquí para allá, desempacando y reorganizando nuestras cosas en nuestro nuevo hogar. La emoción de tener una casa propia nos daba energías para seguir trabajando, aunque las jornadas eran largas y agotadoras.

La nueva casa se fue llenando de nuestra vida poco a poco, y cada habitación que terminábamos de organizar se sentía como un pequeño logro. Desde la cocina que tanto me había emocionado hasta la zona de la piscina que ya imaginaba llena de risas y tardes soleadas, todo iba tomando forma. Cada rincón reflejaba nuestro esfuerzo y nuestras esperanzas para el futuro.

Un día, mientras estábamos en medio de una maraña de cajas y muebles, Ryan llegó a casa con una expresión que no podía ocultar su entusiasmo. Había algo en sus manos, y cuando se acercó, pude ver que llevaba una pequeña caja con dos cachorritas adorables dentro.

—¡Sorpresa! —exclamó Ryan, con una sonrisa que iluminaba su rostro—.

Me quedé sin palabras al ver las dos pequeñas criaturas moviéndose dentro de la caja, sus ojitos brillantes y sus hocicos curiosos. Eran unas cachorritas de pelaje suave, completamente negras.

—Ryan, ¿dónde las conseguiste? —pregunté, abrumada por la sorpresa y la emoción.

—Las encontré en un refugio cerca de la ciudad —dijo él, soltando la caja con cuidado—. Estaban juntas desde que eran muy pequeñas, y pensé que serían perfectas para nosotros.

Las cachorritas comenzaron a mover sus pequeñas colas, y una de ellas se acercó a olfatear mis manos. Mi corazón se derritió al instante.

—¡Son preciosas! —dije, agachándome para acariciarlas—. ¿Cómo las llamaremos?

Ryan se inclinó también y observó a las cachorritas con ternura.

—No estoy seguro. ¿Tienes alguna idea?

Miré a las pequeñas criaturas con una sonrisa en el rostro, sintiendo que el amor que compartíamos se expandía a este nuevo aspecto de nuestras vidas.

—¿Qué te parece si a esta la llamamos Yui? — sugerí acariciando a la cachorrita negra que jugaba con mi mano—.

Ryan sonrió -Me parece bien y a ti ¿Qué te parece el nombre de Paimon para esta otra gordota? - dijo cogiendo en brazos a la otra cachorrita.

Asentí, claramente contenta con los nombres.

—Me encantan. Yui y Paimon será.

Mientras las cachorritas exploraban su nuevo hogar, nos dimos cuenta de lo mucho que este acto de amor y cuidado significaba para nosotros. Era como si nuestra casa se llenara aún más de vida y alegría con la llegada de aquellas dos colitas.
Ver a Ryan acariciar a las cachorritas y ver cómo se acomodaban en su nuevo hogar me hizo darme cuenta de lo afortunada que era. Esta casa, con todos sus rincones y espacios, era ahora el escenario de nuestra historia, y ahora también de las aventuras de Yui y Paimon. Con cada día que pasaba, nuestra casa se transformaba en un hogar pleno de amor, risas y promesas para el futuro.
A finales de aquella semana, con el ajetreo de la mudanza casi terminado y las chiquitinas ya adaptadas a su nuevo hogar, me encontré enfrentándome a una decisión que llevaba meses evitando. Me dirigí a la comisaría con una mezcla de nervios y determinación, sabiendo que el momento de elegir mi futuro estaba a punto de llegar. Era una elección que había estado rondando

mi cabeza durante demasiado tiempo: ascender a subcomandante o desviarme hacia la rama administrativa, donde se encontraba la opción de ser detective. Quería ser subcomandante, el puesto significaba reconocimiento, responsabilidad y un salto enorme en mi carrera. Pero con ese ascenso, también llegaba la posibilidad de alejarme de la investigación que más me importaba: la de mi madre.

Desde su muerte, había sido un vacío constante en mi vida, una pregunta sin respuesta que me acompañaba todos los días. Ser subcomandante me colocaría en un puesto más alto, con más poder de decisión, pero también me llevaría hacia tareas operativas, dejando de lado la investigación que me consumía.

Ser detective, por otro lado, me permitiría seguir rastreando cada pista sobre lo que le había sucedido a mi madre. Ese camino me daba más libertad, pero me apartaba del crecimiento rápido que siempre había deseado.

Entré en la comisaría y el ambiente familiar me envolvió de inmediato. El bullicio de los oficiales, el sonido de teléfonos sonando, y las conversaciones susurradas sobre casos en curso me recordaban lo mucho que amaba este trabajo. El uniforme, el equipo, la sensación de estar en el frente de la ley, todo eso me apasionaba. Pero mi mente volvía una y otra vez al dilema que tenía delante. Me senté en la pequeña sala de reuniones, esperando mi turno para hablar con el comandante Parker. Ryan me había dicho que él estaría a mi lado sin importar la decisión que tomara, pero sabía que ni siquiera él podía ayudarme en este momento. Esta era una batalla interna.

Mientras esperaba, sus palabras resonaban en mi cabeza: Haz lo que te haga sentir más completa, lo que realmente te importe. El resto siempre encontrará su camino.

Y por mucho que me sintiera atraída por el poder del ascenso, sabía que había algo mucho más profundo en juego.

Pensé en mi madre, en los dos años de investigación, en las pistas que tenía y hasta donde me habían llevado, en las noches en vela repasando archivos y en las esperanzas que se desvanecían lentamente. Sabía que, si me desviaba hacia la administración, si me convertía en detective, al menos podría seguir buscando la respuesta que con tanta ansia buscaba. Quizás nunca llegaría al final de este asunto, pero el simple hecho de seguir este camino me haría sentir que no había dejado nada pendiente.

—Alice, el jefe te está esperando —dijo uno de mis compañeros, asomándose por la puerta.

Me levanté con un nudo en el estómago. Era el momento.

Entré en la oficina del jefe y lo saludé con un apretón de manos firme, pero por dentro, sentía que mi mundo estaba a punto de cambiar. Me ofreció asiento, y tras unos momentos de charla sobre mi rendimiento y el respeto que había ganado en la comisaría, llegó la temida pregunta.

-Agente Alice Rodríguez. Tiene dos caminos frente a ti- dijo el jefe, su tono neutral pero firme. -Puedes ascender a subcomandante, liderar con valentía como has hecho hasta ahora. O puedes tomar la ruta administrativa, donde podrías especializarte en investigaciones más profundas, como detective. Sabes que ambas opciones son importantes para nosotros. ¿Qué has decidido?-

Tomé una respiración profunda, sintiendo el peso de los últimos meses sobre mis hombros. Por fin, las palabras salieron de mi boca, claras y sin titubeos.

-Quiero ser detective, comandante.-

El jefe asintió lentamente, como si ya supiera mi respuesta desde antes de que yo misma lo tuviera claro.

-Es una elección valiente, Rodríguez- dijo, con una sonrisa comprensiva. -Lo harás bien. Y aunque perderemos una gran líder en la unidad operativa, ganaremos una investigadora excepcional. Espero que encuentres ahí el sitio que buscas.-

Con esa simple conversación, mi futuro se había definido. Me levanté con una mezcla de alivio y miedo, sabiendo que había renunciado a una parte de mis ambiciones, pero también sintiendo que estaba más cerca que nunca de resolver el misterio que había marcado mi vida.

Al salir de la comisaría, el aire fresco de la tarde me golpeó suavemente el rostro, y por primera vez en mucho tiempo, sentí que estaba exactamente donde debía estar. La búsqueda por mi madre continuaba, pero ahora, con más fuerza que nunca.

Cuando llegué a casa después de un largo día de trabajo, me senté un momento en el garaje y observé mi nueva placa.

Detective Alice Rodríguez. Cuerpo de Policía. Los Ángeles.

Las letras grabadas en el metal brillaban bajo la tenue luz del coche, y una mezcla de orgullo y nerviosismo recorrió mi cuerpo.

Era real. Después de todo, lo había logrado. Apagué el coche y me quedé unos segundos en silencio, saboreando el momento.

Respiré hondo, cogí la placa y me dirigí hacia la puerta. Al entrar, el aroma de la cena me envolvió inmediatamente. La casa estaba cálida y acogedora, como siempre, pero algo en mí se sentía diferente. Era de noche, y a través de las ventanas, veía la silueta oscura del jardín. Ryan ya había vuelto de la oficina y, como era habitual, estaba en la cocina preparando algo delicioso. Me acerqué sigilosamente y, desde el umbral, lo vi rodeado de nuestras dos pequeñas peludas, quienes daban saltos alrededor de él, moviendo sus colitas y haciendo todo tipo de trucos para ganarse un bocado de comida.

-Ya va, chicas, paciencia- decía Ryan, divertido, mientras trataba de concentrarse en cortar algunos vegetales. Las perritas no quitaban los ojos de la comida, esperando cualquier migaja que cayera.

-Ellas saben quién es el cocinero de la casa, ¿eh?- dije, sonriendo mientras dejaba las llaves y la placa en la mesa de entrada.

Ryan se giró al escucharme y sonrió de inmediato.

-¡Alice!- dijo, dejando el cuchillo sobre la encimera y caminando hacia mí. -Ya estás en casa. ¿Cómo te fue hoy, detective?-

El escuchar la palabra "detective" salir de su boca me dio un golpe de realidad. Me reí, aunque aún me costaba asimilarlo por completo.

-Suena raro, ¿verdad?- respondí, acercándome para darle un beso. -Pero sí, ya soy oficialmente detective.-

Ryan me abrazó y luego me miró con esos ojos brillantes que siempre tenían una mezcla de apoyo incondicional y orgullo.

-No es raro, es perfecto- dijo, mientras acariciaba mi rostro. -Sabía que este día llegaría. ¿Cómo te sientes?-

Suspiré profundamente, dejando que el cansancio de la jornada se deslizara por mis hombros, pero también con una satisfacción que no había sentido en mucho tiempo.

-Es… increíble. Todavía no lo creo del todo. Llevo toda la tarde mirando mi placa como si no fuera real- dije con una risa nerviosa, recordando las veces que la había sacado del bolsillo para mirarla de nuevo.

Ryan sonrió de nuevo, bajando la vista hacia la placa que aún sostenía en mi mano.

-Déjame ver esa cosa- pidió, alargando la mano.

Le pasé la placa, y la sostuvo entre sus dedos, admirándola. Su expresión cambió, se volvió más seria por un momento.

-Detective Alice Rodríguez. Suena bastante imponente- dijo, devolviéndomela. -Estoy muy orgulloso de ti. Sabes lo que esto significa, ¿verdad?-

Asentí lentamente.

-Lo sé. Sé que no será fácil. Pero también sé que era lo que tenía que hacer.-

Ryan se inclinó y me dio un suave beso en la frente, un gesto que siempre me hacía sentir segura.

-Lo vas a hacer increíble. Siempre lo haces.-

Las perritas comenzaron a ladrar de nuevo, interrumpiendo nuestro momento, como si estuvieran molestas por no ser el centro de atención. Me reí y las acaricié, al tiempo que Ryan volvía a la cocina para seguir cocinando.

-¡Oye! No olvides que ellas son tus mayores fans también- dijo Ryan, bromeando mientras las observaba saltar alrededor de él.

-Sí, ellas siempre me apoyan… aunque, para ser sinceros, ahora mismo creo que solo quieren un trozo de esa carne- respondí, riendo.

Me acerqué al mostrador y me apoyé, observando cómo Ryan terminaba la cena mientras Luna y Nala no se rendían en su intento de robar un bocado.

-Este es el tipo de noche que necesitaba- dije, sintiendo el calor del hogar en cada rincón. -Después de todo lo que ha pasado, esto… esto es todo lo que podría pedir.-

Ryan me miró por encima del hombro, con una sonrisa de complicidad.

-Y apenas estamos empezando.-

Mientras preparaba la mesa para cenar, miré a mi alrededor: a Ryan, a las perritas juguetonas, a nuestra casa que ahora tenía vida propia. Sentí una paz que había estado buscando durante mucho tiempo. La vida no siempre era fácil, pero en ese momento, todo se sentía en su lugar.

Mientras cenábamos, disfrutando de la comida que Ryan había preparado, él se levantó para ir a la cocina a buscar un par de cervezas. Las perritas seguían deambulando cerca, esperando pacientemente a que se nos cayera algún trozo de comida. Me relajé por un momento, disfrutando de la tranquilidad de la noche.

-Por cierto, Alice- dijo Ryan mientras abría la nevera. -ha llegado un paquete para ti hoy. Está en la mesita de la entrada.-

Lo miré, un poco sorprendida, ya que no esperaba nada.

-¿Un paquete?- pregunté, levantando la mirada hacia él. -¿De quién?-

-No tiene remitente- respondió, sacando las cervezas y acercándose a la mesa. -Es pequeño, pero está a tu nombre. Pensé que era algo del trabajo o algo que pediste, pero no había ninguna dirección ni nada.-

La mención de que no tenía remitente me hizo sentir un escalofrío que recorrió mi espalda. Algo en esa frase no me gustaba. Me obligué a mantener la calma mientras Ryan volvía a sentarse, y traté de no dejar que la inquietud se reflejara en mi rostro.

-¿No tiene dirección?- repetí, fingiendo curiosidad casual mientras tomaba un sorbo de agua. -Qué raro… probablemente sea algo que olvidé que pedí por internet…-

Ryan encogió los hombros, sin darle demasiada importancia.

-Quizás, sí. Si es algo importante, seguro lo sabrás cuando lo abras.-

Asentí y me forcé a sonreír, tratando de que no notara la incomodidad que se empezaba a acumular dentro de mí. No quería preocuparlo, especialmente en una noche que había sido tranquila y feliz hasta ese momento. Sabía que, si le decía que algo me parecía raro, se pondría alerta al instante, y ya habíamos pasado demasiadas cosas como para añadir más tensión.
Continuamos la cena entre bromas y conversaciones ligeras, pero mi mente no podía dejar de pensar en ese paquete. ¿Quién lo habría dejado? ¿Y por qué ahora?
Cuando terminamos de comer, Ryan se ofreció a recoger los platos, y yo aproveché ese momento para acercarme discretamente a la entrada. Allí estaba, un pequeño paquete envuelto en papel marrón, sin ninguna señal de quién lo había enviado, solo mi nombre escrito con tinta negra en el frente.
Lo tomé entre mis manos y lo llevé con cuidado al dormitorio, sintiendo una creciente sensación de inquietud en mi pecho. Cerré la puerta suavemente, asegurándome de que Ryan estuviera ocupado en la cocina. Me senté en la cama, con el paquete frente a mí, y lentamente lo abrí. Dentro había un pequeño sobre. Lo abrí con cuidado, y mi corazón se detuvo al ver lo que contenía: varias fotos.

Fotos de mí.

La primera imagen era de mi nuevo Audi. La siguiente mostraba a Luna y Nala jugando en el jardín, claramente tomadas desde algún ángulo que no reconocía. Y luego, una foto de la casa, nuestra casa, vista desde la calle.

Las imágenes me seguían mostrando en momentos de mi día a día, como si alguien hubiera estado vigilándome constantemente. Sentí que mi respiración se aceleraba al ver la última foto: era de mí entrando a la comisaría, esa misma mañana, con mi uniforme recién estrenado. Detrás, había una nota escrita a mano con una frase que me congeló.

Enhorabuena, detective.

Mi corazón latía con fuerza mientras volvía a mirar las fotos, una por una. ¿Quién estaba detrás de esto? ¿Y por qué seguían observándome tan de cerca? Las preguntas se arremolinaban en mi mente mientras trataba de no dejarme llevar por el miedo.

Guardé rápidamente las fotos de vuelta en el sobre, respirando hondo para recuperar la calma. No podía decirle nada a Ryan todavía. Necesitaba pensar con claridad, planear mi próximo movimiento y descubrir quién estaba jugando este macabro juego conmigo. Sabía que, como detective, mi trabajo ahora sería investigar cada detalle… pero ¿cómo empezar cuando el caso estaba tan cerca de casa?

Esa frase, resonaba en mi mente como una advertencia.

Guardé la caja rápidamente, escondiéndola en

el fondo del armario, justo detrás de algunas maletas y ropa de invierno que rara vez usábamos. Mi corazón seguía latiendo con fuerza, como si en cualquier momento fuera a descubrirme, aunque sabía que Ryan no sospechaba nada. Aun así, no podía arriesgarme a que viera esas fotos. No ahora.

Me dirigí al cuarto de baño, tratando de recuperar el control sobre mis emociones. Abrí el grifo de la bañera y dejé que comenzara a llenarse lentamente. Cogí algunas sales aromáticas del estante, las vertí en el agua, y vi cómo se disolvían, creando una espuma suave que se arremolinaba en la superficie. El olor a vainilla llenó el cuarto, envolviéndome como una manta cálida. Necesitaba eso, desconectar por unos minutos.

Cuando el agua estuvo lo suficientemente caliente y la bañera llena, me quité la ropa y entré en el agua con cuidado, permitiendo que la calidez envolviera mi cuerpo tenso. Cerré los ojos y dejé que el calor trabajara sobre mis músculos. Las burbujas flotaban a mi alrededor, y por un momento, intenté concentrarme solo en el sonido del agua y el aroma de las sales.

Pero la calma era una ilusión. En mi mente, las imágenes de las fotos seguían reapareciendo, una tras otra. Mi casa. Mis perritas. Mi trabajo. Todo mi mundo estaba siendo observado, seguido de cerca, y yo ni siquiera sabía cómo solucionarlo.

Me costaba dejar de preguntarme cuántas veces esa persona había estado tan cerca de mí, cuántas veces había pasado desapercibido en las sombras, viendo cada movimiento que hacía.

Justo cuando empezaba a perderme en mis pensamientos, escuché los pasos suaves de Ryan acercándose al baño. Mis ojos seguían cerrados, y antes de poder decir algo, sentí un beso tierno en los labios.

-Las niñas ya están en el salón, durmiendo- susurró Ryan, con una sonrisa.

Abrí los ojos lentamente y me encontré con su mirada cálida, siempre tan atento, tan amoroso. Su presencia me hizo sentir un poco más en paz, aunque la inquietud seguía instalada en el fondo de mi mente.

-Gracias cariño, eres el mejor- dije suavemente, intentando devolverle una sonrisa tranquila, aunque mis pensamientos estaban a mil kilómetros de distancia.

Ryan se arrodilló junto a la bañera, acariciando mi cabello húmedo con sus dedos mientras me miraba con ternura.

-¿Todo bien?- preguntó en voz baja, con esa mirada que parecía poder ver a través de mí.

-Sí, solo... Ha sido un día largo, eso es todo- respondí, intentando sonar convincente.

Él me observó un momento más, como si estuviera sopesando si debía seguir indagando o dejarlo estar. Afortunadamente, decidió no presionar.

-Me alegro de que te estés tomando un momento para ti- dijo con una sonrisa, besándome en la frente. -Te lo mereces.-

Se levantó lentamente, pero antes de salir del baño, se giró hacia mí una última vez.

-Voy a servir unas copas de vino, ¿te apetece?- preguntó.

Asentí, agradecida por su comprensión.

-Sí, me encantaría.-

Cuando se fue, me hundí un poco más en el agua, dejando que el calor intentara disipar la tensión que aún no se iba. Sabía que no podía mantener esto en secreto para siempre. Tarde o temprano, tendría que enfrentarme a quien fuera que estuviera detrás de las fotos. Pero por ahora, necesitaba mantener la calma, actuar con normalidad. No podía dejar que Ryan se diera cuenta de lo que estaba ocurriendo hasta que tuviera más información.
Suspiré profundamente y dejé que el sonido del agua me arrullara, aunque la sensación de ser observada nunca terminó de irse.
Después de un rato en la bañera, me sentí un poco más relajada, aunque mi mente seguía procesando todo lo que había pasado ese día.
Decidí que no podía dejar que el miedo controlara mi vida, pero sabía que pronto

tendría que enfrentar lo que estaba ocurriendo.

Me levanté del agua, me sequé lentamente y me envolví en una suave bata. Cuando salí de nuestro dormitorio, Ryan ya estaba en el salón, esperándome con dos copas de vino tinto y una sonrisa tranquila.

Las luces eran tenues, creando una atmósfera acogedora. Las perritas, dormían en su rinconcito, acurrucadas juntas como dos pequeños ovillos de pelo.

Me acerqué a Ryan, que estaba sentado en el sofá, y me tendió una copa sin decir una palabra. Me senté a su lado, y por un momento, el silencio entre nosotros fue cómodo, casi necesario. Le di un sorbo al vino, disfrutando del sabor y la calidez que se extendía por mi cuerpo.

-Sabes que puedes contarme cualquier cosa, ¿verdad?- dijo Ryan de repente, rompiendo el silencio con una voz suave pero firme.

Lo miré, y por un momento, sentí que todo lo que estaba guardando se hacía más pesado. Pero no podía soltarlo, no todavía. No hasta estar segura de lo que estaba enfrentando.

-Lo sé- respondí, sonriendo débilmente.
-Solo estoy… procesando muchas cosas. El trabajo, la casa, las perritas… todo es tan nuevo.-

Ryan me observó en silencio, como si tratara de leer lo que no estaba diciendo. Sabía que me conocía lo suficientemente bien como para notar cuando algo me inquietaba. Pero también sabía que me daría mi espacio hasta que estuviera lista para hablar.

-Bueno, lo que sea que estés procesando, quiero que sepas que estoy aquí. No tienes que hacerlo sola, ¿vale?- dijo, tomando mi mano y dándome un suave apretón.

-Gracias, cielo. De verdad- le dije, sintiendo una mezcla de culpa y gratitud.

Nos quedamos así, en silencio, solo disfrutando de nuestra mutua compañía. El calor del vino y el sonido suave de la noche ayudaron a calmarme un poco más. Pero en el fondo, sabía que el paquete que había recibido, con esas fotos inquietantes, era solo el principio. Algo estaba a punto de cambiar, y no podía ignorarlo por mucho más tiempo.
Cerré los ojos un momento, tratando de grabar ese instante en mi mente: Ryan a mi lado, nuestras perritas durmiendo plácidamente, la tranquilidad de nuestro hogar. Porque sabía que esa calma, tarde o temprano, sería puesta a prueba. Y tenía que estar preparada para lo que viniera después.

Días después, recibí más fotos y mensajes, sabía que no podía seguir manejándolo sola. Las fotos habían comenzado a llegar a mi móvil casi a diario, capturas de momentos privados. El miedo que sentía estaba empezando a afectarme, y, aunque había intentado mantenerlo en secreto por el bienestar de Ryan y nuestra vida juntos, ya no podía seguir ocultándolo. Tenía que hacer

algo antes de que las cosas empeoraran. Decidí hablar con el comandante Parker. Siempre había sido alguien en quien podía confiar, y aunque sabía que esto era algo personal, necesitaba su consejo.
Entré en su oficina una tarde después de terminar mi turno. Parker estaba sentado detrás de su escritorio, revisando algunos informes. Levantó la vista cuando entré y me hizo un gesto para que me sentara.

-Rodríguez, ¿qué te trae por aquí?- preguntó, siempre directo.

Respiré hondo antes de comenzar.

-Señor, necesito hablar con usted sobre algo… algo personal y profesional al mismo tiempo. No es fácil para mí, pero creo que es necesario.-

Parker dejó los informes a un lado, cruzó los brazos y me miró atentamente, como si pudiera ver que lo que venía no sería algo simple.

-Te escucho.-

-Últimamente… he estado recibiendo mensajes y fotos anónimas. No sé quién está detrás de esto, pero me están vigilando, siguiéndome. Han mandado fotos de mi casa, de mi familia, de mi vida diaria, incluso de mi trabajo. Llegan a mi móvil o a mi casa en sobres marrones sin remitente. Estoy preocupada, y no sé qué más hacer.-

Parker frunció el ceño, su expresión se endureció con cada palabra que decía. Su primera reacción fue, como esperaba, de pura preocupación.

-¿Y por qué demonios no me lo habías dicho antes?- preguntó, su tono serio. -Esto no es algo que debas manejar sola, Alice. Este tipo de situaciones se escapan de lo personal, son amenazas reales.-

-Lo sé, señor- respondí rápidamente. -Pero… he intentado mantenerlo en secreto por ahora. Por el bienestar de Ryan y nuestra vida. No quiero alarmar a nadie antes de estar segura de quién está detrás de esto. Y lo último que quiero es hacer que él o cualquier otra persona se vea afectada.-

Parker permaneció en silencio por un momento, asimilando lo que le había contado. Sabía que él entendía mi situación, pero también que no iba a dejarlo pasar sin más.

-¿Sabes qué pasa cuando la gente intenta manejar cosas así sola?- dijo finalmente. -Terminan perdiendo la cabeza o peor, metiéndose en algo que no pueden controlar o incluso muriendo. Estás hablando de alguien que te está acechando, y no tienes idea de lo que esta persona puede hacer a continuación. No puedes permitir que esto se te salga de las manos, Alice.-

-No voy a perder la cabeza- respondí, tratando de sonar más segura de lo que me

sentía. -Solo necesito más tiempo,
comandante. Quiero investigar esto
discretamente, sin involucrar a demasiada
gente.-

Parker me observó, su expresión entre la
preocupación y la autoridad. Finalmente,
suspiró.

-Te conozco, Alice. Sé lo que significas
para este equipo, y sé lo mucho que puedes
soportar. Pero prométeme que no vas a
lanzarte sola a nada que no puedas manejar.
Si necesitas ayuda, me lo dices. Si recibes
algo más, me lo haces saber. Y, lo más
importante, si en algún momento sientes que
esto está poniendo en peligro tu vida o la
de tu familia, no lo dudes. Ven a mí.-

-Lo prometo- respondí, asintiendo
lentamente.

Parker se recostó en su silla, cruzando los
brazos.

-Te seré sincero, esto no me gusta nada. Y
aunque entiendo tus razones para mantenerlo
en secreto, quiero que sepas que no estás
sola en esto. Tienes a todo el departamento
a tu disposición. Pero si veo que te estás
alejando demasiado del protocolo, tendrás
que rendir cuentas. No puedo permitir que
uno de mis mejores agentes se meta en un
desastre por querer hacerlo sola.-

-Lo entiendo- dije, mirándolo con gratitud—. Gracias, señor. De verdad.

-No me des las gracias todavía- respondió, en tono severo, pero con una ligera sonrisa en el rostro. -Solo mantén la cabeza fría, Alice. Y recuerda, si las cosas cambian, lo sabré.-

Me levanté, dándole un asentimiento firme antes de salir de su oficina. Sabía que Parker estaba preocupado, y yo también lo estaba, pero al menos ahora no lo llevaba todo sola.
Después de hablar con el comandante Parker, me sentí algo más tranquila, pero sabía que el verdadero trabajo apenas estaba comenzando. Necesitaba aprovechar el momento, estar sola en la comisaría y seguir con la investigación. No podía permitir que Ryan se enterara de lo que estaba pasando hasta que tuviera algo más claro. Sabía que se preocuparía demasiado, y ahora mismo lo que necesitaba era claridad, no más caos.
Saqué mi móvil del bolsillo y marqué su número. Mientras sonaba, intenté calmar mi respiración y preparar la excusa que ya había armado en mi cabeza.

-¡Hola, cariño!- respondió Ryan, con su tono siempre tan cálido que me hizo sonreír brevemente.

-Hola, amor- dije, tratando de sonar casual. -Solo quería avisarte que me voy a quedar un poco más en la comisaría esta noche. Tengo que acabar unos papeles que se me acumularon y prefiero quitármelos de encima ahora.-

-¿Papeleo?- preguntó, claramente sorprendido. -Pensé que habías terminado todo eso antes del fin de semana.-

-Sí, lo sé. Pero ya sabes cómo es esto, siempre aparece algo de última hora- improvisé. -Además, prefiero quedarme aquí para que no se me junte más la semana que viene.-

Hubo una pequeña pausa al otro lado de la línea, y temí por un segundo que hubiera notado algo extraño en mi voz. Ryan siempre era muy perceptivo.

-Está bien, si te hace sentir más tranquila, adelante- respondió finalmente, y sentí un ligero alivio. Pero su tono seguía sonando ligeramente preocupado. -No te agotes demasiado, ¿vale? Ya has estado trabajando muchas horas esta semana.-

-Prometo no tardar mucho. Solo un par de cosas rápidas y estaré de vuelta en casa antes de que te des cuenta- mentí suavemente, mirando de reojo la pantalla del ordenador frente a mí, lista para sumergirme en la investigación.

-Ya me estoy dando cuenta, pero vale, te esperaré entonces. Las niñas ya están tranquilas después de un buen paseo, y la cena puede esperar. No te preocupes por nosotros.-

Su comprensión me hizo sentir aún más culpable por ocultarle la verdad, pero no podía arriesgarme a ponerlo en peligro. No hasta que tuviera una idea más clara de quién estaba detrás de esto.

-Gracias, amor. Eres el mejor- le dije, con un nudo en la garganta.

-Y tú la más trabajadora. No te quedes hasta muy tarde. Te quiero, Alice.-

-Yo también te quiero, Ryan.-

Colgué el teléfono y solté un suspiro, dejando que mi sonrisa se desvaneciera. La verdad era que odiaba mentirle, pero sabía que lo hacía por su seguridad. Miré la pantalla del ordenador, sintiendo cómo la tensión volvía a apoderarse de mi cuerpo. Tenía que descubrir quién estaba detrás de las fotos y esos mensajes antes de que todo se saliera de control.
Sentada en mi despacho, la luz tenue de la lámpara iluminaba mi rostro mientras metía el pendrive con toda la información en el ordenador. Al abrir los archivos, comencé a revisar nuevamente las fotos, buscando patrones, algo que me ayudara a descubrir quién estaba detrás de esto. Mientras analizaba, noté algunas similitudes en las notas que acompañaban las imágenes. La caligrafía era inquietante, como si la

hubieran escrito con cuidado deliberado,
pero algo en ellas me hacía pensar que no
era obra de varias personas.

26

Decidí contactar a un perito calígrafo.
Saqué mi móvil y abrí el correo para
escribirle. Sabía que tenía que mantener el
tono profesional, pero no podía evitar
sentir una urgencia en cada palabra que
escribía.

De: Detective Alice Rodríguez
alice.rodriguez@lapd.com
Para: Arthur Walker
awalker@forensescaligrafia.com
Asunto: Solicitud de análisis caligráfico
urgente

Estimado Sr. Walker,
Espero que se encuentre bien. Soy la
detective Alice Rodríguez, del Departamento
de Policía de Los Ángeles, y me gustaría
solicitar su ayuda en una investigación
confidencial.
Adjunto a este correo algunas notas
manuscritas que he recibido recientemente en
circunstancias que no puedo detallar por el
momento, pero que están siendo motivo de
preocupación. Mi objetivo es determinar si
todas han sido escritas por la misma persona
o si, por el contrario, provienen de
múltiples autores.
Le agradecería enormemente que pudiera
realizar un análisis caligráfico detallado y
me proporcione sus conclusiones lo antes
posible. Es de suma importancia para esta
investigación.
Gracias de antemano por su ayuda y
profesionalismo.

Quedo a la espera de su respuesta.
Un cordial saludo,

Detective Alice Rodríguez
Cuerpo de Policía de Los Ángeles (LAPD)

Envié el correo y me quedé mirando la
pantalla, esperando una respuesta como si
eso fuera a resolver todo en un instante.
Sabía que esto llevaría tiempo, pero cada
minuto que pasaba sentía que estaba
perdiendo terreno.
No pasó mucho antes de que recibiera una
respuesta. Cortés siempre había sido
eficiente en su trabajo.

De: Arthur Walker
awalker@forensescaligrafia.com
Para: D. Alice Rodríguez
alice.rodriguez@lapd.com
Asunto: RE: Solicitud de análisis
caligráfico urgente

Estimada Detective Rodríguez,
Gracias por ponerse en contacto conmigo. He
recibido su solicitud y revisado los
documentos adjuntos. Puedo comenzar el
análisis inmediatamente, aunque necesitaré
al menos 48 horas para un estudio exhaustivo
y asegurarme de obtener resultados precisos.
De acuerdo con lo que me comenta, analizaré
cuidadosamente cada nota y realizaré las
comparaciones pertinentes para determinar si
existe coherencia entre ellas. Si se trata
de un mismo autor, puedo identificar
patrones de presión, inclinación y otros
detalles que nos ayudarán en la

investigación.
Le estaré informando tan pronto como tenga
resultados preliminares. Si en el transcurso
del análisis requiere más información o
documentos adicionales, no dude en
contactarme.

Un saludo cordial,
Arthur Walker
Perito Calígrafo

Leí el correo varias veces, sintiendo un
pequeño alivio al saber que estaba en buenas
manos. Sabía que la espera sería larga, pero
si lograba identificar al menos un rastro en
esas notas, tendría un nuevo punto de
partida.
Me apoyé en el respaldo de mi silla, mirando
las fotos una vez más, buscando cualquier
detalle que se me hubiera escapado antes.
Después de un tiempo del que no fui
consciente, miré el reloj. Mierda. Era ya
pasada la once de la noche y Ryan aun me
esperaba en casa.
Me levanté rápidamente, apagando el
ordenador y guardando el pendrive en mi
bolsillo. Salí corriendo para la armería.
La comisaría ya estaba vacía desde hacía
horas. Solo quedaba yo. Pasé mi
identificador por el chip de la puerta, y
este se deslizó silenciosamente hacia un
lado, permitiéndome la entrada. Me dirigí a
mi taquilla, donde dejé mi arma, el taser,
la porra y las esposas. Era un alivio
despojarme de todo el equipo, aunque solo
fuera por un momento. Sabía que mi jornada
aún no había terminado, pero al menos esta

parte podía darme un respiro.

Salí de la comisaría, asegurándome de cerrar todas las puertas detrás de mí. Caminé hacia el garaje, donde mi Audi estaba estacionado al lado de mi coche patrulla. Me subí al Audi, encendí el motor y comencé el trayecto hacia casa. La carretera estaba sorprendentemente desierta para ser una noche de semana, lo que me permitió relajarme un poco.

Sin embargo, esa tranquilidad no duró mucho. De repente, un encapuchado en una moto apareció de la nada, pasando a toda velocidad por mi lado. Antes de que pudiera reaccionar, escuché el estrépito de disparos. Los impactos contra el costado de mi coche resonaron como golpes de martillo, y el cristal del lado del conductor estalló en mil pedazos.

Sentí el corazón acelerarse mientras trataba de mantener el control del vehículo. Miré por el espejo retrovisor y vi al motociclista maniobrando para seguirme. Cada bala que perforaba la carrocería era una nueva onda de adrenalina corriendo por mis venas. Mi instinto de supervivencia se activó y traté de pensar rápidamente.

Mi primer impulso fue buscar refugio. Reduje la velocidad y me desplacé a un lado de la carretera, tratando de encontrar un lugar donde pudiera detenerme sin ser un blanco fácil. La carretera estaba bordeada por una serie de árboles y arbustos, y decidí que era mi mejor opción.

Frené bruscamente y me lancé fuera del coche, cayendo al suelo en un movimiento apresurado. Desde allí, traté de cubrirme detrás del vehículo mientras sacaba mi móvil del bolsillo, con las manos temblorosas. Me aseguré de que el motociclista estuviera a una distancia segura antes de marcar el número de emergencia.

-Detective Alice Rodríguez. Estoy siendo atacada. Un encapuchado en una moto está disparando contra mí. Necesito asistencia inmediata, estoy en la carretera 115, cerca del kilómetro 24.-

La voz del operador respondió con la promesa de enviar refuerzos lo más rápido posible. Colgué y me preparé para moverme. El motero no parecía estar dispuesto a irse, su moto rugía a lo lejos, y el sonido de su motor crecía cada vez más.
Me asomé con cuidado detrás del coche, tratando de localizar al atacante. Mi mente corría a mil por hora, analizando la situación y buscando la mejor manera de proceder. Necesitaba mantenerme a salvo hasta que llegaran los refuerzos, pero también quería evitar que el atacante me encontrara antes de que eso sucediera.
El viento aullaba entre los árboles, y en el silencio que seguía a los disparos, pude oír el ruido de una sirena acercándose. Mi alivio fue instantáneo al darme cuenta de que la policía estaba en camino. Miré una vez más en dirección al sonido de la moto, tratando de mantenerme alerta. Sabía que debía ser paciente y no hacer movimientos imprudentes mientras esperaba.
Finalmente, vi las luces de emergencia acercarse, y unos momentos después, los

coches de policía llegaron a la escena. Los oficiales se desplegaron rápidamente, y uno de ellos se acercó a mí mientras los demás aseguraban la zona.

-Detective Rodríguez, ¿está bien?- preguntó el oficial con preocupación, ayudándome a levantarme del suelo.

-Sí, estoy bien- respondí, tratando de recuperar el aliento. -Es un encapuchado en una moto.-

El oficial asintió, comunicándose por radio para coordinar una búsqueda del sospechoso. Me sentí un poco más aliviada al ver que la situación estaba bajo control, pero la preocupación seguía presente. ¿Quién era este encapuchado? ¿Era la misma persona que me había estado vigilando? Estaba claro que mi investigación había tomado un giro mucho más peligroso de lo que había anticipado. Me quedé en el lugar mientras los oficiales realizaban la búsqueda, esperando respuestas y tratando de procesar lo que acababa de suceder. Sabía que las cosas no serían fáciles a partir de ahora, pero tenía que seguir adelante…

27

Esa noche, la situación no fue fácil de manejar. Los oficiales buscaron minuciosamente, pero el encapuchado había desaparecido sin dejar rastro. La grúa llegó para llevar mi coche al taller, y me sentí aliviada de que al menos estaría en buenas manos para ser reparado. Mientras tanto, un compañero de la comisaría se ofreció a acompañarme hasta casa.

El viaje fue en silencio, con mis pensamientos girando en torno al ataque y a las preguntas sin respuesta. Al llegar, agradecí a mi compañero y me dirigí a la puerta de casa. Mis llaves temblaban en mis manos, pero finalmente logré abrirla. La sensación de entrar a casa después de una noche tan aterradora fue agridulce.

Dentro, el sonido suave de un documental llegaba desde la sala de estar. Ryan estaba en el sofá, completamente ajeno a lo que había sucedido. Me sentí un poco mejor al ver su rostro sereno, aunque sabía que eso estaba a punto de cambiar.

Cuando me escuchó entrar, Ryan se levantó del sofá y vino hacia mí. Su expresión cambió al instante cuando notó el cansancio y la tensión en mi rostro. Sus ojos se llenaron de preocupación y me rodeó con los brazos, como si intentara protegerme de lo que había pasado, incluso sin saber exactamente qué había sucedido.

-Alice, ¿qué ha pasado?- preguntó, su voz cargada de preocupación. -Estas temblando.-

Traté de reunir fuerzas para decirle la verdad, aunque el nudo en mi garganta era casi insoportable. Me aparté ligeramente para mirarlo a los ojos y entonces entendí, que no podía hacerlo.

-Ryan…- empecé, con la voz un poco temblorosa, -esta noche… me… me atacaron. Alguien… un encapuchado en una moto… comenzó a disparar contra mi coche en la carretera y …-

Sus ojos se abrieron aún más, el shock evidente en su expresión.

-¿Qué? ¿Pero estás bien?- su voz estaba llena de ansiedad, y podía ver que intentaba procesar lo que estaba diciendo.

-Sí, estoy bien. Solo me asusté mucho, pero no me hicieron daño- respondí, intentando tranquilizarlo. -No sé por qué me atacaron. La policía intentó encontrar a quien lo hizo, pero se fue antes de que llegaran. Ahora mi coche está en el taller, y… no tengo idea de quién podría estar detrás de esto o por qué lo hizo.-

Ryan pasó una mano por su cabello, claramente agitado. Se acercó más a mí, envolviéndome en un abrazo reconfortante.

-¿Por qué no me has llamado?- preguntó, su voz suavizándose. -Esto es serio, Alice. Necesitas decirme estas cosas. Me preocupo por ti.-

-Lo sé, y lo siento- dije, apoyando mi cabeza en su hombro. -Quería protegerme… pero como siempre, deje mi arma en la comisaria… no me permiten llevarla conmigo fuera de mi jornada y yo no…-

Ryan se apartó ligeramente para mirarme a los ojos de nuevo, su expresión decidida.

-Creo que puedo ayudarte con eso…- dijo antes de apartarse de mi.

Mientras hablaba, podía ver la preocupación y la determinación en sus ojos. Sabía que Ryan quería ayudarme, y aunque eso me aliviaba, también me preocupaba. No quería que se metiera en algo peligroso por mi culpa.

-Voy a hacer todo lo que esté en mis manos para protegerte- dijo finalmente al mismo tiempo que sacaba un papel pequeño de su cartera -Solo te lo daré si dejas tu placa a un lado…-

Asentí, sintiendo que esto no iba a ir por un camino legal y aun que sabía que lo que estaba haciendo, no era ético, necesitaba poder defenderme y defender a mi familia. Ryan me entrego el papelito que escondía con precaución.

-El dueño de ese teléfono, se llama Scott. No tenemos que saber más, sabemos que se dedica al trafico de armas, pero nos sabemos de donde las saca. Llevo algo de tiempo pensando en que deberíamos tener una de esas aquí en casa.-

Al escuchar todo eso, no podía poner otra cara que no fuese de incredulidad. Mi prometido conocía mundos peores que los que yo había visto en el cuerpo de policía.

-Ryan, pero esto… Esta es una de las bandas que intento desmantelar en mi trabajo… no creo que pueda hacer esto…- le dije devolviéndole el papel -No voy a decir nada acerca de este papel, ni a dar información acerca de lo que acabamos de hablar y por favor, no te metas en ningún lio raro…

Ryan, que no se había quedado del todo conforme con nuestra conversación, continuo mientras me acompañaba a nuestra habitación.

-Se que lo que te acabo de decir es ilegal, pero Alice escúchame un segundo por favor…- decía hasta que le interrumpí.

-No Ryan, no solo es ilegal, no es ético y ¿me pides que sea corrupta y haga un trato con uno de los chicos que llevo meses buscando? No es una conversación fácil Ryan, si de verdad te interesa, puedo prometerte que lo pensare, pero no te puedo decir mucho más ahora mismo.

Ryan se quedo un par de escalones abajo del que estaba yo, sin decir nada, solo asentía. Seguí subiendo a nuestra habitación y con mi pijama en la mano, fui a darme una ducha rápida.

Después de eso, nuestra noche termino en silencio. Ambos nos fuimos a la cama, pero no compartimos conversaciones de dormitorio, simplemente, nos acurrucamos el uno con el otro y nos dormimos.

Al día siguiente, la luz de la mañana se colaba a través de las cortinas y me despertó antes de lo previsto. La preocupación por la noche anterior seguía pesando en mi mente, y mientras preparaba un café en la cocina, no podía dejar de pensar en lo que Ryan me había contado sobre Scott. La idea de tener un arma en casa para defendernos era inquietante, pero en estos momentos, no podía evitar considerarla.

Me senté en la mesa de la cocina, revisando mis notas y tratando de organizar mis pensamientos. Ryan aún estaba dormido, y me ofrecía un breve respiro antes de enfrentar el día. Mientras sopesaba la posibilidad de buscar una forma de asegurar nuestra casa, el teléfono sonó, sacándome de mi ensueño. Era el comandante Parker. Me pidió que pasara por su despacho para discutir los eventos de la noche anterior y cualquier información adicional que pudiera tener. Sabía que era crucial mantener una comunicación abierta con él, especialmente después de lo ocurrido, así que me preparé para ir a la comisaría.

Después de cambiarme y prepararme, me dirigí al garaje para coger el mini, pero la voz de Ryan me detuvo.

-Deja que te lleve al trabajo, por favor-

Me giré y lo vi, en el umbral de la puerta. Su aspecto transmitía preocupación por mí y con una sonrisa, asentí.

El camino a la comisaría fue tranquilo, Ryan estuvo concentrado en la carretera, pero de vez en cuando, pasaba su mano por mi pierna y la acariciaba con mimo.

Al llegar, me despedí de el con un beso en los labios y al entrar por la puerta principal, me sentí un poco más centrada. Sabía que el comandante Parker quería detalles precisos para poder coordinar una respuesta adecuada. Subí a su despacho, tomando un momento para respirar profundamente antes de entrar.

Al abrir la puerta, el comandante Parker me recibió con una expresión de profesionalismo y seriedad. Me hizo un gesto para que me sentara frente a su escritorio mientras él se acomodaba en su silla.

-Rodríguez- dijo, su tono era autoritario, pero no hostil. -Gracias por venir tan pronto. Necesito que me cuentes todo lo que ocurrió anoche, desde el principio hasta el final. Lo que sabemos hasta ahora no es suficiente para entender el contexto completo.-

Asentí y comencé a relatar los eventos con la mayor precisión posible. Describí cómo había estado conduciendo de regreso a casa, el ataque repentino del encapuchado en la moto, y cómo el ataque se produjo sin previo aviso. También mencioné la falta de pistas sobre el atacante y la incapacidad de los oficiales para localizarlo.

-El atacante disparó varias veces contra mi coche- dije, con un tono decidido. -Los impactos dañaron el costado y el parabrisas. Afortunadamente, no resulté herida, pero el miedo fue intenso. Los oficiales realizaron una búsqueda, pero no encontraron al sospechoso.-

El comandante Parker escuchó atentamente, tomando notas de vez en cuando. Cuando terminé, se inclinó hacia adelante, con una expresión pensativa.

-Entiendo, Detective. Esto es muy grave. ¿Ha considerado alguna teoría sobre el motivo detrás del ataque? ¿Hay algún indicio de que podría estar relacionado con su investigación actual?-

Me detuve un momento para considerar su pregunta. El vínculo con la investigación sobre las fotos anónimas y las notas no podía ser ignorado, pero no tenía pruebas concretas que lo confirmaran aún.

-No estoy segura- admití. -La única conexión clara que tengo es que las fotos y las notas me han estado siguiendo desde hace un tiempo. No puedo decir con certeza si el ataque está directamente relacionado con eso, pero hay una posibilidad que no puedo descartar.-

Parker asintió, su rostro mostrando una mezcla de preocupación y determinación.

-Vamos a redoblar nuestros esfuerzos para encontrar al responsable. No podemos permitir que este tipo de amenazas continúen sin respuesta. Y en cuanto a la investigación sobre las fotos y las notas, si necesitas más recursos o apoyo, dímelo.-

-Gracias, señor. Aprecio su apoyo- dije, sintiendo un pequeño alivio al saber que tenía respaldo en esta situación.

Parker se levantó, extendiendo su mano para estrechar la mía en señal de despedida.

-Manténgame informado sobre cualquier desarrollo. Y cuídese, Detective. No subestime el peligro que podría estar enfrentando.-

-Lo haré. Gracias por su comprensión- respondí, sintiéndome un poco más centrada al saber que contaba con su apoyo.

Salí del despacho, sintiendo el peso de la responsabilidad sobre mis hombros. La mañana ya había comenzado con una serie de desafíos, pero estaba decidida a enfrentarlos con la misma determinación que siempre había mostrado. La protección de mi hogar y la seguridad de Ryan estaban en juego, y no podía permitirme fallar.
A medida que me dirigía a mi oficina, los pensamientos sobre Scott y la posibilidad de tener un arma en casa seguían dando vueltas en mi mente. Necesitaba encontrar una manera de protegernos, pero también debía hacerlo

de forma legal y responsable. El equilibrio
entre seguridad y legalidad sería crucial
para avanzar en esta peligrosa situación.
Cuando llegué a mi despacho, me serví un
café y me senté en mi escritorio a trabajar.
Coloque el pendrive con la información en mi
ordenador y saque del cajón mi libreta de
apuntes.
Al abrir el ordenador, vi que ya tenía un
email de Arthur Walker.

De: Arthur Walker
awalker@forensescaligrafia.com
Para: D. Alice Rodríguez
alice.rodriguez@lapd.com
Asunto: RE: Solicitud de análisis
caligráfico urgente

Estimada Detective Rodríguez,
He completado el análisis de las pruebas que
me enviaste, y a continuación te detallo los
resultados:

•**Análisis de las Notas:** Todas las notas que
me proporcionaste han sido escritas por la
misma persona. Los patrones de escritura y
las características caligráficas son
consistentes en cada una de las notas.
•**Perfil del Autor:** Basándome en el análisis
de las muestras, la investigación sugiere
que el autor de las notas es un hombre de
entre 25 y 30 años. Su caligrafía indica que
tiene una complexión fuerte.
Estos datos te proporcionan un punto de
partida valioso para la investigación. Si
necesitas información adicional o si hay

algo más en lo que pueda asistirte, no dudes en ponerte en contacto.

Un saludo cordial,
Arthur Walker
Perito Calígrafo

Después de leer el correo, voy hasta el perchero donde había colgado mi bolso y meto la mano buscando el libro de mi madre. Lo había traído para comparar las notas con lo que estaba escrito dentro de este. Pero mi desastrosa cabeza había vuelto a hacer de las suyas.
Con las prisas, me había equivocado de libro y había traído conmigo *El Principito*.
Genial, Alice… me dije a mí misma, dejándome caer en mi silla con un suspiro de frustración. Solté el libro en mi escritorio, y éste terminó cayendo al suelo. Cuando me levanté para recogerlo, el post-it que había guardado dentro se deslizó y cayó también. Me agaché para recogerlo, y al hacerlo, me detuve en seco.
El post-it estaba arrugado y un poco manchado, pero algo en la letra me resultó familiar. Al fijarme bien, me di cuenta de que la caligrafía coincidía exactamente con la de las fotos y las notas anónimas que había recibido. Cada trazo, cada curva, era idéntico. Un escalofrío recorrió mi espalda mientras el peso de la revelación comenzaba a asentarse en mi mente.
Entonces me di cuenta de la gravedad del asunto. No solo estaba siendo vigilada y amenazada, sino que el responsable de las notas y las fotos, el encapuchado que me

había atacado, era Simon. Mi mente empezó a girar a toda velocidad, tratando de conectar los puntos. La preocupación y el miedo se mezclaban con la incredulidad.

Me senté nuevamente en mi silla, mi mente agitada. No podía ignorar la posibilidad de que Simon tenía motivos personales para involucrarse en esto. Necesitaba actuar con rapidez, pero también con cuidado. Cualquier paso en falso podría poner en riesgo a Ryan y a mí misma.

Tomé una respiración profunda y traté de centrarme. Necesitaba informar a alguien de inmediato y planificar mis siguientes movimientos con precisión. Decidí que lo mejor sería llamar al comandante Parker para informarle de lo que había descubierto y coordinar una reunión para discutir los próximos pasos.

Agarré el teléfono de mi despacho, con las manos temblando un poco, y marqué el número de mi jefe. Mientras esperaba que contestara, mi mente seguía dando vueltas sobre el alcance de la situación. No podía permitir que el pánico se apoderara de mí.

-Parker- la voz de mi jefe respondió al otro lado de la línea.

-Detective Rodríguez, señor, necesito hablar con usted…- dije, intentando mantener la calma. -He descubierto algo importante y creo que la gravedad, está a punto de superar mis capacidades.-

-Muy bien Rodríguez, prepara el informe y pasa luego por mi despacho. Le diré a Martha que en cuanto aparezcas, te deje pasar de inmediato.- dijo y sin más, colgó el teléfono.

Solté el teléfono y me dirigí rápidamente a mi ordenador para preparar un resumen de toda la información que había reunido. Necesitaba presentar todo de manera clara y precisa para que el comandante Parker pudiera entender la magnitud del problema. El tiempo era esencial, y cada minuto contaba.
Sabía que necesitaba exponer todos los detalles sin reservas y coordinar una estrategia efectiva para enfrentar a Simon y resolver este peligroso enigma.
Mi mente estaba en ebullición, pero traté de concentrarme en la tarea en cuestión. No podía permitir que el miedo me paralizara. Había mucho en juego, y debía mantenerme firme y enfocada.
Finalmente, me reuní con el comandante Parker. Comenzaríamos a desentrañar el enigma y enfrentar la amenaza que se cernía sobre nosotros.
Me dirigí a su oficina, el nerviosismo y la determinación chocando en mi pecho. La puerta se abrió con un suave chirrido, y entré en el despacho, donde Parker ya estaba esperando. Su rostro, siempre serio y profesional, reflejaba una concentración aguda.

-Buenos días, Rodríguez- dijo Parker, levantándose para darme la bienvenida.
-Gracias por venir. ¿Listos para ponernos al día?-

-Buenos días, señor- respondí, sintiendo una mezcla de alivio y tensión. -Sí, estoy lista.-

Me acomodé en la silla frente a su escritorio y saqué la carpeta con toda la documentación que había reunido. La abrí cuidadosamente y comencé a exponer la información.

-Primero, quiero hablarte sobre las notas y las fotos anónimas que he estado recibiendo- comencé, mientras pasaba algunas de las páginas relevantes. -Como mencioné antes, todas las notas y las fotos están conectadas de alguna manera. He hecho un análisis y las pruebas caligráficas confirmaron que todas las notas fueron escritas por la misma persona.-

Parker asintió, tomando notas en su cuaderno mientras escuchaba.

-El análisis también sugirió que el autor es un hombre de entre 25 y 30 años, con una complexión fuerte- continué. -Esto encaja con lo que sabemos sobre Simon. La caligrafía en las notas es idéntica a la del post-it que encontré en uno de los libros de mi infancia.-

Parker levantó una ceja, mostrando interés.

-Entonces, ¿estás sugiriendo que ese tal Simon es el autor de las notas y las fotos?-

preguntó, su tono reflejaba la seriedad de
la situación.

-Sí, exactamente- respondí, sintiendo un
nudo en el estómago. -He revisado todas las
conexiones y, al parecer, Simon es el
responsable de la vigilancia y las amenazas.
Todo encaja con la información que he
reunido hasta ahora.-

-¿Y qué sabemos sobre Simon?- preguntó
Parker. -¿Hay algún motivo claro para su
comportamiento?-

-No estoy completamente segura, señor, pero
sospecho que podría estar relacionado con mi
antigua relación sentimental con Simon.-
admití. -Antes de mi llegada a Los Ángeles,
en mi etapa universitaria, tuve una relación
sentimental con Simon. Al principio, parecía
una relación normal, pero con el tiempo,
empezaron a surgir problemas. Simon era una
persona complicada, y a medida que la
relación avanzaba, sus comportamientos se
volvían cada vez más erráticos y posesivos.-

Mi voz se quebró ligeramente al recordar
esos momentos difíciles. Respiré hondo y
seguí hablando.

-Un día, después de una serie de discusiones
y confrontaciones, decidí que era mejor
terminar la relación. No fue fácil, pero era
lo que necesitaba hacer. Simon no tomó bien
el final de nuestra relación. Comenzó a
comportarse de manera muy inquietante, y su

comportamiento se volvió cada vez más obsesivo.-

Parker escuchaba atentamente, tomando notas mientras yo hablaba.

-Y ha sido ahora, cuando me he dado cuenta de que Simon esta detrás de todo esto. Pero hay algo más que necesito que sepas. En una ocasión, un encapuchado me persiguió por el bosque cerca de mi casa.-

El recuerdo era vívido, y me costó mantener la calma mientras lo relataba.

-Fue una mañana como otra cualquiera. Había salido a correr por el bosque, buscando un poco de tranquilidad después de una noche estresante de estudio. De repente, empecé a sentir que alguien me seguía. No había visto a nadie al principio, pero el sentimiento de ser observada se intensificó. Cuando me di la vuelta, vi a una figura encapuchada corriendo detrás de mí. No podía distinguir quién era, pero su presencia era aterradora.-

Parker frunció el ceño, su expresión era una mezcla de preocupación y concentración.

-Comencé a correr, tratando de escapar. El bosque estaba oscuro y el terreno era irregular, pero sabía que no podía parar. Sentía el miedo que crecía a medida que la figura se acercaba. Finalmente, logré llegar a mi casa y cerré la puerta con rapidez. No volví a ver a la figura, hasta unos días después. Las primeras veces, fue entre los arboles de ese mismo bosque y lo vi desde la ventana de mi habitación.-

Parker se inclinó hacia adelante, mostrando interés en los detalles.

-Después de esos días en Pasadena, me vine a los Ángeles y pensé que había escapado de todo aquello, pero no fue así. Al principio fueron las fotos, luego empecé a ver frente a mi casa al misterioso encapuchado, luego las notas, el incidente de mi madre y todo lo demás, fue cayendo como fichas de domino frente a mis pies.-

Después de terminar de contarle mi pasado de forma resumida, Parker se acomodo en su silla.

-Entiendo. Esto añade una dimensión adicional a la situación- dijo, con su tono grave. -La relación pasada con Simon y el incidente en el bosque explican por qué esta situación es tan personal y urgente para ti. Vamos a tener que tomar en cuenta todos estos detalles al planificar nuestra estrategia.-

-Gracias por escuchar, comandante- dije, sintiéndome aliviada de haber compartido la historia completa. -Mi preocupación es que Simon esté usando su conocimiento sobre mí para manipular la situación y que su comportamiento se vuelva aún más peligroso.

Parker asintió, su expresión era ahora más resoluta.-

-Lo tendré en cuenta, Detective. Ahora que tenemos una comprensión más completa del contexto, podemos ajustar nuestro enfoque y tomar las medidas necesarias para protegerte y resolver el caso. Vamos a trabajar en una estrategia de acción y te mantendremos informada en todo momento.-

Me sentí aliviada al ver que Parker comprendía la complejidad de la situación. Había sido difícil revivir esos momentos traumáticos, pero sabía que era necesario para abordar el problema de manera efectiva. Al salir de la sala, sentía un peso ligeramente aliviado, sabiendo que, aunque el camino por delante sería desafiante, tenía el respaldo necesario para enfrentar el desafío. La investigación continuaría, y ahora, con el comandante Parker al tanto de todos los detalles, sentía que estábamos un paso más cerca de resolver el misterio y poner fin a la amenaza que Simon ejercía sobre mí.

28

Cuando mi turno finalmente terminó, me sentí agotada, tanto física como mentalmente. Sabía que Ryan estaría esperándome afuera, como lo había prometido, y no me equivocaba. Cuando salí por las puertas de la comisaría, lo vi apoyado contra el coche, con una sonrisa tranquila, como si el mundo estuviera bien mientras estuviéramos juntos. Me saludó con un gesto y, después de un largo día, su presencia me ofrecía una especie de calma que necesitaba desesperadamente.

-¿Cómo fue tu día, detective?- bromeó al abrirme la puerta del coche.

Le sonreí, pero detrás de esa sonrisa se escondía un nudo en el estómago.

-Largo, como siempre- respondí, intentando que mi voz sonara casual.

El trayecto a casa fue tranquilo, en su mayor parte. Ryan ponía música suave, una de nuestras playlist favoritas, pero mi mente estaba en otra parte, atada a todo lo que había descubierto en la comisaría. Sabía que tarde o temprano tendría que contarle todo, pero esa noche no era capaz de reunir el valor.
Llegamos a casa y, demasiado cansada para cocinar, decidimos pedir algo rápido para la cena. Sushi. Siempre era una buena opción cuando ni siquiera teníamos ganas de

encender la cocina. Mientras Ryan hacía el pedido, me acerqué a la nevera y saqué una botella de vino blanco. Sabía que iría perfecto con el sushi, y en parte esperaba que una copa me ayudara a relajarme. Abrí la botella y llené dos copas, llevándolas al salón donde Ryan estaba encendiendo la televisión.

-Toma- le ofrecí una copa.

-Perfecto, gracias- me dijo con una sonrisa, aceptando la copa y tomando un sorbo.

Nos sentamos juntos en el sofá, disfrutando de la calma antes de que llegara la comida. El silencio entre nosotros era cómodo, pero en mi cabeza, una tormenta rugía. Quería contarle todo lo que había descubierto sobre Simon, sobre las notas, las fotos y la amenaza que se cernía sobre nosotros. Pero cuando lo miré, vi a alguien que confiaba en mí, que me amaba, y no pude hacerlo. No aún. Tomé un sorbo de vino, intentando calmar mis pensamientos.

-¿Estás bien?- preguntó Ryan, notando que estaba más callada de lo normal.

Le sonreí, forzando un poco la calma.

-Sí, solo ha sido un día largo, como siempre. Mucho papeleo y cosas que revisar. Nada de lo que preocuparse- mentí, manteniendo la conversación ligera.

Ryan me miró, como si supiera que algo no encajaba del todo, pero no me presionó. Siempre había sido paciente conmigo, y esa noche no fue diferente. Levantó su copa, invitándome a un brindis improvisado.

-Por sobrevivir otro día largo, entonces- dijo, sonriendo.

Choqué mi copa con la suya y sonreí, pero por dentro sentía que el peso de lo que no le estaba diciendo seguía creciendo. Sabía que eventualmente tendría que enfrentarlo. Contarle la verdad. Pero no esa noche. No quería cargar nuestra cena con el miedo y la incertidumbre que sentía.
Cuando llegó el repartidor y la comida estuvo lista en la mesa, me obligué a disfrutar el momento. Saboreé cada pieza de sushi, el vino fresco, la risa ligera que compartíamos al comentar tonterías en la televisión. Por un rato, me dejé llevar por la normalidad, por el consuelo que me ofrecía estar junto a Ryan, aunque fuera temporalmente.
Pero mientras terminábamos la botella de vino, supe que la verdad no podía esperar mucho más. Estaba claro que Simon no se detendría, y la amenaza que representaba se hacía cada vez más real. Lo sentía como una sombra que se cernía sobre nosotros, siempre presente, aunque tratara de ignorarla.
Pero esa noche, solo quería disfrutar de lo que aún nos quedaba, aunque fuera un respiro momentáneo en medio del caos que se avecinaba.
Después de una botella de vino blanco, las

risas relajadas y las suaves caricias entre nosotros, la noche fue tomando un ritmo más lento, más íntimo. Nos conocíamos tan bien que no hacía falta decir mucho. Cada sonrisa, cada gesto era suficiente para entendernos. Estábamos tumbados en el sofá cuando Ryan se inclinó hacia mí y me dijo:

-Te mereces un buen masaje después de todo lo que has pasado hoy.-

No me opuse. Entre las tensiones del día, lo que había descubierto sobre Simon, y la constante presión de mantener todo en secreto, mi cuerpo estaba tan agotado como mi mente. Ryan se levantó, me tomó de la mano y, antes de que pudiera decir algo, me condujo suavemente hacia el dormitorio. La atmósfera allí siempre había sido acogedora, y esa noche no fue diferente. Las luces tenues creaban un ambiente cálido, y me sentí un poco más en paz mientras me tumbaba boca abajo sobre la camaRyan, con esa mezcla perfecta de ternura y confianza, comenzó a masajearme los hombros, despacio, trabajando cada nudo de tensión que se había acumulado en mis músculos. Sus manos eran firmes pero cuidadosas, y sentí cómo, poco a poco, mi cuerpo se iba relajando. Era como si en ese momento todo lo malo pudiera desaparecer, al menos por un rato.

-¿Así?- me susurró al oído.

-Perfecto…- murmuré, perdiéndome en la calidez de su tacto.

La sensación de sus manos sobre mi piel, combinada con el vino y el calor del momento, hizo que mis pensamientos se disiparan. Poco a poco, los movimientos de Ryan fueron más lentos, sus caricias más suaves, y antes de darme cuenta, me giró con delicadeza, mirándome a los ojos con una intensidad que siempre me había desarmado. Sin decir nada más, su boca buscó la mía, y la tensión del día quedó en un segundo plano. Nos dejamos llevar por la intimidad del momento. Estábamos tan conectados que cada beso, cada caricia, tenía un significado profundo. Sentía su amor en cada gesto, y esa conexión era todo lo que necesitaba en ese instante.

La noche fue nuestra, envolviéndonos en una burbuja donde nada más existía, ni las amenazas ni las dudas. Solo él y yo, entregados el uno al otro. Fue una de esas noches donde el mundo exterior dejaba de importar, donde todo se resumía a nosotros dos, nuestras miradas, y ese vínculo inquebrantable que habíamos construido a lo largo del tiempo.

Después de lo que pareció una eternidad, caímos exhaustos, respirando juntos en silencio, todavía envueltos en la calidez del otro. Estaba acurrucada a su lado, mi cabeza apoyada en su pecho, escuchando el suave latido de su corazón, y me di cuenta de lo afortunada que era por tenerlo conmigo.

Acaricié el rostro de Ryan, observando cómo dormía profundamente a mi lado y finalmente, yo también me dormí.

El día siguiente fue como cualquier otro,

agotador desde el principio. El trabajo en la comisaría nunca daba tregua, pero esa mañana en particular, a pesar del cansancio acumulado, no podía evitar que mis pensamientos volvieran una y otra vez a la noche anterior con Ryan. Cada vez que mis compañeros me miraban, me pillaban sonriendo como una tonta, y no tardaron en empezar a bromear.

—¿Qué pasa, Rodríguez?— preguntó uno de ellos, levantando una ceja. —¿Tienes algún secreto que contarnos?—

—¿Yo? Nada…— respondí, aunque estaba claro que no me creían ni por un segundo.

Entre risas y alguna que otra broma sobre mi sonrisa de adolescente enamorada, me concentré en mi trabajo. Pasé la mañana revisando expedientes y siguiendo algunos casos pendientes. Las horas volaron, y sin darme cuenta, era la hora de almorzar. Opté por quedarme en la comisaría, con mi mente aun saltando entre el caso de Simon y esos momentos con Ryan. Pero, al menos por un rato, me permití desconectar, almorzando rápidamente antes de retomar mis investigaciones.
La tarde fue tranquila en comparación con el frenesí habitual de la comisaría. Seguí avanzando con mis investigaciones.
Cuando terminé mi turno, agotada pero satisfecha con lo que había logrado, desbloqueé mi móvil para ver si tenía algún mensaje. Y ahí estaba. Un mensaje de Ryan que me hizo sonreír al instante:

Hola, hermosa. ¿Qué te parece si esta noche te invito a cenar? Hay un restaurante precioso cerca del parque de atracciones. Te recojo a las 8. ¿Te apetece?

Leí el mensaje un par de veces antes de responder, una sonrisa dibujándose en mi rostro mientras mis dedos tecleaban la respuesta.

Me parece perfecto. Trae algo de ropa elegante, por favor. No creo que mi uniforme de policía vaya con el código de vestimenta del lugar.

Respondí, agregando un emoji de guiño al final.
Guardé mi teléfono, contenta con la idea de pasar una velada romántica. A veces, después de días tan largos y complicados, era justo lo que necesitaba.
Después de enviarle el mensaje a Ryan, me dejé caer en mi silla por un momento, sintiendo cómo el cansancio del día comenzaba a ceder ante la anticipación de lo que sería una noche especial. Miré el reloj; aún tenía tiempo antes de que llegara. Me quedé unos minutos más en mi despacho, organizando unos papeles y asegurándome de que nada quedara pendiente.
A las 7:30, decidí que era hora de prepararme. No quería que me viera aún con el uniforme de policía, así que fui al vestuario a darme una ducha y a ponerme mis vaqueros, con los que había salido aquella mañana. Mientras me miraba en el espejo, me di cuenta de que mi cara aún reflejaba algo

de la tensión de los últimos días. Entre el caso de Simon y las fotos anónimas, el miedo de que Ryan pudiera descubrirlo todo me había mantenido en un estado de constante alerta.

Pero esa noche, decidí dejar todo eso a un lado. Quería disfrutar del momento, de una noche solo para nosotros, lejos de las sombras que últimamente parecían seguirme a todas partes.

Ryan llegó puntualmente a las 8, como había prometido. Lo vi a través de la ventana de la comisaría, estacionado justo frente a la entrada. Cuando salí, lo primero que noté fue la sonrisa que siempre lograba calmar mis nervios. Estaba apoyado en el coche, sosteniendo una pequeña bolsa de ropa en una mano y, cuando me vio, se enderezó con una mirada que me dejó claro lo bien que se sentía al verme.

-Traje lo que me pediste- dijo mientras me entregaba la bolsa.

-Gracias- respondí, sonriendo mientras tomaba la ropa. Nos quedamos unos segundos mirándonos, la anticipación flotando en el aire.

Entré de nuevo a cambiarme, sintiendo la emoción crecer mientras me ponía el vestido que había elegido. Era sencillo, pero elegante, perfecto para una cena romántica. Cuando salí de nuevo, Ryan ya estaba esperándome, y la mirada en sus ojos cuando me vio fue suficiente para hacerme olvidar por completo el agotador día que había tenido.

-Estás hermosa- dijo, acercándose para besarme suavemente.

-Tú tampoco te ves mal- le respondí, sonriendo mientras nos dirigíamos hacia el coche.

El restaurante que había elegido estaba a solo unos minutos, pero el trayecto fue tranquilo, con ambos disfrutando del silencio cómodo que compartíamos. Al llegar, me di cuenta de lo bonito que era el lugar. Las luces cálidas iluminaban el ambiente de una manera acogedora, y al fondo se escuchaba una música suave que completaba la atmósfera.
Nos sentamos en una mesa junto a la ventana, con una vista perfecta del parque de atracciones iluminado. Mientras esperábamos la comida, charlábamos sobre cosas triviales, dejando que la conversación fluyera sin complicaciones.
La cena fue deliciosa, y cada vez que miraba a Ryan, no podía evitar sentir una oleada de gratitud. Me apoyé en su hombro por un momento, disfrutando de esa cercanía, del simple hecho de estar juntos, como si por un rato, el mundo exterior dejara de existir.

-Gracias por esto- le dije.

-Siempre dispuesto a complacerle- respondió.

La noche seguía transcurriendo de manera perfecta. El ambiente del restaurante era acogedor, las luces tenues creaban una atmósfera íntima, y cada conversación con Ryan me hacía olvidar por completo el caos que había estado rodeando mi vida últimamente. Nos habíamos reído, hablado de tonterías, de planes futuros, pero en mi corazón sabía que pronto tendría que confesarle lo que estaba sucediendo con Simon. Me costaba mantener esa carga, aunque no quería arruinar esa noche tan especial. Justo cuando pensaba que todo no podía ir mejor, Ryan me miró a los ojos con una expresión que parecía cambiar el tono de la velada. Se levantó lentamente de su asiento y, con una sonrisa nerviosa pero decidida, se acercó a mí.

-¿Qué estás haciendo?- le pregunté, sintiendo cómo el corazón me daba un vuelco.

Sin decir una palabra, deslizó una mano dentro de su chaqueta, sacando una pequeña caja de terciopelo negro. Mis ojos se abrieron como platos. Sabía lo que venía, pero nunca pensé que lo haría en ese preciso momento. El bullicio del restaurante pareció desvanecerse, dejando solo el sonido de mi corazón latiendo con fuerza.
Ryan, con una elegancia y dulzura que solo él podía manejar, se arrodilló frente a mí. Mirándome directo a los ojos, abrió la caja con delicadeza, revelando un anillo brillante que capturaba la luz del lugar, haciendo que pareciera casi mágico. En ese instante, el tiempo pareció detenerse.

-Alice- comenzó, su voz suave pero cargada de emoción, -nunca he estado más seguro de nada en mi vida. Desde el primer momento en que te vi, supe que eras especial, pero lo que hemos vivido juntos me ha demostrado que eres mucho más que eso. Eres mi compañera, mi confidente, mi fuerza en los días difíciles. Quiero que seas la persona con la que pase cada día de mi vida, que ría, que llore, que comparta todos esos pequeños momentos. Y no quiero esperar más para poderte llamar mi esposa.-

Sentí las lágrimas acumulándose en mis ojos, pero no quería que cayesen. Mi corazón latía tan fuerte que creí que todos en el restaurante podían escucharlo.

-¿Quieres casarte conmigo?-

Todo se desvaneció a mi alrededor. No había restaurante, no había comensales, no había problemas. Solo estábamos Ryan y yo, en ese momento. Mi mente estaba llena de recuerdos de nosotros dos, desde los primeros momentos hasta este punto de nuestras vidas. Cada uno de ellos me confirmaba lo mucho que lo amaba, lo mucho que lo necesitaba. Hacia meses que estábamos comprometidos, desde aquella cena, pero la magia de este momento, era única.

-Sí…- dije, la voz quebrándose por la felicidad. -¡Sí, Ryan, quiero casarme contigo!-

La sonrisa en su rostro iluminó el mundo entero. Se levantó rápidamente, colocándome el anillo en el dedo mientras las lágrimas finalmente caían por mis mejillas. Me abrazó con fuerza y, cuando me soltó, me besó con una ternura que me dejó sin aliento. Todo el restaurante comenzó a aplaudir, pero para mí, solo existíamos él y yo.

Aún con las emociones a flor de piel, me di cuenta de que había dejado a un lado todo lo demás —el trabajo, el peligro, Simon— para responder a lo único que realmente importaba en ese instante: nuestro amor.

Nos sentamos de nuevo, mirándonos como si fuera la primera vez que lo hacíamos. No podía apartar la vista del anillo en mi mano, el símbolo de nuestro compromiso, de un futuro juntos.

-Te quiero- dije finalmente, sonriendo a través de las lágrimas.

-Te quiero- respondió él, tomando mi mano.

Mientras la noche continuaba, mi corazón seguía latiendo acelerado por la emoción de lo que acababa de suceder. Todo en ese momento se sentía perfecto.

Los siguientes meses fueron un torbellino.
Los preparativos para la boda, el trabajo en
la comisaría y las pequeñas decisiones
diarias parecían consumir todo nuestro
tiempo. Había días en los que apenas
podíamos vernos, más allá de una cena rápida
o un beso de despedida por la mañana. Sin
embargo, a pesar del caos, me sentía feliz.
Todo estaba avanzando como habíamos
planeado, y aunque había noches en las que
caía agotada en la cama, había algo
reconfortante en saber que pronto
empezaríamos una nueva etapa como marido y
mujer.
Lo más sorprendente de todo fue que, después
de tanto estrés con Simon y las amenazas,
los mensajes y fotos anónimos se detuvieron
por completo. Mi vida, por fin, parecía
volver a la normalidad. Nunca llegué a saber
qué había hecho que Simon dejara de
acosarme. Tal vez mis compañeros de la
comisaría, sin que yo lo supiera, habían
logrado mantenerlo a raya o, quizás,
simplemente se escondía en las sombras. Lo
que fuera, me permitía respirar con más
tranquilidad.
Desde el principio, Ryan y yo, habíamos
acordado que no queríamos una boda lujosa ni
multitudinaria, sino algo íntimo, con las
personas más cercanas a nosotros. Ryan
siempre había sido práctico y respetuoso con
mis deseos, y en este caso, no fue la
excepción. Sabía lo importante que era para
mí casarnos por la iglesia, y aunque no era
su preferencia, lo aceptó sin pensarlo dos

veces. No habría grandes recepciones ni
cientos de invitados, solo unos cuantos
amigos cercanos, compañeros del trabajo…
pero nada de familia.
La cuestión de no invitar a nuestras
familias fue una decisión sencilla. Su
relación con sus padres había sido
prácticamente inexistente desde hace años, y
la mía, pues no era muy diferente al fin y
al cabo, mi madre ya no estaba y mi padre
nunca estuvo. Así que, con mutuo acuerdo,
mantuvimos la lista corta y personal.
A pesar de lo sencillo que queríamos que
fuera todo, organizar una boda seguía siendo
una tarea monumental. Había que elegir el
lugar, las flores, el vestido, el menú. Y
cada decisión parecía requerir más tiempo y
energía del que teníamos. Sin embargo, había
momentos en los que, mientras revisábamos
las tarjetas de invitación o degustábamos el
menú, Ryan me miraba con esa sonrisa suya, y
todo el estrés desaparecía.
Me di cuenta de que, al final, lo que más
importaba no era cuántos detalles perfectos
tuviéramos, sino que lo haríamos juntos. Las
pequeñas discusiones sobre el color de las
servilletas o el tipo de flores se disipaban
rápidamente, porque ambos sabíamos que lo
verdaderamente importante era lo que
representaba ese día: nuestro compromiso,
nuestra vida juntos.
En una de esas noches, agotada después de
pasar horas discutiendo con la planificadora
de la boda, me tumbé en el sofá al lado de
Ryan. Él me pasó una copa de vino y me besó
la cabeza.

-No sé cómo vamos a llegar vivos al altar- dije, medio bromeando, medio en serio.

Él soltó una pequeña risa y me miró con esos ojos llenos de ternura que siempre me calmaban.

-Llegaremos. Porque lo estamos haciendo juntos- respondió.

Y en ese momento supe que, aunque el camino fuera agotador y lleno de obstáculos, valía la pena porque lo estaba recorriendo con él. Los meses pasaron rápidamente. Entre nuestro trabajo y los preparativos, apenas notamos el paso del tiempo. Pero cada día que pasaba nos acercaba más al momento que habíamos estado esperando.
El día antes del gran momento, caí en la cuenta de que nos dejábamos un detalle importante. Las fotos.

-Mi amor…- dije -¿Quién hará las fotos mañana?- Deje la pregunta caer como quien no quiere la cosa.

-Joder… las fotos…- respondió el, sacando su móvil y buscando rápidamente en su agenda.

Pocos minutos después, se levantó del sofá.
-Ven conmigo, tengo una idea- dijo tendiéndome una mano y yo aceptándola, fui con el al garaje y salimos de casa.
Mientras llegábamos al centro comercial, Ryan me contaba que Dan, un amigo suyo, es dueño de la mejor tienda de fotos que hay en

esta zona de la ciudad y que con un poco de suerte, podremos convencerlo para que se haga cargo del evento, con tan poco tiempo de preparación.

La emoción y el alivio por haber resuelto el problema, hicieron que el día estuviera lleno de buenas vibraciones. Habíamos logrado convencer a Dan, para que capturara nuestro gran día. Sabíamos que tener a alguien con quien Ryan tenía una relación cercana sería perfecto para que las fotos reflejaran la verdadera esencia de nuestra celebración.

Al salir del centro comercial, nos sentíamos aliviados y satisfechos, con una noche tranquila por delante y el gran día a la vuelta de la esquina.

Sin embargo, esa sensación de calma duró muy poco. Mientras nos dirigíamos al aparcamiento, disfrutando de la conversación y de las copas que habíamos tomado para celebrar el éxito de nuestra misión, algo cambió abruptamente. Un rugido de motores llenó el aire, y antes de que pudiéramos reaccionar, unas cinco motos nos rodearon. El caos se desató en segundos.

Los moteros estaban vestidos con chalecos de cuero negro, y todos llevaban el mismo pañuelo cubriendo sus rostros, exceptuando a uno que vestía una sudadera y se mantenía en la sombra. El ruido de los motores era ensordecedor, y antes de que pudiera procesar completamente lo que estaba sucediendo, vi al motero con la sudadera sacar un arma y disparar.

Un grito ahogado salió de mi garganta mientras Ryan y yo nos lanzábamos hacia un par de coches estacionados, buscando refugio. La adrenalina me recorría, y mi mente iba a mil por hora mientras trataba de entender qué estaba ocurriendo. El sonido de los disparos seguía resonando en mis oídos, pero traté de concentrarme en mantenernos a salvo.

Finalmente, cuando el estrépito de disparos cesó y las sirenas sonaban a lo lejos, levanté la cabeza lentamente, esperando ver lo peor. Mi corazón se aceleró aún más al ver a Ryan inmóvil, su rostro pálido mientras se acomodaba contra un coche. Me arrastré hacia él, sintiendo que el pánico crecía dentro de mí.

-Ryan, ¿estás bien?- mi voz temblaba mientras le examinaba.

Él no respondió de inmediato, pero pude ver la expresión de dolor en su cara. Me di cuenta de que una de las balas había encontrado su objetivo. La hemorragia en su abdomen era evidente, y el pánico se apoderó de mí.

-¡Ryan!- grité, mientras sacaba mi teléfono para llamar a emergencias, mis manos temblando con desesperación. -¡Necesito una ambulancia, rápido!-

En el fondo, las motos ya se estaban alejando, y la policía se acercaba cada vez más rápido. Aún con el sonido de mi respiración agitada en los oídos, traté de mantener la calma lo mejor posible. Mientras esperaba a que llegara la ambulancia, traté de detener el sangrado con mi chaqueta, presionando la herida mientras le hablaba a Ryan.

-Tranquilo, Ryan. Ya viene la ayuda. Solo quédate conmigo, ¿de acuerdo?-

Ryan me miró con un atisbo de dolor y miedo en sus ojos, pero asintió lentamente. La preocupación en su mirada me rompía el corazón. La noche que debería haber sido una celebración de nuestra felicidad se estaba convirtiendo en una pesadilla.
Finalmente, escuché las sirenas de la ambulancia acercándose y me sentí un poco más aliviada. El personal de emergencias llegó rápidamente, y aunque el proceso de trasladar a Ryan a la ambulancia fue agónico, confié en que recibiría la atención que necesitaba.
Mientras miraba cómo se llevaban a Ryan, me sentí completamente impotente, con lágrimas corriendo por mis mejillas. Sabía que no podía hacer nada más que esperar y rezar por que todo saliera bien.
Con un nudo en el estómago, me dirigí a la sala de emergencias del hospital, esperando y deseando que, en medio del caos, Ryan se recuperara y pudiéramos seguir con nuestra vida, aunque ahora el futuro parecía tan incierto como la misma noche que acabábamos de vivir.
Las horas en la sala de espera parecían interminables. Sentada en una silla dura y fría, mi mente daba vueltas sin parar. Los pensamientos sobre lo que había sucedido, el miedo por la vida de Ryan, y la angustia de

no saber cómo estaba me mantenían en un estado de ansiedad constante. Cada vez que la puerta de la sala de espera se abría, mi corazón daba un salto, con la esperanza de recibir noticias, pero cada vez que alguien aparecía, era solo otro oficial o, en el mejor de los casos, un conocido que venía a ofrecer su apoyo.

El Comandante Parker había pasado a hacerme preguntas varias veces, intentando obtener detalles sobre el incidente. Sabía que era parte de su trabajo, pero en ese momento, sus preguntas no ayudaban a calmar mi inquietud. Cada vez que respondía, me sentía más como una testigo que como la persona que estaba sufriendo realmente. A pesar de sus intentos de consolarme, la preocupación en sus ojos era palpable.

Finalmente, después de lo que pareció una eternidad, un médico salió por la puerta. Estaba cansado, con una expresión grave que me hizo temer lo peor. Me levanté de un salto, mi corazón latiendo con fuerza mientras me acercaba a él.

-¿Familiares de Ryan Durden?- dijo el médico nada más aparecer.

-Soy su prometida- dije, tratando de mantener la voz firme. -¿Cómo está?-

El médico me miró con una mezcla de profesionalismo y empatía. Parecía estar eligiendo sus palabras con cuidado.

-Hemos terminado la cirugía- empezó. El señor Durden tuvo suerte dentro de lo malo, tiene orificio de entrada y de salida. Desafortunadamente, no hemos podido recuperar la bala, lo que significa que no podemos analizarla ni identificar la trayectoria exacta. Esto complica un poco la situación.-

Sentí que el aliento se me escapaba de los pulmones. La falta de la bala significaba que no podían ser completamente precisos sobre el daño interno que podría haber causado. Mi mente se llenó de preguntas y temores.

-¿Está grave?- pregunté, tratando de mantener la calma.

El médico asintió lentamente, sus ojos mostrando un atisbo de preocupación.

-Sí, está en estado grave. La herida es significativa y ha perdido una cantidad considerable de sangre. Hemos estabilizado su condición por ahora, pero debemos mantenerlo en observación durante las próximas 24 horas para asegurarnos de que no haya complicaciones. Necesitamos ver cómo responde al tratamiento antes de saber más sobre su pronóstico a largo plazo.-

Mis piernas parecían de gelatina, y me tambaleé ligeramente. Sentí una oleada de desesperación y tristeza, pero intenté mantenerme en pie, por Ryan, por todo lo que significaba. El médico me puso una mano en mi hombro, un gesto de consuelo en medio del caos.

-Lo siento mucho- dijo. -Intentaré mantenerla al tanto de cualquier cambio. Mientras tanto, es importante que mantenga la calma y confíe en el equipo médico. Estamos haciendo todo lo posible para que se recupere.-

Asentí, aunque las palabras no parecían ser suficientes para calmar mi mente inquieta. Agradecí al médico mientras se alejaba, y me senté nuevamente en la silla, intentando procesar la gravedad de la situación. No podía dejar de pensar en Ryan, en cómo había terminado así y en cómo todo había cambiado tan rápidamente.

Pasaron más horas mientras me mantenía en la sala de espera, esperando cualquier noticia. Mis compañeros de la comisaría pasaron a ofrecer apoyo, y aunque agradecía su presencia, no podía evitar sentirme sola. La noche se alargaba, y yo seguía allí, esperando con la esperanza de que Ryan lograra superar esta dura prueba. La incertidumbre era un peso constante, pero mientras esperara, aferrarme a la esperanza de que todo saldría bien era lo único que podía hacer.

La noche en la sala de espera fue un torbellino de emociones y cansancio. No pude dormir bien, y al final, me acomodé en los incómodos asientos de la sala, tratando de cerrar los ojos aunque el sueño no venía fácil. Mis pensamientos eran un caos, llenos de imágenes de lo que había pasado y de la incertidumbre sobre el futuro. La espera me había dejado exhausta, pero mi preocupación por Ryan me mantenía despierta y alerta. Cuando llegó el día siguiente, el médico se acercó a mí con una expresión más suave. Me dijo que podía ver a Ryan por unos minutos, pero me advirtió que le habían tenido que inducir un coma para ayudar a su recuperación. El corazón se me encogió ante la noticia, pero también sentí una pequeña chispa de esperanza. Al menos estaba recibiendo el cuidado que necesitaba. Caminé por los pasillos del hospital, con un nudo en el estómago, hasta llegar a la sala de cuidados intensivos. Al entrar, la vista de Ryan en la cama de hospital me hizo el nudo en la garganta aún más fuerte. Las máquinas que lo rodeaban, los tubos y los monitores, eran un recordatorio cruel de la gravedad de su situación. Me acerqué a su lado, tomando una profunda respiración antes de hablar.

-Hola, cariño- dije en voz baja, mientras me acomodaba en la silla junto a su cama.
-Estoy aquí contigo. Quiero que sepas que no pienso moverme de aquí sin ti.-

Tomé su mano, sintiendo su piel fría pero reconfortante bajo la mía. La sensación de su contacto, aunque distante, me daba un poco de paz.

-Sé que no puedes responderme ahora, pero quiero que sepas que estoy aquí, esperando contigo. No importa cuánto tarde, estaré a tu lado- dije, intentando mantener la voz firme, aunque estaba temblando. -Me han dicho que te han inducido un coma para ayudarte a recuperarte, y aunque eso me asusta un poco, también me da esperanza. Espero que puedas escucharme, que puedas sentirme.-

Me incliné un poco más cerca, tratando de transmitir todo el amor y el apoyo que sentía.

-Tuvimos una noche increíble antes de esto, ¿recuerdas? Fue una de las mejores noches que hemos pasado juntos. No quiero que te preocupes por nada más que por recuperarte. Voy a ser fuerte, Ryan, por los dos.-

Sentí que las lágrimas comenzaban a rodar por mis mejillas, pero traté de mantener la voz lo más tranquila posible.

-Quiero que despiertes y podamos volver a esos momentos felices. Hay tantas cosas que aún queremos hacer, tantos sueños que hemos compartido. No puedo esperar para seguir con nuestra vida juntos. Necesito que luches, que te mantengas fuerte. No puedo imaginar mi vida sin ti, y no quiero hacerlo.-

Miré el rostro de Ryan, su respiración regular gracias a los aparatos que lo ayudaban. El silencio de la habitación era un recordatorio constante de la gravedad de su estado. Me quedé allí por un rato, hablando de recuerdos felices, de nuestros planes futuros y de cómo todo iba a estar bien, aunque las palabras parecieran vacías en el momento.

-Estoy aquí contigo, y no me voy a ir. Siempre he estado aquí y siempre estaré, pase lo que pase. Te amo, Ryan, más de lo que las palabras pueden expresar.-

Me quedé con él, sosteniendo su mano, mientras la esperanza y la preocupación se entrelazaban en mi corazón. El tiempo pasaba lentamente, pero cada minuto que pasaba junto a él era un recordatorio de cuánto significaba para mí y de lo mucho que deseaba su recuperación.
Cuando el médico vino a recogerme, sentí un peso en el pecho que parecía volverse más denso con cada paso que daba. Mi cuerpo estaba agotado, y mi mente estaba saturada de una mezcla de preocupación y desesperación. Me levanté lentamente de la silla, sintiendo el temblor en mis piernas mientras caminaba hacia la puerta.

-¿Cómo está?- le pregunté, aunque ya sabía que no había cambios. La voz me salió más frágil de lo que había querido.

El médico me miró con una mezcla de compasión y profesionalismo. Hizo un esfuerzo por ofrecerme una sonrisa tranquilizadora.

-Estamos haciendo todo lo posible. Ahora mismo, necesitamos dejar que el cuerpo de Ryan se recupere. Aún no podemos decir mucho, pero te mantendremos informada sobre cualquier cambio.-

Asentí, aunque las palabras no lograban calmar la tormenta en mi interior. Me dirigí hacia la salida, sintiendo que cada paso era más pesado que el anterior. La espera había sido larga y emocionalmente agotadora, y ahora la preocupación se estaba manifestando físicamente.

Cuando llegué al baño del hospital, me sentía más desmoronada que nunca. Las paredes blancas y frías parecían cerrarse a mi alrededor, y el malestar en mi estómago era casi insoportable. Me tambaleé hasta uno de los cubículos y, sin poder evitarlo, el dolor y la ansiedad me sobrepasaron. Vomité, sintiendo que todo lo que había acumulado en mi estómago salía en un torrente de náuseas. Cada sacudida era una liberación desesperada de la angustia que me atormentaba.

Me arrodillé en el suelo, apoyando la frente contra la fría cerámica, mientras las lágrimas se mezclaban con el sudor en mi rostro. El vacío y la desesperanza eran tan intensos que casi podía sentirlos como una presión física.

Finalmente, cuando el malestar comenzó a ceder, me limpié la cara con un poco de papel higiénico. Las manos temblorosas me ayudaron a salir del cubículo y lavarme la cara en el lavabo. Miré mi reflejo en el espejo, tratando de reunir el valor para seguir adelante. Respiré hondo y me enfoqué en el objetivo de seguir adelante.

Salí del baño, sintiéndome un poco más estable, aunque aún con el estómago revuelto y la mente inquieta. El médico me esperaba en la sala de espera, y con un esfuerzo adicional, me dirigí hacia él con la determinación de mantenerme fuerte para enfrentar lo que viniera.

El médico se acercó a mí con una expresión de preocupación en su rostro cuando me vio salir del baño. Mi palidez era evidente, y la preocupación en sus ojos no pasó desapercibida.

-Alice, ¿te encuentras bien?- preguntó, deteniéndose frente a mí con un tono que mezclaba preocupación y profesionalismo.

Traté de forzar una sonrisa, pero estaba claro que mi esfuerzo no era suficiente para ocultar cómo me sentía.

-No, no estoy bien- admití, mi voz apenas un susurro. Me sentía mareada y débil, y las palabras salían con dificultad.

El médico frunció el ceño y dio un paso más cerca, evaluándome con una mirada experta.

-Voy a hacer que una enfermera te examine. Esto puede ser una reacción al estrés, la falta de comida o descanso, pero necesitamos asegurarnos de que estés en condiciones de seguir aquí.-

No protesté; en cambio, me dejé llevar por la enfermera que apareció y me condujo hacia una sala cercana. Allí, me hicieron varias pruebas de sangre y glucosa. Me colocaron en una silla cómoda mientras la enfermera preparaba todo.

-Alice, necesito hacerte algunas preguntas para entender mejor tu estado. ¿Cuánto tiempo llevas sin comer adecuadamente?- me preguntó la enfermera mientras comenzaba a tomar las muestras.

-No he comido mucho en las últimas 24 horas-
respondí, sintiéndome incómoda mientras ella
preparaba los tubos para las pruebas. -Solo
un poco de sushi anoche, y antes de eso...
no recuerdo bien.-

La enfermera asintió, tomando nota.

-¿Y en cuanto al descanso? ¿Cuántas horas
has dormido en los últimos días?-

-No muchas- confesé, sintiendo una presión
en el pecho al recordar lo cansada que había
estado. -He estado aquí en el hospital casi
sin parar, y cuando no estoy aquí, no he
podido dormir bien en casa. Mi trabajo es
agotador.-

La enfermera siguió anotando, pero su
expresión era comprensiva y entonces, saco
un pequeño frasco de muestras.

-Voy a extraerte sangre y enviarla a
analizar, para descartar problemas como la
falta de hierro.- dijo la enfermera al mismo
tiempo que me colocaba una vía en mi brazo
derecho.

Sin fuerzas para discutirle o preguntar más
de lo normal, asentí y me recosté en la
silla.
Después de terminar con las pruebas, me hizo
otra pregunta que me hizo detenerme en seco.

-Alice, ¿cuándo fue tu último periodo?-

Me quedé en silencio, tratando de recordar.
Mi mente estaba tan abrumada que el tiempo
se había vuelto difuso. Finalmente, me di
cuenta de que había pasado un tiempo
considerable.

-Hace varias semanas- dije, mi voz
temblando. -Creo que ni siquiera puedo
recordar con precisión cuándo fue la última
vez.-

La enfermera me miró con una mezcla de
preocupación y profesionalismo. La
información parecía hacerla pensar, y me
explicó que esto también podría ser
relevante para entender mi estado.

-Vamos a realizar algunas pruebas
adicionales para asegurarnos de que todo
esté en orden. Mientras tanto, por favor,
intenta descansar un poco y comer algo
ligero. Puedes quedarte en esta consulta y
recostarte en la camilla.-

Asentí, sintiéndome aún más abrumada, pero
sabiendo que al menos tenía a alguien
cuidándome. La enfermera salió para hacer
las pruebas, y yo me quedé allí,
reflexionando sobre todo lo que había
pasado. La falta de comida, el estrés y
ahora la preocupación de mi ciclo menstrual
eran más de lo que podía manejar de una vez.
Mientras esperaba los resultados, traté de
centrarme en tomar un momento para respirar
y calmarme. Cerré los ojos e intenté no
pensar.
Unos 30 minutos después, la enfermera entró

de nuevo en la consulta. La puerta se abrió con un leve crujido, y yo abrí los ojos, sintiendo un alivio inmediato al ver su rostro amable.

-Alice, ya tenemos los resultados de las pruebas- dijo la enfermera con una sonrisa tranquilizadora mientras se acercaba a mí.

Me incorporé lentamente en la camilla, tratando de relajarme a pesar del nudo en mi estómago.

-¿Y bien…?- pregunté, mi voz cargada de ansiedad.

La enfermera se sentó frente a mí y empezó a revisar los papeles.

-Todas las pruebas salieron bien. No hemos encontrado nada fuera de lo normal en tus análisis de sangre y glucosa.- Me miró con una expresión comprensiva. -Sin embargo, hay un hallazgo importante que debemos discutir.-

Mi corazón dio un vuelco.

-¿Qué sucede?- pregunté, nerviosa.

-Además de los resultados normales, los análisis también revelaron que estás embarazada- dijo la enfermera con tono suave pero claro. -Es una noticia que puede ser abrumadora en tu situación actual, pero quería asegurarte que estás en buenas manos y que podemos ofrecerte el apoyo necesario.-

Me quedé paralizada, sin poder procesar la información de inmediato. Mi mente se nubló mientras intentaba asimilar lo que acababa de escuchar.

-¿Embarazada?- repetí, aún en shock.

-Es comprensible que estés sorprendida. El estrés y la falta de descanso pueden hacer que la noticia sea aún más difícil de manejar- dijo la enfermera con una expresión de empatía. -Pero ahora que lo sabemos, podemos asegurarnos de que recibas el cuidado adecuado tanto para ti como para el bebé.-

Respiré hondo, tratando de encontrar mi equilibrio emocional.

-Pero, ¿y qué hago ahora?- inquirí, enfocándome en las recomendaciones que me daba.

-Necesitas comer adecuadamente, descansar todo lo posible y buscar apoyo prenatal- dijo la enfermera mientras anotaba algunas recomendaciones en un papel. -Es crucial que cuides de ti misma para que puedas estar bien para Ryan y el bebé. Si te sientes abrumada o necesitas más ayuda, no dudes en buscarme de inmediato.-

Asentí, sintiendo una mezcla de alivio y preocupación.

-Gracias por la información- dije, sintiendo un agradecimiento genuino hacia ella.

-Es muy importante, Alice. Tu bienestar es esencial para todos- dijo la enfermera con una sonrisa. -Si necesitas algo más, no dudes en decírmelo.-

Me levanté lentamente de la camilla, sintiéndome un poco más tranquila pero aún abrumada por la noticia. Agradecí a la enfermera antes de salir de la sala de consulta. La realidad de mi situación seguía siendo complicada, pero al menos tenía una dirección clara hacia la que avanzar. Me dirigí de nuevo hacia la sala de espera, con una nueva preocupación en mi mente y un renovado sentido de responsabilidad.
No podía creer lo que la enfermera me había dicho.
Embarazada.
Esa palabra retumbaba en mi cabeza mientras me sentaba de nuevo en la sala de espera. Todo me parecía irreal. Mi cuerpo, mis pensamientos… como si nada de esto fuera verdad. Miré el reloj en la pared, los minutos pasaban, pero mi mente seguía anclada en la imagen de Ryan, vulnerable, luchando por su vida.
El día avanzaba, pero yo no podía dejar de pensar en su estado, en si sobreviviría. Apenas había comido, y el peso de la noticia del bebé flotaba como una sombra. ¿Cómo podía sentir alegría en un momento como

este? Mis manos temblaban, y trataba de concentrarme en algo más, pero cada vez que cerraba los ojos, veía a Ryan en esa cama, con los monitores sonando a su alrededor. Casi al final del día, el médico se acercó. Lo vi caminando hacia mí y me enderecé, esperando lo peor. Sus ojos eran amables, pero firmes.

-Alice, necesito que escuches esto- dijo, sentándose junto a mí. -Entiendo que quieras estar aquí, pero tu cuerpo te está pidiendo que descanses. Lo que te dijo la enfermera es serio, necesitas cuidarte, no solo por ti, sino por el bebé. Ryan sigue en observación, pero ahora no hay nada más que puedas hacer aquí. Si hay cualquier cambio, te llamaré de inmediato.-

Lo miré, intentando procesar sus palabras.

Por el bien del bebé.

Me dolía en lo más profundo, pero sabía que tenía razón. Sentía que, si me alejaba, estaba abandonando a Ryan, pero… necesitaba ser fuerte. No solo por él, sino por lo que venía en camino.

-Está bien- dije en voz baja. -Iré a casa… pero prométame que si hay cualquier cambio, aunque sea mínimo, me llamará de inmediato.-

El médico asintió con una sonrisa tranquilizadora.

—Lo haré, Alice. Ve a descansar.-